U0066721

POETRY

# 非馬詩天地

劉強 著

新世紀美學 出版

# 非馬序

我常對許多識與不識的評論家們心懷感激。感激他們把讀者的眼光引到我的詩天地裡來，更感激他們對我的鞭策與鼓勵。

對劉強先生，感激之餘，我還帶有幾分感恩。不僅因為他花了兩年多寶貴的時間鑽研評介我的詩並寫成了這本有份量且深獲好評的書，更因為他詳密的分析把我的詩心同源長流遠的中華文化與西方美學緊密地聯繫在一起，使我一些無心的自然流露成為有意的苦心經營，讓我嚐到了踏實有根的幸福感覺。

這本書於2001年由中國文聯出版社出版簡體版，原名《非馬詩創造》，只在大陸發行銷售，現已絕版。我一直為它未能同台灣的讀者見面感到遺憾。今年年初我決定把它轉換成繁體字，並建議把書名改為《非馬詩天地》，在台灣出版。如果它能得到台灣讀者們的歡迎與喜愛，那就算是我對作者劉強先生的一個小小的回報吧。

2016年6月30日於芝加哥

# 劉強序

非馬，旅美華人中一位傑出詩人。

他是在美國阿岡國家研究所工作多年的核工博士，但他的詩創造比「核」威力更大，覆蓋面更廣，價值更高。

他用華文和英文兩種文體寫詩，已在海內外出版個人專集23種，合集3種、譯詩文集10種、散文集3種、電子書十一種並主編現代詩選集4種。真可謂碩果累累。

我讀過非馬創作的700多首詩（包括瀏覽和細品），差不多是他全部詩作的百分之七十。非馬在給我的信中說：「我的詩路應該能為中國現代詩提供一條可嘗試的途徑。」對此我深為認同。他的詩創造藝術仍在發展中。海內外已有200多位詩人、詩論家、教授、學者紛紛研究他的詩，海內外報刊發表評論和研究他的詩創造的文章，已逾500篇。非馬的詩作已被收入世界各地一百多種選集和選本。

這不是一種十分奇特的現象嗎？不是值得很好地思索和研究，從中找出中國詩的發展之路怎樣走嗎？

我認為，非馬的詩美藝術，在中國詩壇有不可或缺的地位和意義。

我是基於下面幾個方面，看到了非馬藝術的不可替代性，或說它的典型性、獨創和獨特性，或說詩路之走向：

（一）我這樣考察和研究非馬的詩創造活動——在華文詩人的詩創造中，存在著一種生命活力極旺盛的「非馬現象」。

這是一種十分獨特的藝術現象：

非馬生活在現代詩美藝術環境的薰染中，卻避免或說很少受到惡性西化的影響；

他承繼中國詩的現實主義傳統，又對它們作了積極的創造和變革；

他以現代藝術豐富和變革現實主義，既避免現代主義的弊端和西化傾向，又不停滯於舊有現實主義的窠臼；

非馬藝術既不離開現實生活，又提昇、淨化現實生活，對現實作某種不泥跡的藝術超越，也給現實以另一種完美的創造；

非馬藝術屬於那種擁有深刻批判精神，而又甚富理想創造的現代藝術。它不粘連任何一種消極頹廢情緒，而是以一種積極向上、一往無前的精神風貌出現的。

特別要強調的是，非馬的詩極具時代和社會現實的深邃性，深入到時代和社會現實的深層次。非馬的詩創造，與現實、歷史和人生是不可分割的，藝術價值和社會價值是不可分割的。

它們成為海外華人赤子一種文化心態和美學趣味的典型體現。非馬的詩創造，作為一種高層文化現象，無疑對民族的精神文化有所提昇。它們是人的自我意識與歷史自覺的深刻感應和融合，凝聚了現代人的歷史的使命感和時代的責任感。

傳統與現代在非馬的詩美藝術裡水乳交融，天然渾成。

這就是詩的藝術創造的「非馬現象」。

台灣詩人、詩評家康原、趙天儀等，論非馬詩是「現代詩的一個異數」，依我的理解即包涵這個意思。「異數」，便是一種特別現象：「非馬現象」。①

所謂「非馬現象」，概括地說，就是他的現代「兩比」藝術。即，他自己提出並自成一家的「比現代更現代，比寫實更寫實」的現代藝術。

他是一位超越了「現代」和「現實」的詩人。

他的目標不只是「跨世紀」，而是「宇宙全息」。

在他，宇宙全息是最大的超越，包括了時間和空間的超越。

(二)與過去比較，非馬的詩創造更重視審美。——如果說，詩和其他文學藝術都有認識、教育、審美、娛樂四大功能，而傳統更重視「詩教」的話。

非馬的審美意識與眾不同。他的審美意識的突出特點，是「從前性」、「當前性」和「超前性」的結合。在非馬詩創造的審美思維過程（包括從理想到感應，及構思的循環）中，與眾不同的是，他能虛實結合，並取一種「虛觀」，創造「非實非虛，大實大虛」的境界；而傳統則是一種「實觀」，只見「實境」。「實觀」停留於「物」，「虛觀」則超越於「物」。傳統的審美構思，停留於「從前性」、「當前性」，並已形成一種審美習慣。而非馬的審美構思，則極具「超前」意識，是「從前性」、「當前性」和「超前性」的結合。「三世」全息，超時空性的。

非馬既是「非馬」——不「實」；他又是「飛馬」——「大實大虛」。他的詩創造，使中國詩「飛」了起來！

他是中國詩之走向的一個典範。

一匹中國詩的「飛馬」。

（三）非馬的詩創造在象現藝術上的特點：一種「遠距離」的「隱藏」藝術，走入「靈」的層次。

非馬詩的審美意象，與傳統實象不同。傳統實象單一，有「意」，但不能構成「意象」，「意」在表象上，是直露的。

非馬詩的意象，是一種「遠距離」藝術，「意」和「象」是一致的，卻又不是「實象」的那種直露，而是一種「遠距離」的一致，有較多的「隱藏」。也就是說，「意」和「象」既具一致性，又具「遠距離」性。「象」此「意」彼，「意」和「象」之間拉開了「距離」，不在同一個層面上。但不管距離拉開多遠，也還是「離而不離」，「意」在「象」的高層次上。

非馬詩的象現藝術，由具象的「有限」，經過藝術抽象，抵達「無限」。很多情況下，走入「靈」的層次，出「靈象」。

非馬走出的一條中國詩之路，在21世紀人們會看得更清楚：

現實主義必須是開放性的；

詩從審美意識到創造，都是由「實」走向「虛」，由「有限」走向「無限」；

當跳脫審美意識的「實觀」，而取「虛觀」，抵達「非實非虛，大實大虛」之妙境。

因為有太平洋相隔，無法和詩人非馬相見——我是多麼渴盼；於是，我寫了四萬多字的書面訪問提綱，寄給了他。蒙他不棄，一一以書面回答，使我深受感動。

本來，兩人見面只需要幾天就能說完的話，結果只好你來我往以書面訪答，往返數次，耗費的時間和周折就多了，乃至一言難盡。我想，如此遙隔大洋兩岸的書面訪答，也算創紀錄了。

這部書原擬名《非馬評傳》，寫完一讀，有些汗顏。因為是書面訪答，所謂「評傳」也就有了較大缺陷：「傳」的部分採訪無法細緻，不能深入挖掘；而「評」的部分，也因缺乏交流，限於個人陋見，難以更深邃一些。這許多，只能留待將來彌補了。更何況，非馬的藝術生涯中，還有繪畫與雕塑等，本書基本上沒有涉及。

思索再三，就用了《非馬詩創造》這一書名，把某些「傳」的部分也刪除了，于 2001 年 5 月由中國文聯出版社出版。這本由台北的新世紀美學出版社出版的《非馬詩天地》乃該書的繁體版。

從 1997 年 3 月給非馬寫第一篇詩評起，就開始醞釀這部書的寫作，匆匆走過了二年零九個月時間。第一稿寫完以後，得友人提醒，冷靜思索過，自覺對非馬詩創作的境界抵達不夠。於是，1999 年的第二稿又增補了幾章，仍然是掛一漏萬，深感非馬的詩創作太豐富、太深邃了。

我寫這部書，在下筆時曾有一種自信：我在剖析一位海外的也是中國的甚至世界的傑出詩人，是為著中國詩和整個世界詩壇的現在和將來！寫完後自信仍在。已有預言表明：未來的世界詩壇，是注定要向中國詩取經的，西方要向東方朝聖。不久的將來，會有第二個龐德出現！

1999年11月18日初稿

2016年6月24日 補充

註：① 康原《現代詩的異數——小論〈非馬詩選〉》，《非馬集》第70－75頁。

另見，趙天儀《短詩的健將——論非馬的詩》。《笠》詩刊，127期，85,6,15

# 非馬詩天地 目次

# 非馬詩天地 目次

# 非馬詩天地　目次

# 非馬詩天地 目次

# 第一章　馬的圖騰

# 一、詩國飛馬

任塵沙滾滾
強勁的
馬蹄
永遠邁在
前頭

一個馬年
總要扎扎實實
踹它
三百六十五個
篤篤

這是詩人非馬的一首詩：《馬年》。

此詩被旅美詩論家宗鷹譽為一幅「傳神寫意的自畫像」，並認為與杜甫《丹青引贈曹將軍霸》有異曲同工之妙：「詔謂將軍拂絹素，意匠慘淡經營中。斯須九重真龍出，一洗萬古凡馬空。」他稱非馬其人其詩「一洗詩國凡馬空」①，確是很恰當的評價。

非馬，一匹英姿勃勃、意氣風發的詩壇「飛馬」，一匹中國詩馬！他，掙脫了束縛的韁繩，是一匹在藝術上脫韁的「野馬」，「任塵沙滾滾／強勁的／馬蹄」，在中國詩原上「篤篤」馳騁！

芝加哥華裔詩人李立揚評論非馬的詩說：「詩對他來說是一種瑜珈，使他敏銳，有人情，活潑生動。他用他的藝術作為對抗現代高壓生活的良藥。而有時候像他這樣的詩人，會為某種大於自我的東西而從事藝術，有如一種宗教。」②

詩，是作用於人的靈魂的，於人的生命中注入「靈性」，以滌除「奴性」，而煥發出無限的創造力。非馬的詩，不受任何形式的拘縛，出「有限」入「無限」，釋放「靈性」，讓人的靈魂獲得最大的自由。

其實，非馬的筆名之於他的詩，也是相關聯的。非馬常常在他的詩中構建一種「非虛非實，亦虛亦實」的氛圍和神韻，令人喟嘆。

非馬，本名馬為義，1936年10月17日（農曆九月初三）生於台中市。他的父親做藥材生意，在非馬出生後四個月，看到日本軍國主義日漸囂張，中日關係日趨緊張，預料到大戰難免，便決定舉家遷回原籍廣東潮陽鄉下。不久，他父親和伯父又到南洋另謀發展去了。

星群
星群
我一個名字都叫不出的星群
從懂得數數起便數到現在都數不清的星群
夜夜我躺在露水很重的草地上仰望你們
希望從你們那裡得一點消息
關於另一個世界——
一個為口徑200英寸的望遠鏡
所窺不到的世界

——《星群》

非馬這首詩，發表於 1957 年 11 月 1 日台灣《公論報》，是他的開山之作。

我把它引在這裡，是因為這首詩很接近他兒時的憧憬，是一首浮想聯翩、海闊天空的詩——應該說還不止。詩已經涉及到外宇宙，至少也是宇宙的另一邊了。從小，非馬就以詩的眼光探尋宇宙的神秘了。

神秘是一種「虛」，非馬的詩自發軔起就出「虛」。這，便注定了他的詩美藝術不會拘泥於「實」。

## 二、山和泥土

對於兒時，非馬最深的且最有意義的記憶是：「母親寬厚汗濕的背！」這記憶確實充滿了詩意和詩趣。

我相信，非馬對於母親（和父親）「寬厚汗濕的背」，不僅記憶猶深，而且在記憶的基礎上，更經歷了往理性深邃處探尋和思索的。

他寫過一首小詩《山》：

小時候

爬上又滑下的
父親的背
仍在那裡
仰之彌高

這，其實更是在鄉下勞動的「母親寬厚汗濕的背！」

《山》的題目，是詩的內涵的一部份，非馬不少詩都是這樣。它成為父母親「寬厚汗濕的背」的圖騰！

「山」的象現，不是某種孤立的象徵物，它既是自然的「山」，又是「父（母）親的背」，經過詩的想像——從「仰之彌高」想像開去，「父（母）親的背」可以演化為民族的脊樑！從這樣一種象徵意義上，我們可以感覺和領悟到詩人「爬上又滑下」的自信、自豪和機敏！甚至可以想見，詩人受到華夏民族「山」樣的簇擁和哺育，而在他身上又凝聚了我們民族的一種靈慧的品性。山↓↑父（母）親的背↓↑民族的脊樑……形成一個「意象鏈」，或一種意象疊加，給人一種親切感和信賴，併出一種巍峨雄麗的民族信念。

其實，父（母）親「寬厚汗濕的背」，何嘗不是華夏民族受苦受難、大苦大難的化身！

從遠處看，山也是馬，飛動的馬！

從近處看，馬也「仰之彌高」，成為山！

為什麼「母親寬厚汗濕的背」，會對非馬記憶那麼深？在當時，非馬只記得「她那時大概是背著我在菜園裡工作」吧！母親是勤勞的，母愛是偉大的！母親的背，成為一個搖籃，一個可以任由溫馨成長的搖籃！

在非馬的意識裡，母親和泥土亦具有同一種涵義，也成為他對大自然及感情最深的記憶。在後來寫的一篇隨筆③裡，他說：

在我的記憶裡，母親的赤腳同泥土混為一體。小時候，每天早上被從菜園裡工作回來的母親叫醒，第一個聞到的，便是這泥土氣息。那時候，父親一個人在南洋做生意，母親帶領我們兄弟姐妹在家鄉生活。不識字的她，只希望我們好好唸書，田裡所有的工作幾乎都由她一個人包辦。而小時體弱的我，大忙也真幫不上。但我喜歡跟著她在綠油油的菜園裡轉，拔拔草捉捉蟲，澆澆水。她似乎有用不完的精力，從不讓自己閒著，也很少聽她訴苦。

……

如今母親同父親已雙雙安息地下，永久地同泥土融為一體。泥土對於我，除了孕育萬物之外，又加上包容一切的新意義。我記不起沒受過一天教育、不識一個大字的母親，曾說過什麼驚天動地的話，但她對泥土的真摯感情，她那如泥土般執著與淳樸的性情，對體力勞動的喜愛，腳踏實地的苦幹精神，對子女無私的奉獻與犧牲，都深深地影響了我一生。

默默的母親，默默的泥土，在我默默的思念裡，都成了永恆。

泥土的意義，是孕育萬物也包容萬物。對於非馬來說，泥土與母親屬於一體。生育他、養育他的是母親，也是泥土。母親是泥土，泥土也是母親。這，教育他後來一生腳踏實地，默默奉獻。母親「如泥土般執著與淳樸的性情」、「腳踏實地的苦幹精神」、「無私的奉獻與犧牲」……遺傳、哺育並影響了他的一生。

非馬在答我問時說：「對自然印象及感情最深的，是泥土、陽光、綠油油的菜蔬、樹以及鳥。」這些，不僅成為他兒時的記憶，也成為他日後詩的課題。泥土、陽光、綠油油的菜蔬、樹以及鳥，都是孕育生命所必需，或本身即是鮮活的生命。當然，是詩所不可闕如的。它們成為詩人生命的重要部分，也成為詩人詩創作的重要部分，更成為詩的生命力的淵源和活力。

比如，關於「樹」的詩，在非馬的詩創作中，就有近20首之多。樹，對於非馬來說，是生命力的勃發，是陽光的滾動和命運的憧憬。

這裡，錄下他1979年春天寫的一首《樹》：

日日夜夜
我聽到
心中的
年輪
在通往
蠻荒天空
崎嶇的
路上
轆轆轉動

「樹」的向上精神！

當然，這是後來的作品，但非馬在他幼小的心靈裡，已經萌發一種積極精神。也可以說，他畢生如此，從不氣餒，從不頹喪，絲毫也不懈怠。

樹，是以「心中的／年輪」在走，崎嶇地不倦地走，向著「蠻荒天空」一往無前地攀登！因為這種向上精神訴諸內心，這首詩進入「靈」的層次，更顯一種精神狀態。「日日夜夜／我聽到／心中的／年輪」——「轆轆轉動」，通往「蠻荒天空」。怎麼能「聽到」？這當然是一種「靈聽」，想像的聽覺，而不是肉耳聽覺！樹和人是心靈相通的，樹和人有一致的上攀「蠻荒天空」的精神，一種宇宙精神。

樹木，花草，綠油油的菜蔬……無一不來自泥土。當然，它們又都無一不按照各自獨特的方式生長。

非馬、非馬的詩創造的這棵「樹」，也是這樣的。

## 三、陰晴童年

非馬6歲入學，學校是他們的家族祠堂。

祠堂是老舊的，但老師是外地來的一個新型知識分子，擅長畫畫，愛好排演話劇。

非馬的成績很好，經常名列前茅。老師經常讓非馬充當自己的助手，擔任學生代表。

非馬也有很尷尬的時刻。就在讀三年級的時候，一次學校舉辦演講會，非馬被推為代表上台演講。他把演講詞背得滾瓜爛熟，滿以為會有很好的效果。可是，站到講台一看，我的媽呀，台下黑壓壓的人頭攢動。他一激動，背熟了的詞竟然忘得乾乾淨淨，腦子裡只剩下一片空白。呆了幾分鐘，好像過了幾個世紀，怎麼也想不起一句詞來，最後只好鞠躬下台。

這件事，對他的刺激和打擊很大，使他有好長好長一段時間，在公共場合怯場，不敢在大庭廣眾之中露面。一直到唸完大學，到芝加哥工作以後，需要經常發佈論文，驚怖之狀才漸漸消除。

初小結束後，轉到練江對岸的鄰村去上高小，學校設在一個大廟裡，學生來自鄰近的幾個村鎮。有一個房間擺滿了神龕，陰森恐怖。常有和尚在那裡為死者念經超度，那念經的聲音，和學生的讀書聲混雜在一起，把非馬善感膽小的心靈，塞滿了莫名的恐懼與焦慮，尤其是黃昏降臨的時候，讓聯想十分豐富的非馬常常感到心悸，陰雲般浮現在他記憶的天空上。

多年以後，非馬寫了一首《吊橋》，似乎還殘留著兒時的餘悸：

在峭壁間
一條游絲上

掙扎

深淵
張著大口
在底下
已等候多時

一種「冷」風景！陰氣森森，寒氣透骨，讓人心驚膽顫！

非馬說：當他膽怯心虛的時候，常會產生一種令他手腳發軟的「懼高症」。有如一個怕黑的小孩，越害怕越覺得有鬼。自己嚇唬自己。

非馬在後來的生活及詩中，追求理性、光明與健康（並揭露裝神弄鬼的迷信，包括政治迷信），便是為了揮去「怕黑怕鬼及怯弱」種種陰影。他到芝加哥後，三十年如一日，幾乎每天都在運動，鍛煉體魄，也鍛煉鬥志和毅力。

但在非馬讀高小的記憶裡，總體來說還是充滿陽光的。

他的成績仍然很好，幾位年輕的老師，不但教他們說普通話，還帶給他們外面世界的新知識。一位姓莊的老師常說故事給他們聽，使他們幼小的心靈得到充實和滿足。莊老師給他們講外國短篇故事如高爾基的《錶》，還講一些西方的神話及童話故事。這些年輕老師，大多帶有進步的社會主義思想，影響了他的一生。

非馬在一篇隨筆④裡，寫到他的伯父對他的影響頗大，激發了他讀書的濃厚興趣。非馬的「風雅的伯父」，長年在南洋經商。每次回家，總得找個大太陽日子，曬他珍藏的一箱箱書畫。非馬便成了他的得力助手。伯父會滔滔不絕地為非馬解說攤在地上的每一幅字畫——它們的年代、意義和神韻，這對非馬日後習畫頗有影響。

那些無所事事的夏日午後，伯父就拿出他的藏書——《古文觀止》和唐詩種種，席地而坐，叫非馬跟著他琅琅誦讀，偶爾也稍稍作些解釋。

非馬真正享受到讀書之樂，也是由伯父促成的。

非馬的祖母去世後，伯父反對迷信鋪張，並依照他的建議，把節省下來的錢，購買了一大批圖書，捐給非馬就讀的學校。為了這批圖書，校長特地撥出一個小房間來充作圖書室，而非馬便成了享有特權的讀者。別的同學借閱圖書，一次只能借出一本，非馬卻可以一次借出三本。每天晨昏，他捧著書蹲坐在家門口大理石牆的角落裡，就著微曦全神貫注地猛讀，直到該吃早飯上學，或是天黑得看不清字的時候為止。他受益最多的，是那些豐富的民間故事和傳說，還有歷代名人的傳記。到讀完六年級的第一學期，去台灣之前，他幾乎已把所有的幾百本書都讀遍了。

那些豐富多彩的民間故事和傳說，引發了非馬的想像力；而那些歷史人物事跡，如蘇東坡的傳記，更在他心中樹立了標杆，讓他有了努力的方向和可以追隨的目標。

## 四、童語童趣

非馬自小就有一個豐富的情感世界。他對童年生活記憶很深，年歲大了還保有幾分童趣。他寫了一些很好的兒童詩，雕塑了一顆童心。

《雪人》是這樣寫的：

圓滾滾的雪人
是手套濕透凍紅的小手們
用呵白氣的笑聲

堆成的

偉大爸爸的塑像
每個小心靈溫暖的驕傲
雖然他們的爸爸
大多高高瘦瘦

既然大家都討厭爸爸抽雪茄
那根紅蘿蔔
便從嘴裡被硬拔了出來
挪上鼻子的部位

但每個人又不免有點擔心
雪花紛飛的夜裡
它會迎風

這首詩，大概綜合了他的伯父和父親，曾經在他幼小心靈裡留存的印象，也理應寫入了他那兩個在有冰雪的環境裡長大的兒子，對他自己這個做爸爸的一種頑皮心理。

「那根紅蘿蔔／便從嘴裡被硬拔了出來／挪上鼻子的部位」。描摹了幼小兒童的細膩心緒，不僅天真可愛，也顯出兒童思索的奇特。他們當然又不願損害爸爸的形象，擔心給他們栽上的「紅蘿蔔」鼻子，會迎著風雪瘋長，而變得很難看——迎風猛長的長鼻子，使孩子們想起童話裡那個說謊的孩子。此種愛戴爸爸，卻又討厭爸爸的臭毛病（如抽雪茄）的矛盾心情，躍然紙上。

雪茄↓紅蘿蔔↓鼻子，構成豐富而美妙的詩的想像，非馬藉此營造詩的意象。

我認為，兒童詩的創作，也必須遵循營造意象的規律，也不可淺露平直，沒有一點想像、思索和探尋的餘地。順便提及，我在和非馬探討這一問題時，他說：「我看，兩岸的一些兒童詩創作，毛病都在於不注意意象的經營，無法激起小孩的想像力。」

關於兒童詩，非馬曾在台灣一個兒童刊物《布穀鳥》上開闢了一個叫《給孩子們》的專欄，向孩子們（和大人們）介紹世界各國優秀的兒童詩。他自己對於兒童詩創作也有相當成功的探索。

另一首《每次見到》，則把兒童詩的題材拓寬了：

每次見到
春風裡的小樹
怯怯
綻出新芽

我便想把你的瘦肩
摟在臂彎裡
擠扁
道聲早安

它已是不泥實於喜以小樹為夥伴的兒童生活，而拓寬了題材的幅度。詩的意蘊是隱藏的，不是一眼就能看出。但讀後一想，又能進入。這首詩的題旨，寫對孩子們迅速成長的一份祈盼和喜悅。

「春風裡的小樹／怯怯／綻出新芽」，兒童心態的描摹，用象徵，而非實錄；「把你的瘦肩／摟在臂彎裡／擠扁」，用想像，是一種「靈動」，而非實況。「擠扁」，並非真地擠扁，而是親切的呵護、熱愛的意象，純真而自然。

非馬就此詩風趣地對我說：

「我這一生缺少的，也許是一個可讓我摟在臂彎裡‵擠扁′的女兒吧。」

這，不啻一顆童心啊！

註：

①《詩國奔馬》，《華夏詩報》總70期1992年8月25日。

②《詩人之聲》，《芝加哥時報》1996年2月25日。

③《永恆的泥土》，《華文文學》24期，1994.2。

④《讀書樂》，《新月書刊》1985年2月。

# 第二章　詩的萌發

非馬創作和發表《星群》之前，曾經有過一段較長時間的醞釀期，即詩的孕育、萌發階段。這個孕育、萌發階段，對於他後來的詩創作，對於他的詩美藝術的獨創和發展，有著很重要的意義。

我是說，《星群》標誌著他的詩美藝術開始成熟，開始有了自己的個性。不僅我這樣認為，非馬自己草編《非馬的詩》（全集本），也把《星群》列為首篇。它理當享有肇始和發軔的地位。說它是「開山作」，在這個意義上成立。然而，非馬詩創作的「玄牝之門」①，很早就打開了。

## 一、美麗的晨曦

非馬的父親及伯叔們，都是隻身去南洋經商，按時匯錢回家。抗戰一勝利，他們都回到家鄉，和家人共享天倫樂。不久，非馬的伯父先去了香港，父親則決定一個人再回台灣。

非馬的父親在台灣安頓下來以後，先把非馬的大哥接去唸書。1948 年夏天，非馬讀完六年級上學期，剛好他的五舅要去台灣遊覽觀光，非馬的父親便托他把非馬帶了去。

非馬出生在台灣，剛四個月便隨家人回了潮陽鄉下，常聽家人談起台灣，因此台灣成了他嚮往的地方。其實，那兒除了一些熱帶水果及植物外，與廣東的自然環境差別不大，社會發展當然要比廣東鄉下現代化得多。

到了台灣，非馬插班台中光復國小六年級。全班同學，除了非馬和早他一年到的堂弟外，清一色是台灣人。老師講課一般都用台灣話。這樣，逼著非馬非學台灣話不可。不過，潮州話同台灣話很接近，不到兩三個月，非馬的台灣話便說得同大家一樣流利。大部分台灣人，都是廣東及福建的移民或後裔，所以非馬沒有太大的異鄉感覺。

1949 年夏天，非馬和他的同班同學，通過會考，進入了當時名滿台灣的省立台中一中。台中一中有個藏書很豐富的圖書館，「五四」時代作家的藏書不少。而那時魯迅、巴金、沈從文、郁達夫等大家的著作還沒被查禁。非馬的國文老師又剛好是圖書館的館長，介紹給了他們不少好書，而非馬也成了圖書館的常客。接觸到新文學，非馬的眼睛為之一亮，心懷也為之開闊。

那時候，他讀的大多數是小說。新文學之外，他也耽讀租來的武俠小說及通俗的演義小說。總之，他開始對文學產生了強烈而濃厚的興趣。

可是，1952 年夏天，初中一畢業，非馬卻放棄保送上台中一中高中部的機會，而一心一意考入了台北工專，唸的是機械工程專業。

當時，一個重要的原因是，他對家庭環境的不滿意。他到台灣不久，就因戰事同留在家鄉的母親及其他家人失去了聯絡。一個沒有主婦的家庭，顯得空空洞洞。而做生意的父兄為了應酬，每天晚上都有客人來家裡打麻將，常常是通宵達旦，吵得他無法讀書睡覺，苦不堪言，總想找個機會遠走高飛。

非馬小時候，住在閉塞的鄉下，交通不便，唯一對外的交通工具，是行走在沿村的練江上的小火輪。非馬常常一個人站在江邊，看著撲撲吐著黑煙，漸漸遠去的小火輪出神。大概從那時候起，一個身穿藍色工裝、手拿丁字尺，成為建設新中國的工程師的念頭，便在幼小的心靈裡開始成形。

當時，台北工專的名聲很好，也是初中畢業生唯一能報考的大專學校，競爭非常激烈，報考的大都是台灣頂尖中學的高材生。對於工程，非馬那時只有一個模糊概念，選擇機械是偶然的。

誰知一進入工專，才發現學制非常死板，即使興趣不合，也無法轉科系，更不用說轉學了。幸好，還有幾個好的數學教授，維持了非馬的興趣。

對於一位喜愛文藝的青年來說，工程的課程未免過於枯燥，年輕的心靈急需文藝的滋潤，非馬便和一位同學發起創辦一個文藝刊物，取名《晨曦》。刊名由校長題字，刻印成封面。紙張全由學校供給。從組稿到編排、寫鋼板、油印、分發，他倆都一手包辦。

學校同學裡面會寫東西的不多，他們只好向校外拉稿，更多的時候，他們得自己動手寫東西，填補空白。非馬便寫過不少小說、散文，以及詩歌。

有一位筆名叫「莊妻」的高班同學，是寫詩的，常在報紙副刊上發表作品，也常鼓勵非馬寫詩。見面時，總要用他那口台灣腔的普通話問非馬：「寫書（他有點'詩'和'書'不分）了沒有？」

每次，看他領到稿費時的得意相，很使非馬羨煞，便也跟著寫起新詩來。

學寫徐志摩體的詩，便是從那時開始的。

《徐志摩選集》，是引起非馬對新詩興趣的一本書。有一個暑假，非馬幾乎每天早晨都帶著它，上台中公園，邊背誦，邊模仿著寫。漸漸地，徐志摩式的感情與形式，在非馬的筆下出現了。

非馬寫了不少音韻鏗鏘的徐體詩。

下面這首題目叫作《山邊》的詩，用「達因」筆名，發表在當時的《中央日報》副刊上，發黃的剪報還夾在非馬的舊日記本裡：

我在山邊遇見一個小孩，
——一個會哭會笑的小孩！
淚珠才從他聖潔的雙頰滾過，
甜美的花朵就在他臉上綻開。
最純潔的是這小孩晶瑩的眼淚，
說最美也只這未裝飾的臉才配！

造物者的意旨我似乎已懂，
為這無邪的天真我深深感動。

我深情地注視著他許久許久，
溫暖的慰藉流遍在我心頭。
感激的淚水迷蒙了我的雙眼，
再看時，小孩的蹤影已不見！

純潔的美、無邪天真的美，委婉而成一種意象。這意象，以小孩眼淚晶瑩雙頰的具象出，十分動情。此詩的美，是一種恍恍惚惚、若隱若現之美。美在「惟恍惟惚」的末句。「惚兮恍兮，其中有象」②。此詩頗耐尋味。

徐志摩的詩，有如一陣清風，一縷輕煙，輕靈婉約、飄逸瀟灑，尤其愛情詩更是這樣。他善採口語入詩，節奏感強，流暢鏗鏘。這些，非馬似乎都學得比較像樣。但從非馬那時的學詩來看，他一開始便對徐詩有所超越，這興許是非馬詩創作的本質所決定的吧。徐志摩的詩，觸景生情、情景交融，到了一種活潑怡然的境界。但作為新月派的主將之一，他的詩總體看還是趨於「實」；非馬的詩創作一開始便出「虛」，亦實亦虛，卻落於「虛」。「惟恍惟惚」就是出「虛」。

這期間，非馬還寫了《我的自白》、《空虛》等一些散文，在《新生副刊》上發表時，還曾產生過反響。

就這樣，從《晨曦》到報紙副刊，到文藝刊物，到詩刊，非馬的詩開始冒出芽來。

「直到今天，它似乎還在那裡不斷地一點點往上冒。」非馬這樣說。

## 二、泥縫中撒種

萌芽，必須先有種子。

非馬的詩種，撒得很早、且很偶然。

那還是在村私塾裡唸小學二、三年級的時候吧！

這年夏天，廣東大旱，河流乾涸，土地龜裂，稻禾枯死。

又紅又大的太陽，每天從早到晚，毒毒地罩在人的頭頂上，烤得人畜、草木黃黃焦焦。祈神拜佛的儀典不斷，雨就是不下來。

老師雖是外地人，這時也和村民們同舟共濟。他在作文課上，神情肅穆地要大家寫一篇求雨的文章，並且特別交待，一定要寫得虔誠，才會靈驗。

非馬虔誠地寫了，交了上去。

第二天，他到學校一看，牆上高高地貼了一首新詩，邊上赫然寫著他的名字！

原來，老師讀了非馬的文章，覺得好！竟一時興起，大筆一揮，為非馬的文章分了行。非馬還清楚地記得它的最後三行：

雨啊
快快下來
救救萬萬生靈！

本來，非馬在班上成績一向不錯，作文被貼牆示範也不是第一次。只是這一次比以往不同，恰好被他那位從南洋返鄉度假的伯父看到了，大加讚賞。每當有客來訪，伯父一面撮吸著名貴鼻煙，一面朗朗背誦非馬的那首祈雨之作，並當眾誇獎。

就這樣，新詩的種子，在無意間便撒落在非馬的心田上。

儘管它的萌芽、展枝、開花，要在到台北、乃至赴美的多年之後；但至少可以說，非馬的「詩心」已早早萌動了。因為，它是在龜裂的土地裡萌發，非馬自己稱是「泥縫中的詩種」！

與詩相聯繫的是，少年非馬已經迷上了音樂。

喜愛音樂，對非馬的詩創作和藝術修養影響很大。

學寫徐志摩體的詩，和他喜愛音樂大概是相輔相成的。

卞之琳先生曾說：「徐志摩的詩創作，一般說來，最大的藝術特色，是富有音樂性（節奏感以至旋律感），而又不同於音樂（歌）而基於活的語言，主要是口語（不一定靠土白）。它們既不是像舊詩一樣為了唱的（那還需要經過音樂家譜曲處理），也不是像舊詩一樣為了哼的（所謂「吟」的，那也不等於有音樂修養的〝徒唱〞），也不是為了像演戲一樣在舞台上吼的，而是為了用自然的說話調子來唸的（比日常說話稍突出節奏的鮮明性）。」③

非馬的心田裡播下了詩的種子，它的萌發也需要音樂的滋潤。

在非馬一面創辦《晨曦》，一面學寫徐體詩的同時，他參加了台北工專合唱團，接受音樂的訓練和洗滌。合唱團的組織者和指揮是名作曲家朱永鎮先生。朱先生同時是個有成就的男低音歌手，聲音低沉宏亮。他對合唱團要求非常嚴格，做事一絲不苟，一點不協調的聲音都不輕易放過，是一個認真嚴肅的藝術家。非馬實際負責了兩年的合唱團工作。

那時，台灣的音樂環境同經濟環境一樣，都相當貧困。市面上能買到的，大概只有圓舞曲或卡門序曲之類比較通俗的音樂，每分鐘七十八轉的唱片，用手搖的唱機沙沙唱出。而朱先生經常到國外講學，每次都帶回來一大堆古典音樂唱片。用這些唱片，他每星期舉辦一次古典音樂欣賞會。非馬被朱先生豐富的知識及風趣的語言，帶入了古典音樂萬紫千紅的花園，享用不盡。④

從此，非馬對詩和音樂的情有獨鍾。他的家裡，音樂氛圍極濃。每天，從一早醒來，到晚上熄燈睡覺，他都讓自己沉浸在古典音樂的暖流裡。他說：

真正能代表人類文化、為人類的存在作見證的，除了幾座雕塑幾幅畫幾首詩外，我想大概只有古典音樂吧。

非馬的詩富有音樂性，與他從小喜愛音樂是分不開的。音樂，催發他的詩創作萌芽、生長、開花、結果。其實，他追求音樂的美，也和追求詩美藝術一樣，追求的是一種心懷曠達和自由精神。他說：

古典的意義不在於年代的久遠，而在於它那帶有理想及人道主義色彩、中庸平衡、清明洞達、從容不迫以及嚴肅持久的精神上。這也是其它所有真正的藝術如繪畫、文學及詩所共同具有的精神。

非馬的經驗是，音樂使他精神愉快，心靈舒暢平安，工作效率增加。

## 三、《港》

有一個暑假，非馬借住台灣大學的學生宿舍，認識了幾位愛好文藝的台大學生，那時，他們正在傳閱手抄的文藝作品。其中有朱光潛及艾蕪有關文學及寫作方面的作品，還有魯迅的《狂人日記》及《阿Q正傳》等，非馬一見就如飢似渴，恨不得把它們都吞到肚子裡去。於是，他花了整個暑假的時間，把它們一個字一個字地全部用手抄錄了下來。

前些年，台灣出版了朱光潛的《談文學》與《談美》，非馬買來一讀，發現他的許多看法與言論，竟然是從朱先生那裡得來或發展出來的。

台北工專五年的學校生涯，太漫長了。非馬逐漸看出了自己的長處與短處，以及真正的興趣所在。他認為，他可以用工程技術作為謀生工具，但文學，特別是詩，將成為他畢生的興趣與追求。他這麼決定了。

1957 年夏天，非馬從台北工專畢業。

按照規定，大專畢業生必須服預備軍官役，集體接受基本軍事訓練六個月，然後分發到各個部隊去服務實習。依往例，機械工程的畢業生，一般都是到空軍或海軍官校接受訓練，然後分發到一些後勤單位，輕輕鬆鬆吊兒郎當地混到退役。不知什麼原因，非馬班上有兩三位，竟被分配到以嚴厲艱苦聞名的步兵學校，他便是其中之一。這還不說，結訓後，他竟然被分發到同機械一點關係都沒有的新兵訓練中心，擔任排長，訓練一期接一期的新兵。

南台灣的大太陽，把全副武裝帶新兵打野外的非馬，曬得渾身汗臭；但是，也使他對自己的身體及能力，獲得了前所未有的信心。

非馬從小身體一直很弱，學校生活中最使他感到苦惱害怕的，是每天早晚的升降旗典禮，要站著聽校長或長官們冗長的講話。他總擔心自己隨時會支持不住暈倒。雖然從沒真正暈倒過，但這種威脅一直陰魂不散地纏著他。

聽說非馬要去步校受訓，他做中藥生意的父親，交給他一包切成薄片的高麗人參，要他出操時口含一片。它成了非馬的定心丸。後來，非馬發現即使沒有它，他還是好好的，便開始建立起自信。而他的身體經過鍛煉，也的確健康多了。

第一次，他穿著筆挺的軍裝回家探親，大家都說他變成了另一個人。

在步校受訓及到訓練中心訓練新兵期間，非馬養成了偷空讀書的習慣。許多翻譯的西方文學名著，便是在這段時間裡讀的。

非馬把一本本厚厚的書化整為零，每天帶幾頁在身上，一有時間便拿出來閱讀，豎著耳朵讀得津津有味。盧騷的《懺悔錄》等，便是這樣一活頁、一活頁讀完的。南台灣的太陽儘管毒辣，非馬的心卻經常是涼爽愉快，飽滿盈實。

有一期的新兵裡，來了一個出過一兩本散文集的文學青年。他看到非馬在讀文學作品，便說到他朋友辦的一個叫《新生文藝》的刊物，並趁假期之便，邀非馬一起去同他的朋友見面。見了面，大家談得頗為投機。這以後，非馬也在那個刊物上發表過一些作品，如《港》：

霧來時
港正睡著

噩夢的怪獸用濕漉漉的舌頭舔她
醒來卻發現世界正在流淚
目送走一個出遠門的浪子
她想為什麼我要是南方的不凍港

這是一首典型的象徵詩，出一種撲朔迷離的戀情，很美。

後來，非馬又通過那位主編，認識了當時被視為天才詩人的白萩。也住在台中的白萩，比非馬小一歲。非馬和他成為相當接近的朋友，常一起逛夜市，或陪他去問卜看相。非馬從他那裡借來了手抄的許多翻譯的詩，還有他自己的詩稿。非馬都一一用手抄錄了下來。

軍中退役以後，非馬進台灣糖業公司工作。工作雖沒什麼意思，但頗輕鬆。那時候偶有創作的靈感閃現，但心靜不下來，詩寫得不多。

白萩偶爾去屏東看非馬，非馬便拿出詩作來給他批評。但白萩每次都不置可否，只說過非馬一首詩的開頭：「今晚，一定有人哭泣」寫得不錯。

多年後，非馬在一篇文章裡說，在他離開台灣之前，白萩只肯定過他的一句詩。白萩讀了後對非馬說：

「無影啦（沒有的事）！」

非馬在談到他所受的科技教育以及日後的科技工作，對他的詩創作的影響時，曾作了這樣一個小結⑤：

現在回顧，進工專，至少對我個人來說，可能是個錯誤的決定。雖然五年的工專，在時間上比三年高中加四年大學節省了兩年，但那時候工專所採用的工程方面的教材幾乎與大學無異。短縮的時間造成了許多囫圇吞棗、消化不良的現象。而人文學科的忽略，對培養一個現代工程師更是個嚴重的缺失。我深深相信，今天的工程師不能再以專心於純技術上的事務為己足；他必須能面對技術的、經濟的、社會的、政治的以及文化的種種問題作整體的考慮與處置。

這其實也是做為一個現代知識分子的基本素養。

不過我是個隨遇而安的人，何況工專的基礎，使我日後在美國得以順利地接受了進一步的科技訓練。而科技的訓練，無可否認地，對我的寫作有相當的幫助。如果說我的詩比較冷靜，較少激情與濫情，文字與形式也比較簡潔，便不得不歸功於這些訓練。

生活是廣闊的。生活中的詩和文學，與生活中的各個方面，乃至一切方面，都是相吮吸、相依戀、相全息的。如此，生活才會芬芳，絢麗多彩。

正如非馬說的，真正的詩創作，不是「激情與濫情」的產物；「激情與濫情」並不能創造高層次藝術，而只能產生低層次的、有限的東西。人的感情，只有經歷過了「淵默的冷」的過濾之後，才會創造出靈性的詩，才會創造出高層次藝術，才會出「有限」入於「無限」之境。

非馬日後詩創造的「冷」與「簡」，雖然不能說直接來自「科技訓練」；但是，至少可以說，科技訓練所依從、所鍛練的那種「冷」的思索，是使非馬的詩創造走向「淵默」，超越「有限」而入「無限」的一種幽僻途徑。

註：

①《老子》第六章。

②《老子》第二十一章。

③《徐志摩選集・序》。

④非馬：《古典音樂》。

⑤見非馬詩集《路・自序》。

# 第三章　愛與詩

愛情的可貴，在於它本身就是詩。

廣義地說，沒有愛便沒有詩。本質地說，愛情會產生詩的靈感，記錄下來當是詩。

非馬的愛情詩，一般不是當時情感的產物，而是經過後來情感「冷」下來之後，記憶凝結的一種結晶。這是一種情感的「淬火」，經過「冷」的淬煉，使之更其堅韌。愛情詩成為情感的固結、固守，也成為一種美的享受。

狹義地說，愛情詩可以闡釋愛情，更可以培育、發展愛情。往更深處說，它可以提昇人的靈魂和精神境界。

非馬的愛與詩，是坦率的，同時又是神秘的。

## 一、詩，愛的「冷」淬

1961 年春天，非馬的人生歷程出現了新的分野。

非馬本來沒有野心要出國留學，是兩位在台北的同學，自己要參加留學考試，拉他去作伴，便擅自替他報了名（非馬的英文姓 MARR 便是他們胡亂填報的結果）。沒想到「有心栽花花不發，無心插柳柳成蔭」，結果，只有非馬一個人考取。

非馬本來申請入學的學校，是在俄亥俄州，沒有獎學金，學費及生活費都沒著落。那時候，他在台中的家庭，經濟情況已經很差，生意倒閉了，真可說是前途茫茫。

抵美後，非馬搭乘灰狗號長途汽車，先到密爾瓦基城找他的一位同學，順便去當地的馬開大學看看。沒想到臨時獲得了一個助教獎學金，他便高興地留了下來，在該校研究院攻讀機械工程，從此改變了他後半輩子的生活。

馬開大學的中國留學生有十多位，男多女少，大都是來自台灣及香港，大家相處融洽，彼此幫忙照顧，常在一起聚餐或郊遊。非馬不久便同也來自台灣、在該校攻讀化學碩士學位的劉之群小姐相戀。

《傘・2》這首詩，是多年以後寫的，它穿過時空的隧道，記憶著非馬當時（和以後）的愛情生活情景：

共用一把傘
才發覺彼此的差距
但這樣我俯身吻你
因你努力踮起腳尖
而倍感欣喜

傘下的擁吻，讓人感覺親昵、柔麗，感覺愛是這個世界和人的生命中，不可缺少的重要部分，也感覺這個世界是靈美的。然而，這種感覺還得往深處走。在一、二節詩的跳躍、律動裡，我們會發現生命在自然中和合與諧美。因為「差距」，才顯出諧美的可貴和重要，才有「俯身」、「踮腳」的彼此彌合。這種彌合是兩顆愛心的諧一，天地之彌合。兩顆心的一致，可以使「差距」合攏。形體的「差距」，因以愛心相諧協而消失。

讀此詩的瞬間，在一陣心跳、一陣暖熱的血湧流你心頭之後，有什麼東西在你的生命裡被喚醒了而且昇華了？

不會是別的，那就是生命的本真，生命的深層次美。

非馬抓住一個極平常的生活場景，傘下二人相擁相偎的動作，發掘彼此心靈深處的愛，創造一種相互信任、黽勉同心的意象。特別是「俯身」、「踮腳」兩個動作，充滿生命活力，生機勃勃，將彼此為彌合「差距」而作出的努力，以及相互的欣喜，勾畫得維妙維肖，餘韻無窮。

這當然是戀情生活多次體驗的結晶。

到密爾瓦基城後的頭一個冬天，非馬和之群第一次見到雪，興奮地互擲雪球。雪球，成了他倆擲愛的武器。一個躲躲閃閃，一個伺機進攻。嘩！擊中啦！

兩人歡蹦樂跳的情狀，非馬記憶猶深。在他後來寫的一首叫作《雪仗》的詩裡，留下了栩栩如生的鏡頭：

隨著一聲歡呼
一個滾圓的雪球
琊琊向你
飛去

竟不偏不倚
落在你
含苞待放的
笑靨上

這首詩，當是兩人相互戲謔、歡鬧的情愛生活的實錄。它寫得極為自然，清新，詼諧。沒有任何顧忌的愛，不帶任何附加的愛，自由自在的愛。愛的「雪仗」，展現愛的純潔、樸實。

非馬和之群的這段愛情生活，是很有回味的，當時也許來不及「品嚐」，或者說沉迷於愛戀的甜蜜生活之中了，來不及以詩的創造表現出來。詩的表現，只有等到後來的歲月了。

再讀另一首《吻》，也是記憶之作。當時，或許是在愛的瞬間，「通靈」之後的感觸吧！這記憶夠甜美、夠溫馨的：

猛力
想從對方口中
吸取一句
誰都不肯先說的

我愛你

一首趣詩。趣而有深邃內涵。愛在心靈深處。主動的，吮吸靈魂的愛。趣中有理：「吻」是不說話，「此時無聲勝有聲」。

我讀過之後，有過一點修改性淺見。我覺得可「減」最後一句，即第二段僅有的一句。「減」後再品味詩意更濃。詩是「不說出來」的藝術。「減」一句，「吻」的意象反而更大、更豐富。這其中才真正有「說不出來」的愛。這也是出「虛」。

我把這意見向非馬說了。

他說：「記得這首詩，是先用英文寫成的，所以拖了條尾巴。」

順便說一句，我讀翻譯過來的一些西方詩，見常常拖一條闡釋的尾巴。好像不說出來別人就不懂似的。實在是個累贅，也是西方詩的一個弊病。

1962 年春天，在一位同學的婚禮上，非馬和之群宣佈了他們二人的訂婚！這一年 9 月，書還沒唸完，非馬和之群就結婚了。

婚禮十分簡單，也十分莊重。

他們在學生活動中心借了個場地，請了一位洋法官做公證，所有的佈置及茶點，都是請同學們幫忙辦理的。

## 二、靈性的自由天地

非馬在答我的訪問中，作過這樣的剖白：

在遇見之群之前，我雖有過幾次同女孩子交往的經驗，但那些感情大多是虛浮的，摻雜著許多慘綠少年的幻想成份。這大概同我離開母親多年，生活及心靈都太寂寞、空虛有關。之群純樸、溫柔的天性，她的聰明才智以及苦幹、實幹的精神，給了我安定的力量，使我的感情落實了下來。我在《白馬集》的後記裡說：「感謝這位與我同甘共苦的伴侶，為我築了個溫暖舒適的窩」確實是個很好的寫照，也是我這麼多年來，能鍥而不捨地在詩路上奮力前進的主要原因。戀愛期間沒寫過什麼詩，但這些年來，我陸陸續續寫的詩裡面，如《秋窗》、《晨霧》、《雪仗》、《傘．2》、《吻》等，許多人都知道我是為她寫的。

非馬的愛情詩，一般並不只是描摹愛情，寫到愛的享受為止；而是進入到愛的深層次，表現愛和美的自然和諧，從而進入審美的最高境界。

讓我們再來讀幾首。

《微雨初晴》是這樣寫的：

頭一次驚見你哭
那麼豪爽的天空
竟也兒女情長

你一邊擦拭眼睛
一邊不好意思地笑著說
都是那片雲．．．

逗笑成趣，亦成詩。一種隨意的詩美。

「那片雲」，一語雙關：「雨」是「雲」惹發的；既有「雲」，便會下「雨」。

抱了委屈，強忍淚顏，變幻笑靨。一種體諒的愛的心理，說不可說。

俏皮，而又動情的忸怩。

末一句，最富詩意。內心深處細微的愛意吐露，欲言又止。

再看兩首同題詩《愛情的聲音》。

其一：

把臉繃成
鼓面
一個仍帶著冰雪的
天空

只為了證實
心中蠢動的
是一聲

其二：

春雷

你眼裡熾烈的
陽光
把本來已經夠瘦的我
照得更瘦了

這樣也好
我可以誇稱
我擁有一個
密度最大的影子

兩首同題愛情詩，十分有趣。一種愛的諧謔之趣。
這兩首愛情詩，在「靈」的層次上，不實。
第一首，視、聽轉換，而且轉換成一種「靈聽」。

「春雷」在心中，是無聲的；而現在變作有聲，可以化解「帶著冰雪的／天空」。視、聽的轉換，把嚴冬也轉換成春天。

愛的意志，也不會在「冰雪」的面孔前瓦解。

愛，在實際生活中，有時候是變調、變聲、變色的。詩人，恰好抓住了這種剎那的「變」，構成一種詩趣。

這首詩繪聲（肉耳聽不到的「靈音」）繪色：

「臉繃成／鼓面」，描摹板起面孔；而且是如「冰雪的／天空」，壓了下來，兇巴巴的。這種「兇」，是愛的一種變「色」。巧妙的愛的心理描摹。

末句，詩眼：愛的「春雷」，當然是能撼動人的心魂的。

對於那一聲使心靈震顫的「春雷」，你是怕？還是樂？詩意盎然。

第二首，表象無聲。怎麼也是「愛情的聲音」？

「你眼裡熾烈的／陽光」，也是一種聽不到的聲音。

俗話說：眼睛會說話。「愛情的聲音」由此而來。「熾烈的／陽光」，便是一種愛的話語。

詩人以自己的「瘦」，展開愛的戲謔。這又是一種「靈」趣。

這種「靈」趣，視、聽、觸的肉體感官無法得，愛的「靈覺」可以搜尋到。

由「實」昇華到「靈」的層次，是一種「距離」藝術。

詩的幽默、戲謔，亦是一種「距離」藝術，它變「實」為「虛」，將泥實的生活昇華，情緒得到提昇、超拔。

「我擁有一個／密度最大的／影子」。仍是俏皮話，雙關語。也是一種愛的戲謔。瞧，愛的陽光熾烈，使被愛者的影子都濃密了起來。

愛，是生活中「密度最大的」甜美。

## 三、《晨霧》，容納愛的歷程

1963年夏天，非馬獲機械碩士學位，離開馬開大學，到這城市的一個大公司，參加核能發電廠的設計工作。

剛開始工作，他要學習許多新東西，不敢分心，也定不下心來寫詩。但詩的種子，在這段時間已蠢蠢冒出芽來，只好強自壓抑著。

1964年春天，非馬和之群生下了他們的第一個孩子。非馬給孩子取名馬凡，取名頗費了一番心思。非馬一向不喜歡複雜的東西，而且小孩生在美國，太複雜的名字，怕孩子將來長大了，連他自己都寫不出來，不好意思。更重要的是，非馬希望孩子能做個踏踏實實、快快活活的平凡人，不好高騖遠或裝腔作勢。這是非馬所要求的一種生活態度，也是他的詩創作的基本態度。

馬凡剛一歲多，次子馬楷接著降生了。一「凡」一「楷」，代表著他兩個方面的希冀：做平凡的而又標準的男子漢！

事實上，兩位公子沒有辜負父母的希望。他們現在都過了「而立」之年，在各自的領域都有相當的成就。

馬凡也在陌地生的威斯康辛大學，取得化工博士學位，如今在芝加哥市郊一家醫療器材公司，擔任高級工程專家。他小時候喜歡寫詩，二十多年前，芝加哥一家報紙在介紹非馬的詩創作時，還刊登了馬凡在小學裡寫的一首詩意盎然的習作。他也喜歡話劇表演及作曲，曾公開朗誦過非馬的英文詩。在他的辦公室，牆上一直掛著《芝加哥論壇報》報導他父親非馬出版英文詩集的新聞剪報。

馬楷夫婦都是相當成功的律師。馬楷喜歡收藏藝術品，他在這方面的知識相當豐富。馬楷結婚時，則要求主持婚禮的牧師，朗誦他父親非馬的兩首英文詩，也是以父親是著名詩人為榮。

為了紀念結婚 15 周年，非馬寫了下面這首《晨霧》。

頻頻呵氣
頻頻用思念的絨布
揩拭幾乎遺忘了的
一雙美麗的大眼睛

直到它們
平滑得停不住一滴淚水
直到它們
晶亮得鏗鏘迸出
一串爽朗的笑
直到它們
深邃如蔚藍的湖泊
容納一個流浪的水波
無邊無際的夢

此詩在構思和結構上，是超時空的，過去、現在全息，並且交織在一起。

用絨布揩拭鏡片，是現在式。「揩拭」的豈只鏡片，「揩拭」的是時間，揩拭時間便是記憶。「揩掉過去的一幕幕，而見到「一雙美麗的大眼睛」——由過去到現在；那雙「大眼睛」裡，容納著愛的追求的全過程：經歷過拋灑激動的「淚水」，且又迸出「爽朗的笑」，直到「大眼睛」幻化成「蔚藍的湖泊」，將「流浪的水波」容納。

由一個揩拭鏡片的動作，陷入並幻現愛戀的種種思念。於是，頻頻的愛的思念，成為永恆的紀念。

此詩由具象到抽象契合的過程，是隨意的，又是奇特的。

第一層：呵氣→晨霧（聯想）→一雙美麗的大眼睛（思念展現）；

第二層：鏡片擦亮，契合思念中三種愛戀意象——「平滑得停不住一滴淚水」（追求的神秘）；「晶亮得鏗鏘迸出／一串爽朗的笑」（追求的歡悅）；「一個流浪的水波」溶入「深邃如蔚藍的湖泊」，而激起「無邊無際的夢」（追求成功及憧憬）。

這裡，似乎隱藏著愛戀發生的某種獨特性：那是在「鏡片」之後，使人想像兩人同窗時，圖書館、閱覽室的共讀種種。

在詩美藝術上，這首詩「實」而又出「虛」。

詩寫愛的滋潤的意蘊，表現幸福美滿的婚戀及融樂的家庭生活，內涵很「實」，卻出一種「虛觀」。乍一讀，此詩只得一種純美。愛戀的追求，及思念，都是「虛」的，虛恍一過。迷迷蒙蒙，恍恍惚惚。

愛是「晨霧」，美麗而朦朧；愛是湖泊，「深邃如蔚藍的湖泊」；被憧憬的湖泊：「容納一個流浪的水波／無邊無際的夢」。所謂「柔情似水」被意象化了。這些，全都出「虛」。

此詩如果「實」寫，一定會是一篇大白話，詩意全無。

## 四、愛的美筆

愛是生命中的生命，猶如詩是文學中的文學。

愛情詩使愛情熠耀生輝，那是太陽本身的光耀，而不是月亮對之反射。愛情詩超越愛情，輿許為愛情所不可及，而具一種獨立形態的美。《秋窗》是非馬向妻子的示愛，已有超越，在另一層次上。

進入中年的妻
這些日子
總愛站在窗前梳妝
有如它是一面鏡子

洗淨鉛華的臉
淡雲薄施
卻雍容大方
如鏡中
成熟的風景

從意象營造的藝術看，這首詩使用「意象疊加」：「妻臉」和「秋窗」兩個意象疊加。「秋窗」是妻子的臉，妻的臉也是「秋窗」。

妻子進入中年，正是秋的季節。妻愛站在窗前梳妝，窗成為一面鏡子，亮出妻的臉。究竟是妻臉，還是秋窗？詩人眼前便有兩個意象的更替出現。而無論是秋窗還是妻臉，都構成「成熟的風景」，讓詩人欣賞和愉悅。

詩人的這種「示愛」，有了更深層次的涵義，已非停留於夫妻恩愛上，而是啟人以敏慧的哲思。

生命的本真自然、樸美。

妻臉和秋窗交加疊現，出一種明淨、澄澈的精神面貌。

妻這張臉，滌除脂粉妝扮，也就是說名心利慾都洗淨了，透出平淡、真切本色，更顯得文雅質樸，能夠看到世界原有的美好靜謐，和彼此間的真誠。

詩人對妻子的「示愛」，是藉妻子的臉，托出自己一顆清醒與澄明的靈心，滌淨俗慮。

這是「示愛」嗎？愛的是：妻子和自己騰身於擾攘不寧的俗世生活之外，以天然純樸為美，安於樸實無華的人生，精神上進入空靈、超拔境界。

非馬的愛情詩，常常出現許多美筆。讀《戀》：

有時候你故意把臉

拉成一個簾幔深垂
高高在上的長窗
擋住陽光
擋住歡笑
擋住焦急關切的眼神

而早已超過戀愛年齡的我
依然滿懷酸楚
整夜徘徊在你窗下
希望在千百次的抬頭裡
會有那麼幸運的一次
看到你的眼睛在簾縫間
如雲後的星星閃爍

愛的戲謔、幽默的美。妻子拉下臉來，生氣了。她是故意的，也可能是認真的。夫妻生活中，這算是常事了。弄不好，就可能吵起架來。這時候，做丈夫的，當一笑化之。

怎麼一笑化之？這是一種藝術。幾句逗趣的話，或者些許惹笑的舉動，能讓妻子爽心開顏：「眼睛在簾縫間／如雲後的星星閃爍」！

非馬展現了他的化解藝術，不僅讓妻子開心，而且成為生活中一種美的享受。

這是實際生活，怎麼變成詩？須得美筆。

此詩提出一個問題：愛情如何持久不衰？

詩的第二節寫，超越愛的「心役」，不拘役於年輕的時空，使夫妻保持感情生活的一種「戀」態，並使之恆久。如此，愛情之樹長青，愛的果實永遠豐滿。

愛情，從本質意義上說，是一種精神生活。夫妻的感情生活中，常常會有以前戀愛階段某種「記憶」幻現。「愛，是不能忘記的。」詩人正是把這種「記憶」幻現，加以幽默化，逗妻子開心，從而延續、保持愛情生活的恆久。

生活中如果能把許多愛的「記憶」具象，連鎖並契合成抽象，愛也便昇華了。愛的昇華，構成愛的持續、恆久。

愛的現實和「記憶」兩相交織，成一種恆久「戀」態，這便是一種美筆。

詩的這種美筆，也可以生活化。這樣，生活便會變得富有詩意，且充滿樂趣。

《戀》，創造了一種愛的幽趣、愛的恆久的意象。

非馬很幽默地說：「我因家〝髮〞淵源而得天獨〝黑〞，頭上難得找到一兩根白頭髮。」

下面這首詩——《秋》，是他夫人和兒子在他頭上找白髮的「實」錄。

妻兒在你頭上
找到一根白髮時
的驚呼
竟帶有拾穗者
壓抑不住的
歡喜

當然是愛的一種發現。

「拾穗者」的「歡喜」：對成熟的收穫。但這兒的「成熟」，是矯健的力量，是美的力量。從找到一根白　，到拾穗者的歡喜，運思獨到，出「虛」。

又是美筆。「虛」在幽趣，「虛」在「反」筆。

末了，不能不說非馬愛情詩的另一種美筆：寫性，高層次。

愛情詩寫性，或許是不可也不必迴避的。

讀《床上》：

撫著你背上
　去夏的一片陽光
依然炙熱
　依然有波光
耀我們的眼

在沙灘上
　我們玩那
　　新得使上帝
瞠目的數學游戲

X＋0＝0

受藥片祝福的子宮成了聖壇
夜夜有歡天喜地的犧牲

「床上」的回憶，去夏的沙灘上——那也是大自然的「床」。

由此展開和重溫：陽光，炙熱；波光，溫馨。時空全息，相互交融。

造物主玩的「遊戲」，是有成果的。

而現在玩的「遊戲」，是「X＋0＝0」。這是上帝不曾玩過（他應該不懂）的新的「遊戲」，他只能瞠目結舌了。

這裡寫的「性」，成了「數學遊戲」：「X＋0＝0」。有趣（費一些思索）而不庸俗。進入了另一層次。

詩的最後兩行，仍然像西方象徵詩那樣，拖一條闡釋的尾巴，對「X＋0＝0」這一「數學遊戲」科學地解釋一番，大概是怕讀者讀不懂吧！

不過，沒有這個解釋，的確要讀者大動一番腦子。有了，也還不失其趣。比別的拖尾巴詩要不現形一些。

無論「床上」還是「沙灘」，「X＋0＝0」的遊戲，都是頗耐回味的。

# 第四章　西化沒有出路

台灣一批詩人，早先做著現代派的摸索，並在其中浮沉。

經歷過五、六十年代一窩蜂似的「西化」時期，到了七十年代之初，才發現這條路走不通。

他們回過頭來，從事本土風格的創造，整個地是一個相當繁雜而又艱巨的大工程。由「橫的移植」回到「縱的繼承」，再到「合璧」。

非馬避免了走彎路，他並沒有搞「橫的移植」，沒有走「惡性西化」的路。

他掙脫了桎梏，既學習並吸收西方「現代」藝術，又不脫離現實並且深化和提昇現實，比較明顯地抵制「惡性西化」的影響，不受沾染，走自己獨創的藝術之路，被稱為「台灣詩壇的異數」。

## 一、詩的「憎恨」

如果說，《星群》（1957）、《港》（1958）是非馬詩創作的最早產兒；那麼，伴隨著他的次子馬楷的誕生，1965 年，他的詩創作的新的產兒，來得何遲！

1965 年《現代文學》雜誌第 26 期，刊登非馬詩二首：

其一，《你是那風》：

你是那風，搖曳
婆娑的椰樹
於白雲深處
使他寂寞

你是那風，激盪
女面鳥的歌聲
在嚴重的時刻
引他思鄉

你是那風你是那風

垂死愛情的撲翅
上帝最後的嘆息

我讀此詩，喜歡「垂死愛情的撲翅」這個意象。

愛情到了「垂死」地步，仍然「撲翅」欲飛，傷感而又振奮，讓人痛心而又不甘屈服。很積極入世。「上帝最後的嘆息」也是如此。即使「嘆息」也大氣，顯示一種瑰偉。

因此，「風」的意象不凡，是一種高層意象，「虛」而不「實」。在於它是「怪異的」，使人對之傾倒的莫名的「風」啊！

這「風」，連「上帝」都為之莫奈何，是一種宇宙超力，「大虛」！也是「神秘」的。

非馬詩創作一開始便有「神秘」味道，在於運思方式的「虛觀」。這或許兆示詩的一種未來走向，興許非馬擁有某種「先知性」、「超前性」。

其二，《我開始憎恨》：

我開始憎恨
野鼠泥濕的足爪
竄過黑夜的曠野，我鬱悶的胸膛
我的胃翻騰如海上流浪的手風琴
當一隻消化不良的黑貓
在病月黃黃的手指摸不到的角落
嘔吐著傍晚時一個魚白色的笑容

不久灰霧將再度升起
自漠漠的湖面你的眼睛
而當烈日終於揭去你的面紗
我們的相望定必更陌生吧
因那時我們將已是一尾尾死了的魚
在發臭的灘上曝曬乾癟的眼球

此詩的意象，使人心神不寧。

「死魚曝曬乾癟的眼球」，給人一種絕望的痛苦。

到此止步。非馬沒有走向「惡性西化」！

——因為，他已經「開始憎恨」。

我理解，他已經開始憎恨詩創作藝術的「惡性西化」。

於是，非馬的詩創作，從一開始就能較自覺地作「本土化」（民族化）的回歸。

這個理解對於這首詩牽強嗎？恐是詩的多義性問題。

在非馬，當時那種強烈不安的心靈，情緒表現在多個方面。自然有詩創作方面的。

我把這首詩，讀作一種藝術（詩的「惡性西化」）的意象了。

非馬詩創作營造意象的「遠距離」藝術，早早地便開始起步了。

非馬答我說：

我離開台灣時，在詩壇上無藉藉之名，又不屬於任何詩派或詩社。《現代文學》在 1965 年發表了我兩首詩，已經大大出乎我的意料之外。

## 二、友情與奉獻

這段時間，非馬的生活表面上安定了下來，但他的內心，還是一直為是否要「更上一層樓」（指學位）這意念所苦。親友們的期望，可以不去理會，但他自己知道，「不把博士學位拿到手，虛榮的心將永遠不得安寧。」他答我說，「那時候寫的幾首詩，多多少少反映了這種矛盾心情。」

1967 年，碰巧非馬的工作部門因虧損過巨，公司決定把它關閉。這正好替非馬下了繼續入學深造的決心。

部門裡有一位顧問，是威斯康辛大學電機系主任，對非馬的能力頗為賞識，當時，他主動把非馬推薦給該校核工系主任，給了他獎學金。

就這樣，非馬再度回到了學校，進入陌地生的威斯康辛大學，攻讀核工博士學位。

也就在這時候，白萩同非馬取得了聯繫。

當時，白萩正好擔任《笠》詩刊主編。他希望非馬能大量譯介在世的美國詩人的作品，說好要「有泥土味和汗臭味的」。他願意提供大量篇幅，讓非馬每期介紹一本剛出版的詩集。並答應積到了相當份量，便為非馬編選一本譯詩選出版。

這樣，非馬開始大量地翻譯當代美國詩人的作品。每兩個月一集，兩三年下來，數量相當可觀。後來並及於其它地區的詩人詩集。

他說：「我做這樁工作的時候，奉獻的成份居多。沒想到，到頭來，得益最多的，卻是我自己。」①

與此同時，非馬自己的作品，也在《笠》詩刊上登台。並且，一開始便受到台灣詩壇的注目。大家紛紛問白萩：

「非馬是誰？怎麼一出手便這樣不同凡響？」

白萩告訴他們：早在多年前，非馬便同他在台中街上「踢土」（閑逛）了。

《笠》詩刊為什麼會大量刊登非馬的詩作和譯詩？

因為與白萩結識，非馬和《笠》詩社及其同仁們的關係較好。非馬說：

> 《笠》詩社的同仁，是清一色的台灣人，我是唯一的例外（雖然我生在台中，我的籍貫仍屬廣東，因此成了外省人）。他們大多具有本地人純樸與腳踏實地的鄉土精神，而在台灣現代詩的

發展史上，他們多少受到有意或無意的排擠與漠視，這是我一直同他們保持聯繫並支持他們的原因。只是近年來台灣的本土意識似乎過份強烈膨脹，我們之間的關係不免受到影響，而多少變得有點疏遠了。這是令我耿耿於懷的憾事。

當時，台灣詩壇「惡性西化」的詩風甚烈。

客觀地說，西方現代詩，並不都是晦澀的和脫離現實的，西方現代藝術有它的先導性，有值得我們學習、借鑒的東西，只是走到極端，「惡性西化」就不好了。《笠》詩刊和白萩，當時能提倡「有泥土味和汗臭味的」詩，對詩壇的「惡性西化」是有抵制作用的。這時候，剛好非馬在譯詩和詩創作上，能滿足他們的要求，他們和非馬便一拍即合。

非馬帶有「泥土味和汗臭味」的譯詩，也正好說明西方現代詩，也有與時代與現實結合緊密的。學習西方現代藝術，也並非要離現實越遠越好，越晦澀難懂越好。

（話說回來，無論中外詩人，寫詩要脫離時代也難。如像魯迅先生說的，想提著自己的頭髮離開地球一樣。在此問題上，不必過多擔心。真正的好詩，總是與時代和現實有形或無形地糾葛著，而有形則有限，無形乃無限。《笠》詩社提出帶有「泥土味和汗臭味」的譯詩，仍然有所局限性，停留於「有形」。）

大量翻譯「有泥土味和汗臭味」的歐美當代詩，從中吸收了不少營養，對非馬自己的詩創作，也產生了不可低估的影響，起到相輔相成的作用。非馬自己的詩創作，也就能較自覺地學習西方現代藝術，以現代藝術深邃地表現現實生活，有效地掙脫「惡性西化」的桎梏，而又不陷入圖解、複製現實生活的泥潭。

後來，非馬一直堅持譯詩，一讀到好的西方現代詩，就順手把它譯了出來。

有一個時期，非馬對玲瓏可愛的美國意象詩特別感興趣。對他影響較大的，是「疲脫」（Beat）詩人勞倫斯·佛靈蓋蒂（Lawrence Ferlinghetti,1919 – ），非馬很喜歡他那種獨創的自然抒發的詩型，機智而口語化。

美國之外，非馬比較喜歡土爾其詩人納京·喜克曼（Najim Hikmet,1920 – 1963）。他的詩簡單而美麗，把逼人的現實，天衣無縫地融入了詩裡，令非馬嘆為觀止。

至今，非馬已翻譯了一千多首外國詩，其中大部分是英美及歐洲詩人的作品，還有拉丁美洲的。

艾略特、波特萊爾和龐德，都是非馬心儀的詩人。

他非常喜歡艾略特的作品，在他的心目中，艾略特的詩詩味最濃。艾略特關於傳統以及一些對詩的看法，都深得他的心。1965 — 66 年間，非馬曾譯了他的幾首詩，在《現代文學》上發表。

非馬認為，這三位詩人都對現代詩作出了獨特而重要的貢獻。

1978 年，非馬出版了譯詩集《裴外的詩》，介紹了這位法國超現實主義詩人的作品，頗多得益。

非馬的另一本譯詩集《讓盛宴開始——我喜愛的英文詩》（台北書林出版有限公司 1999 年 6 月版），用英漢對照的方式排列，每首詩後還附了他自己寫的「簡析」。

後來，非馬對台灣詩壇一度陷入「惡性西化」的狀況，作了回顧式的批評②說：

早期的台灣現代詩，沒有繼承中國新詩的寫實傳統。相反地，在工業化社會影響下的台灣詩人，一窩蜂轉向西方，生吞活剝地接受了西方的各種文學理論與流派，並且用西方的個人主義，作為逃避現實的藉口，深深地走入個人的內心世界，孤立於社會與時代之外。在他們的詩裡，我們看不到一點當時的社會與時代面貌。事實上，如果把他們的詩譯成英文而不加以註明，我相信沒有多少人會認出他們的出處。這種極端脱離現實的東西，當然無法得到大眾的共鳴。而詩人們毫無節制地使用從西方學來的半生不熟的超現實主義技巧，遠遠超出了一般人的經驗與想像範圍之外，結果是詩的讀者一天比一天減少。大部份的現代詩，變成了少數幾個人的文字遊戲。

這種現象一直維持到七十年代，經由現代詩論戰以及後來的鄉土文學論戰，引起了文學工作者特別是敏感的詩人們的深切反省，才有所改變。

## 三、現代藝術的真諦

1969 年，非馬獲得核工博士學位，從此進入芝加哥阿岡國家研究所，從事核能發電研究工作，一直到退休。

1970年，非馬的詩作《畫像》、《我失手扼殺的鸚鵡》、《子夜彌撒》等，被選入日文的《華麗島詩集》，同時被選登在田村隆一主編的《都市》雜誌上。

田村隆一的《都市》雜誌，相當前衛；而田村隆一本人，聽說在日本的聲望極高。一位詩人告訴過非馬，田村隆一被邀請到愛荷華大學，參加國際寫作計劃時，有日本女學生來看他並服侍他，那種必恭必敬的態度，有如他是一尊神。

且讀《畫像》：

就這樣讓沒有焦點的眼赤裸裸
去同太陽的目光相遇

當旋風運秋野交叉的枝梗在你嘴角
構築一個苦笑的時候，我瞥見你的靈魂
自枯焦的鬚叢中灰鼠般竄出而又急急鑽入
你黃黃板牙後面沉默的黑暗

據非馬自己說，《畫像》一詩，是看了梵谷的畫像而得到的靈感。

當然，只是具象的感觸罷了。

其實，這是一幀寫社會麻木、萎靡的意象畫，一幅社會掃描。

它應是「商業化」社會衰敗面的一種「虛觀」。

具象與抽象之間，取一種「遠距離」的契合。具象是人的面像：眼神遲鈍、痴呆，面對「太陽的目光」是無任何反應的。

這個社會的靈魂，更是萎縮的。

「靈魂／自枯焦的鬚叢中灰鼠般竄出而又急急鑽入／你黃黃板牙後面沉默的黑暗」——靈魂被脅迫、擠壓，活動空間極為狹窄。

可說是人的面像，更是社會大象掃描。這首詩的現代藝術特點，它的象徵性是「遠距離」的，有「壅隔」，但沒有沾染西方現代派的灰暗、頹廢。

《畫像》一詩，應是非馬學習西方現代派藝術的典範之作了。

1970 年前後的詩創作，對於非馬來說，應是一個很重要的創作時期。

這個時期，非馬寫的許多詩，儘管他自己說：「都不是很滿意，好像情緒還沒沉澱成熟便被端上了桌面。」但正如任何果實太成熟了就要落地，並且腐爛一樣，有一點點「青味」反而新鮮。他這個時期的詩創作，很有「現代」色彩。

如果沒有它們，也就沒有後來的非馬。

《破曉》、《黃昏》、《我失手扼殺的鸚鵡》、《床上》、《晨霧》、《煙囪》、《構成》等詩，都像《畫像》那樣，是非馬學習西方現代派藝術的成功之作，深得「現代」藝術的真諦，它們沒有向「惡性西化」盡頭走去，而是屬於「中國式」的現代派藝術。

它們的特色，是用象徵造成詩的多義性，使不同讀者在不同時空裡，可以有不同的理解、闡釋，從而打破了詩的定勢。

如《我失手扼殺的鸚鵡》：

沒有理由
要扼殺一隻
羽毛艷麗
且會牙牙學語的
鸚鵡
像一個自覺有腋臭的人
緊緊收斂著翅膀
躺在

遼闊空間的一角
沉默地看著
我，那隻

被我失手扼殺的鸚鵡

**非馬在一篇文章③裡說了下面一個故事：**

有一天早上，孩子們不在家，我忽然聽到鸚鵡的尖叫聲，趕緊跑過去察看。見到其中的一隻仆伏籠底，猛撲著翅膀。我打開籠門，戰戰兢兢把牠抓出來，發現牠跌斷了一隻腳。之群建議用綁帶為牠包紮。手術期間鸚鵡在我手裡掙扎得很厲害，又踢又蹦，我也越捏越緊。漸漸地牠開始安靜了下來，我感到手裡溫暖的小身體微微顫動了幾下，終於完全平息。鬆開汗濕的手心一看，牠竟已斷了氣。孩子們回家發現，直呼我為兇手。為此我寫了這首題為《我失手扼殺的鸚鵡》的懺悔詩。

在我讀來，這不是一首「懺悔詩」，而是一首內涵很深邃的社會詩。每一個生命，都是大宇宙中的一種自然，是不能被豢養的，任何生命都不應該成為「寵物」。「豢養」便是設一種桎梏，便是對自由的限制。它的最終命運，如果不是被「失手扼殺」，也可想而知。那是被桎梏的悲哀，兇手只能是那種人為的「桎梏」！應該還自然生命以天然的自由！

社會的種種「桎梏」，都是對人性和自由的扼殺！

讀者的不同闡釋，便是詩的多義性。好的現代象徵詩都是多義的，見仁見智。好詩的涵義都不是固定的，具象與抽象之間的「距離」，越「遠」越好。

詩的意蘊不固定，便不受時空限制，便超越時空。捎帶補充說一下，像《床上》（前一章引出）那樣的詩，也不能只讀到「性」止，還能闡釋出較深的社會意蘊。它寫性愛，卻也是對「上帝」的揶揄、嘲笑，妄圖主宰一切的「上帝」，也不是什麼都懂！面對著「X＋0＝0」一類藝術美趣，他或許就只能瞠目結舌。

像《我失手扼殺的鸚鵡》這樣的詩，它的具象「實」出，或者源於「實」，但又不囿於「實」，而是一種「遠距離」藝術，出「虛」。乍一讀，以為「失手扼殺鸚鵡」，不會有什麼社會內涵，太「實」，小象；然而，仔細一品，詩的意蘊出「虛」，出大象，不受時空限制。

只有現代詩美藝術的「虛」，大虛，才能最大限度地、最深邃地表現「現實」！這就是詩的辯證法。

## 四、掙脫桎梏

非馬的詩創作，沒有搞「橫的移植」，避免了走「惡性西化」的路。

現在，回過頭來看，他能比較自覺也比較明顯地抵制「惡性西化」的影響，而不受沾染，大致的原因有幾個方面：

1．前面說到，他從譯詩的過程中學到了真正的「現代」藝術，對之狠下了一番「去粗取精，去偽存真」的功夫；

2．他對社會現實擁有獨立的批判人格；

3．他對優秀傳統藝術的創造性繼承；

4．他的「虛觀」的審美意識。

這些，隨著本書章節的展開還會細談，這裡只說說他所具備的一種掙脫一切桎梏的人格精神，他擁有靈魂的最大自由！

現代詩的根本精神是什麼？既是一種宇宙的自然精神，又是一種人格精神。這兩種精神的合成，便是靈魂的自由！這便是非馬詩創作的本質精神。

非馬在芝加哥「文學藝術新境界」座談會上的講話④中，談到了這個問題。他作了一番關於詩的回憶說：

我還記得三十多年前，我在台灣唸書的時候，讀到法國一個小女孩寫的一首題目叫做《我愛的樹》的詩：

樹
被一個笨拙的孩子所畫
一個窮得買不起顏色粉筆的孩子
他亂塗你
用學校裡他畫地圖剩下的棕色
樹我走近你
安慰我吧
因為只有我一個人

每次當我一個人走近一棵樹，我常會自然而然地想起這首詩，想起一個孤單的小女孩，把不會說話，很可能根本沒有感情的樹，當成能夠了解自己、安慰自己的好朋友。這種把宇宙萬物都看成像自己一樣有血有肉，能哭能笑，同自己息息相關，這種民胞物與的胸懷，我認為是詩的根本精神，也是所有藝術的根本精神。

「民胞物與的胸懷」，即自然精神和人格精神的合一。這種「樹人合一」的精神，在非馬的思想裡打下了很深的烙印。1966年，他曾接連寫過多首《樹》，選其一⑤：

我笑千百種笑當晨風吹過
我笑時渾身顫動——
他常說胖的女人多福
解生命陰影的褻衣於腳下
抬頭見他眼裡正燃著火——
像所有我愛過的男人

看得出，非馬寫這首詩時，用了全力在掙脫「惡性西化」的桎梏。

乍看，詩很怪誕，神秘。其實，也是「樹人合一」，好理解。

陽光，在枝葉間跳躍，成「千百種笑」；「解生命陰影的褻衣於腳下」，也是太陽對「樹」的觸撫。這或許是三十歲男子對「樹」的一種「想像」吧！

進入靈覺活動，一般肉體感官不可得：肉眼不可見，肉耳不可聞，肉身不可觸……在這首詩裡，樹、太陽、風、男人、女人，自然和人諧融契合於一體，展現生命及愛的活力。

生命和愛在燃燒，它的熱力、活力在擴散，束縛不了，桎梏不了。

這是自然和人的一種束縛不住的力量！

那個時期，詩人自身有一種任誰也束縛不住、桎梏不了的力量！

當然是一種最高人格精神的力量，是靈魂的自由！

再讀《我知藍天》：

我知藍天，藍天是一個鐘型的玻璃罩
人的眼睛看不穿它的透明
於是我有被囚的難堪感覺
雖我無翅

這是一首大詩，那個時期的代表作。它呼喚覺醒，呼喚自由解放，容忍不了桎梏。

「藍天」的意象，妙不可言。人，總受著某種無形的束縛：如藝術的「惡性西化」哪，社會環境的「商業化」哪，種種。「靈性」總被桎梏著。

人，必須克服、戰勝自然的和社會的環境，不為所囿。

讀另一首《鳥》：

這鳥
飛向天邊
竟是這般
悠逸
吊著
一顆塵心

這首詩與《我知藍天》可作一個組詩來讀。

儘管「吊著一顆塵心」，難以脫離塵俗。但畢竟已在「悠逸」地向藍天「飛」去。有了這種「超拔」精神，總可以甩脫桎梏而飄瀟。

註：

①《我的詩路歷程》，載《華文文學》1990年12月總15期。

②《中國現代詩的動向》，載《文季》1984年7月2卷2期。

③《寵物》，載1997年6月24日《羊城晚報》。

④《笑問詩從何處來》，載 1993 年 4 月 27 日曼谷《中華日報》。

⑤此詩載《現代文學》1966 年第 30 期。

# 第五章　尋找異同

大凡傑出詩人的出現，都不會是一種「斷裂」現象。非馬是「獨立」的，甚至是某種「傲然獨立」，但不是「斷裂」。

非馬的詩創作，擁有一種能夠「兩融」的詩的環境：實現傳統藝術和「現代」藝術的「兩融」。非馬身處「西域」，他翻譯了一千多首西方現代詩，有機會、有條件大量學習和吸收西方「現代」藝術的營養；但非馬主要是以母語寫詩，他的詩創作與中國詩壇——當時主要是與台灣詩壇深深植根，關係密切。他的詩創作，天然地與中國詩的傳統藝術凝結在一起，只是又有所「超越」罷了。紮根於傳統藝術的土壤，又吸取西方「現代」藝術的雨露陽光，便使非馬的詩創作「得天獨厚」。

我們也還得走入非馬譯詩的天地裡去看看①。

## 一、兩融環境

兩融，是指非馬的詩創作與中國（台灣）詩壇的關係。

兩融，也是指非馬的詩創作與詩的土壤的關係。

詩的土壤是兩種土壤：傳統藝術的土壤和「現代」藝術的土壤。在五十、六十年代的台灣詩壇，這兩種詩的土壤，具有某種難以相融的關係；而非馬與兩種土壤的關係，卻是一種「兩融」的關係。

不過，也是「融而不融」。對詩的傳統藝術，「融」其簡煉含蓄、空靈超拔的一面，而又「不融」其「泥實」、「淺露」的一面；對詩的「現代」藝術，非馬「融」其「超越」現實、不落窠臼的一面，而「不融」其頹廢、極端個人化和脫離現實的一面。

詩的藝術，是語言的藝術。詩的世界，是語言的世界。而語言又是文化的符號，是文化的媒介和表徵。任何一位傑出的詩人，無一不是母語的乳汁奶大的。非馬也不能例外，他更追求詩的母語特色——如他的詩創作把母語的精煉、含蓄發揮到了最大限度。「用最少的文字，負載最多的意義，打進讀者的心靈最深處」②。非馬的詩是母語乳汁哺育的精靈兒。

非馬置身於兩種語言世界裡，用母語寫自己的詩，並且，翻譯別人用英語寫的詩。後來，也用英語創作詩。他可以有兩種語言比較，既發揮母語的優勢，又吸吮英語（詩的英語）的特色。最重要的是不離開母語，因而使他的詩創作和傳統相凝結，對之深化並發展。非馬說：

> 詩不同於其它文種如小說散文，最自然的語言應是詩人的母語。這就決定了我的詩離不開中國的文字與文化傳統。更重要的是，我發現中國古典詩的簡煉含蓄與豐富的意境，正是我孜孜追求的東西。另一方面，西方現代詩的個人化現象越走越極端，許多作品很難引起我的感動與共鳴，也使我回過頭來向東方尋取營養。

這是非馬的詩創作，與當時台灣詩壇（整體）所不同的地方。台灣詩壇五十和六十年代，曾一度出現過「惡性西化」的現象。而六十年代後期到七十年代，正是非馬的詩創作逐步走向高潮的時候。

1966 年前後，非馬寫下的《我開始憎恨》、《樹》和《畫像》等 10 餘首詩，留下了與「惡性西化」艱難搏鬥（包括與自己搏鬥）的痕跡。

寫於 1966 年 6 月 15 日的《阿哥哥舞》③，可以見出詩人描摹當時詩創作「惡性西化」的痛苦情狀。

抖落抖落抖落
你的臂她的髮我的寂寞
急促的腳跟紅腫
好長呀生之旅程
而戰鼓癲狂
靈魂突圍之戰正酣
而號角爭鳴
呼你呼你呼你
以一長串黑色的名字
侶伴，你是否戰慄

這首詩以不能遏止地跳搖擺舞，暗喻詩的「惡性西化」。

這使人想起安徒生的童話故事《紅舞鞋》。詩的「惡性西化」，就好像穿上安徒生童話裡那雙「紅舞鞋」跳搖擺舞，很能夠蠱惑人；但一旦穿在腳上，就逼迫你只能跳個不停，搖擺得「癲狂」，腳跟紅腫，精疲力竭，痛苦地感嘆「好長呀生之旅程」！這就反而陷入了一種擺不脫的「窠臼」，最後只好痛下決心截去雙腳收場。

非馬與台灣詩壇關係比較密切，卻是一種「融而不融」的關係。

融，是融入中國詩的傳統藝術，予以發揚和超越；

不融，是不融當時詩所陷入的「惡性西化」困境。

如果說，台灣詩壇的「霸主」洛夫，是比較自覺地從「惡性西化」的歷程中走出來的；那麼，非馬則是比較自覺地避免了陷入「惡性西化」的泥淖。

非馬幾乎所有的作品，都首先在台灣報刊上發表，在台灣擁有相當數量的讀者，而他又深知「惡性西化」對讀者的危害，也是他「融而不融」的原因。即使到現在，非馬的作品還經常被收入台灣的各種選集，他同台灣作家們的交流也還是相當密切的。

非馬因為是《笠》詩社的主要成員，又是同人中唯一的外省籍詩人，有一段時間，他還充當同其它以外省籍詩人為主幹的詩社溝通的角色。台灣地小人多，詩壇也免不了有一些恩恩怨怨。由於非馬長期定居美國，空間的距離使他同大家都沒有太大的摩擦或直接衝突，各方面的關係都比較好。而非馬人又很和善，對於一些過於偏激的情緒，無論是過份強調西化或鄉土，也都能保持一種比較客觀冷靜的態度。這對於非馬「兩融」詩的傳統和「現代」藝術，是一種極好的助力。

其實，在當時的台灣詩壇，鄉土詩社中也有「現代」藝術成份，「現代派」各詩社中也有鄉土（傳統）藝術成份，只不過各執一端罷了。而非馬的「兩融」，恰恰得到了兩方面充份的滋養，極大地豐富了自己。

《笠》詩社當時是一個比較純淨的「鄉土」詩社，倡導「鄉土詩」的創作，力主詩的腳踏實地的鄉土精神。在台灣詩壇「惡性西化」囂嚷的時候，《笠》詩社「多少受到有意無意無意的排擠與漠視」（非馬語），這使非馬更加接近他們，一直同他們保持聯繫並支持他們。非馬的詩創作在承繼傳統藝術的優點時，也更接近於《笠》詩刊淳樸的「鄉土」氣息。

當時，台灣詩壇各詩社之間，門戶之見甚重。別的詩社的詩人或評論家，可能是囿於門戶之見或別的原因，很少有系統評論非馬作品的文章，雖然在私地裡也都承認非馬在短詩創作上的成就。《笠》詩社的同人一般比較樸實，很少互相標榜吹捧。他們對非馬的詩創作組織了多次系統的「合評」。這種「合評」在台灣北、中、南部同時進行，然後把討論結果刊登在《笠》詩刊上。幾次非馬詩的「合評」，立場比較客觀，好的壞的都說，都是些善意的批評與建議，所以帶給詩人相當大的鼓勵。其中部份收集在《非馬集》這部詩集裡。

當年的鄉土文學刊物《文學界》，也曾為非馬作了一個相當不錯的詩評專輯，也給了非馬相當大的鼓勵。

在台灣詩壇，高舉「現代派」旗幟，倡導詩的「現代」藝術的《創世紀》詩刊，曾經風靡一時，至今影響不衰。它的的舉旗人之一洛夫，非馬和他之間也保持著詩的友誼關係。有一年，非馬回到台北，洛夫曾好心勸他多在其它報刊上露面，原因是洛夫希望非馬更加擴大詩的影響。

其實，《笠》詩刊的「合評」，也並不囿於「傳統」，「現代」藝術的氛圍也頗濃厚。他們一致稱好非馬的詩如《魚與詩人》、《鳥籠》等，「現代」味很足，而且還是「超現代的呢！

面對當時台灣、中國詩壇「惡性西化」或「政治頌歌」的左右挑戰，詩人非馬以靜穆對囂嚷，以冷雋對狂熱，始終保持「融而不融」的姿態。他總結這種應變經驗時說：

大概是空間的距離以及我不那麼汲汲於名利的心態，使我能夠比較超脫吧。畢竟，我的正業是科技研究，所以我能比較從容地從事詩的創作與試驗，並堅持我對詩的藝術的追求。最多只是暫時找不到發表的園地，沒什麼大不了。

## 二、潛移默化地吮吸

非馬在他的詩創作的高潮到來之時，一面大量翻譯西方現代詩尤其是美國的當代詩（每兩個月翻譯介紹一本詩集，如此持續了兩三年），這對於他的詩創作的現代藝術發展，產生了較大的影響。

非馬對於西方現代詩有一個鮮明的態度：不是拒斥，而是學習、借鑒；但他的這種學習、借鑒不是盲目的，而是有挑選的，是尋找西方現代藝術與中國傳統藝術的異同，是分析、鑒別和吸取那些於我們有益的現代藝術的菁華部份，為我所用。他覺得，在現代藝術的高峰面前，我們無法夜郎自大，固步自封。相反，我們應該走向現代藝術的更高層次，攀登「中國式」的現代藝術的峰巔。

讓中國詩走向世界，本質地完美地走向世界，就要學習西方現代藝術中那些「世界性」的菁華。那些「世界性」的菁華，一定是和我們民族的傳統藝術「相融」的東西。這樣，求同存異，化異為同，我們的傳統藝術也就能夠得到昇華。我們民族的傳統藝術就能與世界的優秀藝術，實現高層次的彼此認同和融匯。

白萩擔任《笠》詩刊主編時，希望非馬能夠大量譯介美國詩人的詩，這說明，就是《笠》詩刊這樣的傳統詩刊，那時在藝術上也不是固步自封的，也是要學習、借鑒西方現代藝術的。而且，他們的立場也是十分明確的，是要棄（不融）其狹隘，吸其菁華。所謂有「泥土味和汗臭味」，不就是「現實性和人民性」嗎？

事實上，中國新詩與西方現代詩的關係是錯綜複雜的。過份地強調本土化立場，對新詩的發展是一個阻礙，尤其是不利於傳統藝術和「現代」藝術的「兩融」，從而限制了新詩向現代藝術的高峰攀登，使詩滯重於狹隘現實主義的泥淖。

詩的創造性和獨創性，理應站立在「世界性」的高層次認同上。台灣詩壇兩方面——「惡性西化」和過份地強調「本土化意識」的經驗教訓，我們都應當記取。

非馬翻譯了那麼多的西方現代詩（總數比他自己創作的詩還要多），我揣摩其用心，他是要把西方現代藝術中最寶貴的東西，潛移默化地化過來，化作我們自己的血肉，頤養我們自己，昇華我們自己，向現代藝術新的高峰攀登。

這也是他後來提出現代「兩比」藝術——「比現代更現代，比寫實更寫實」最初的一個由來吧。

非馬把我們熟悉的詩人威廉斯、勞倫斯和桑德堡的詩，翻譯得惟妙惟肖，恐怕也是出於對中國詩與西方現代詩，在藝術上的「兩融」關係的強調。

「兩融」和「兩比」，是詩的「非馬現象」的一個創造。

威廉斯的《場景》④寫：

玫瑰花，在雨中．
別剪它們，我祈求．
　它們撐不了多久，她說
可是它們在那裡

很美
哦，我們也都美過，她說，
剪下了它們，還把它們交到
我手裡。

非馬在這首詩裡找到了東、西方藝術的相同點：詩是想像的藝術，詩創造一個想像的宇宙。中國詩的傳統藝術有一「絕招」：叫「留白」。就像威廉斯在這首詩裡，留給讀者足夠的想像空間。這應該是詩的「世界性」藝術追求吧！

非馬翻譯這首詩時說，詩創作只是提供「一個場景，一座舞台」，讓讀者憑著各自的背景與經驗，去想像，去補充，去完成。「留白」，並非真的「空白」，而是留下一個想像的空間，激發讀者想像的活躍，增大了詩的張力，詩便有了「可塑性」，聽憑讀者去做「見仁見智」的塑造，即再創造。詩便孕育了一種「未完成美」。詩的多義性，讓一首詩成為多首詩，有限成為無限。即如這首詩裡的「她」，可能是嫉妒看不得別人美，也可能是想讓盛開的玫瑰的美長留心間；而「我」可能是純粹地愛美，還可能是觸發了另有的隱情。「留白」，也可以說是留下一些話不說，而由讀者去說，由讀者按照自己當時的境遇和心情，去做二度創作，去再塑造，去最終完成。

還有一個關於西方現代詩的「晦澀」的問題，有一種情況是我們在學習、借鑒時，有意無意地誇大了。其實，只要不太過份，能夠讀懂，「晦澀」也是一種修辭手段，也是一種現代藝術。讓我們一讀威廉斯的《鳥》⑤：

鳥伸展
雙翼翱翔
於騷亂的不可觸及
而竟觸及
你十一月的意象
滑行
到一個終點
神妙地停落在我
捕捉的眼網

無疑，這首詩帶有某種晦澀，但由於修辭手段的迷人，反過來引發閱讀對主體性的敏感和好奇，顯示了它的風格的不一樣。這首詩的意思是：在「我」眼裡，鳥即使是在冷天裡（蕭瑟之秋或進入寒冬——十一月的意象），也伸展雙翼自由地翱翔。詩的意蘊的深邃，是詩人用了某種近乎晦色的修辭手段：如「於騷亂的不可觸及」、「捕捉的眼網」等。「騷亂」是對自由的侵擾，因而阻礙了「我」的視線，不可見鳥的高不可及翱翔，當然也阻礙了「我」對自由的嚮往。但是，鳥的那種不畏寒冷自由奮飛的精神，始終鐫刻在我的「眼網」神妙的記憶裡。這樣，鳥的不屈不撓自由翱翔的意象，反而在類乎晦澀的修辭中加深了，並且顯得神秘而迷人。

捎帶說一句，晦澀也還是有毛病的。但毛病不是「不易懂」，詩若是內涵深邃且豐富，多讀幾遍就懂了。晦澀的毛病，在於那個「澀」字。無論「眼澀」（枯澀）、「口澀」（味澀）都不好。所以得扔掉「澀」字，向前走。走向隱秘。

還有個「文字遊戲」的問題。詩既然是語言的藝術，就不能不加區別地排斥某種有益的「文字遊戲」。這也是學習、借鑒西方現代詩時遇到的一件「相左」的事。無論是求同存異或者化異為同，都得作具體分析。

讀康明思的《老年人釘……》⑥，覺得其中的「文字遊戲」頗不平凡：

老年人釘
走
開
牌子）而
年輕人把它們拔
掉（老
年人
大叫不
准侵）而（犯）
年輕人大笑
（私產
老年人
叱罵禁

止停
不
得別

而）年輕人理
都不理徑
自變
老

我們不能不對這首詩排字的藝術變化好奇、驚嘆！

康明思把文字拆散重組，就是玩「文字遊戲」，但他卻玩得很有意思。他把詩的文字拆得七零八落，是為了突出「不准侵犯私產」這牌子上的字。老年人要把這牌子釘牢才走開。而且，還在老年人「不准－－」的這種大叫聲中，插進年輕人的大笑，強化現場氛圍，突出一種震撼的效果，讓人觸目驚心！待我們仔細地把文字看個明白之後，便會恍然大悟。原來，詩人要強調地告訴我們：「保護私有財產」是這個社會代代相傳的「命脈」！文字的拆排遊戲，也烘托和加強了詩的語言的反諷效果。

這種拆排文字的遊戲，也是詩的一種隱藏藝術。

從威廉斯的詩中，我們還可以見到詩的多樣性的試驗。《開花的槐樹》⑦一詩，我們看到了靠詩自身的語言能力的開掘所造出的成就。

在
僵
綠

老
亮
的

斷
枝
間

白色
甜蜜的
五月

又來了

這是一支生命的歌，於字裡行間或於詩的形體上，我們見出生命的那種充沛活力。

非馬的「簡析」說：「從僵硬零落的舊椏殘枝間，終於走出來白色甜蜜的五月，使人舒了一口氣。」我們見到的槐樹，從修飾它的「斷枝」的「僵綠」、「老亮」的形容詞裡，可以見出生命的萌動；而以「白色」「甜蜜」修飾「五月」，則見出春意盎然。語言的活力是罕見的。而一字（詞）一行的形體，似乎更可以見出生命在那裡跳躍。最後的「又來了」（again）獨佔一節，已然生機勃發。

從本書後面的章節例舉的非馬自己的詩裡，我們可以看到非馬在詩的語言張力和詩的形體創造上，所受到威廉斯的這首詩和其它詩的潛移默化的影響。

可以說是潛移默化的吮吸了吧，卻又不是「西化」，更不是「惡性西化」。

勞倫斯（寫過《查泰萊夫人和她的情人》）的詩，沒有固定的形式，卻成功地捕捉了微妙的情景、事件、心境與感覺。他的《白馬》⑧一詩，曾被非馬作為自己的一部詩集《白馬集》的題詩：

少年走近白馬，把韁套上
馬靜靜看著他·
他們那麼靜有如在另一個世界裡·

非馬的「簡析」是：「純白的馬，純白的眼光，純白的信賴，純白的空氣，純白的靜，純白得不像在這個世界裡」。這首詩不啻針砭這個世界的污濁，更創造了另一個相互信賴的純淨的美的世界。我們更可以想見少年騎上白馬向另一個美好的世界奔馳。詩小，卻容得下一個宇宙的內涵。詩只寫微妙的情景，卻展開一個無限廣闊的想像空間。非馬很欣賞這種小詩，他自己也創作了不少這種小詩。

再舉一個詩人的詩例，並從非馬的「簡析」中，看看非馬從中吮吸到、學習到了什麼。克蘭《我看到一個人在追逐地平線》⑨寫：

我看到一個人在追逐地平線

一圈又一圈他們飛奔·
我看了很不舒服：
我向那個人打招呼·
「那是徒然的，」我說，
「你絕不可能——」

「你說謊！」他大叫·
繼續追他的·

**非馬對這首詩作了一個「簡析」，說：**

克蘭喜歡用廣闊的空間作為詩的場景，像沙漠以及這裡的地平線。在一望無際的空間裡，通常只有一個「他」（當然還有詩人自己）。這樣讀者的眼光及心思便都被集中在「他」身上，沒有別的東西來分散注意力。不過在這詩裡地平線也是個有生命的活體，在那裡同「他」賽跑，或在前面逗著「他」跑。詩中「你絕不可能——」用得極妙。它當然是「你絕不可能追上它」的意思。但因為不說也明白，何必多說？更重要的是，它傳神地表達了「他」的匆促及意志的堅決，不讓別人說完便把話打斷，繼續去追他的。

這首詩，在一個廣闊的空間裡突現一個人的活動，是一種「虛實結合」的藝術，且更在於出一種「虛」境，這是克蘭詩創作的藝術特色，是值得我們學習、借鑒的地方。中國詩走向現代藝術，得走一條「出虛」的路子，出大虛。

在這首詩裡，還可以看出兩點：一是非馬的譯詩有他的選擇標準：詩風清新，且意境十分開闊，就是要與他的現代詩美藝術觀點認同——他的詩的「現代」藝術及詩觀是「中國式」的；二是這首詩的「不說出來」，不只是不必說出來，且有中國詩以「不說出來」為方法，達到「說不出來」的境界，那樣一種美感。追「地平線」，使人聯想到在「地平線」那邊，一定有他的希望，那希望是可以追到的。這是詩人隱藏著「不說出來」的，若說出來就淺白了，詩的意味全無。

這個譯詩的例子，也可以說明非馬不僅是從譯詩中學習西方詩的「現代」藝術，更能夠將之與東方藝術的「母體」融為一體，這也是他的詩創作不致於走向西化的內在原因之一。

## 三、認同：生命原創力的發掘

真正的詩人，無論中外，都有一個共同的追求：以詩的現代藝術，蘊入和表現深邃的社會現實內涵。這大概是詩的最根本的一致性吧。

即使詩有著最隱藏的藝術，它也會最終透露一些隱秘的訊息。如勞倫斯的《蚊子知道》⑩：

蚊子知道得很清楚，小雖小
他可是隻食肉獸．
但畢竟
他只取一滿腹，
並沒把我的血存入銀行。

非馬的「簡析」十分精彩，他說：「比起人類來，身為食肉獸的蚊子並不貪婪，弱水三千，它只取一瓢飲。詩裡使用現代商業社會的〝銀行〞這字眼，讓我們想起了那些便便大腹的〝大款〞們，以及他們永遠滿足不了的大胃口。」以「簡析」與詩相對照，此詩的隱藏量很大。拿蚊子的吸血和那些「百萬富豪」的資本家的吸血（詩本身並沒有說出來，只是暗示，讓讀者去聯想）相比較，百倍兇惡的「食肉獸」是誰？自不用說，——「蚊子知道」。這樣，詩的社會現實內蘊自然地流露出來了。

詩不能沒有涵義，不會是一具沒有血肉的軀殼。否則，就無藝術可言。

每首詩都應有它的題材內涵，即它的藝術的內在性。

詩有沒有「世界性」的共同主題？它是什麼？有人說是愛情，也有人說是人性。都還不是最根本的。我認為，無論中外，詩的題材內涵有一種根本性的認同：那就是對生命原創力的開掘，儘管各自開掘的範疇和方式有所不同。

詩的創作——任何詩人的詩創作，就其根本意義上說，都是為了開掘生命的潛能，發揮生命的創造力，完美生命的內涵和形態，使生命進入最高層次和最高境界；任何詩人也都是讓自己的生命進入創作，在創作的過程中開發自己生命的潛能，完美自己的生命。

關於這一點，非馬的詩創作和他的譯詩，都能體現出來。

前面引了威廉斯《開花的槐樹》，已見出其詩對生命力的拓展；下面例舉勞倫斯的一首《綠》：

曙光是蘋果綠，
天空是綠酒在陽光中舉起。
月亮是其中的一瓣金玉。

她張開眼，綠芒
四射，月亮如花
初綻，首次開放。

勞倫斯有很多美妙的詩篇，此其中之一，對生命原創力有一種特別的表現方式。詩寫女人醒來時的美——美目初綻之美，那是生命力的一種煥發，一種靈動；更是一種生命意識開始萌動的美。它喚起了整個宇宙生命的愉悅和美感。

當女人「美目初綻」——「綠芒四射」的那一瞬，蘋果綠的曙光潑灑開了，陽光蕩漾起綠酒似的醉人的天空，遲遲不願離去的月亮像是一瓣金玉，在艷羨和迎請這位美人明眸一盼：美目初綻如蓓蕾展放。

以綠的色彩，寫生命的原創力和活力，出一種和諧、恬靜的美。美目初綻，出生命的綠色，展現宇宙的生機，代表著希望。勞倫斯的另一首《小魚》寫：

小魚過得快快活活
在海裡。
敏捷的生命碎屑，
小小的他們自得其樂

在海裡。

小小的生命，生命的碎屑，也有游海的活力。能不羨慕嗎？生命的意義在哪裡？在於活得自由，無拘無束，自得其樂。沒有負累的生命，才有活力和張力，幹嗎要為利祿、權勢征逐？小魚的生命狀態，是一種宇宙態。

這樣的詩，超越時空，難道得不到「世界性」藝術的認同嗎？表現生命的原創力，非馬也譯過一些西方的「菫詩」，大概也是因為尋找生命狀態在另一個層次上的美吧！

我們再讀勞倫斯的《你》：

你，你不認識我
你什麼時候用膝蓋
像火鉗夾熱炭般

非馬在「簡析」中說：「勞倫斯對肉體美與性愛有異乎常人的認識與喜愛。對他來說，英國十九世紀學者羅斯金的話：『我從未見過一座希臘女神彫像，有一位血色鮮麗的英國姑娘的一半美』，毋寧是一種真理。」

無疑，性愛也有一種異乎尋常的美，一種對人的生命和生活的熱愛，就像生活中的活人，喜歡講（聽）葷故事那樣，那也是一種美的探幽和諧趣。有人說，這樣的葷詩有什麼好學習、借鑒的？性愛不是詩的禁區。不，詩寫性愛也有一個層次問題，出一種幽默和不低俗，這也是一種語言效果，是對語言所可能意味的美妙的捕捉。

把性愛作為一個生存「領域」來認識和體會，這對狹隘的功利意識未嘗不是一種衝擊。只不過有些人或故作正經或不敢去認識這個領域罷了。

桑德堡的《安娜．茵露絲》寫的是死，但死是生的極限，生的一個情結。

把手交疊在胸前——這樣子
把腿扯直一點——這樣子

把車召來帶她回家
她的母親會號幾聲還有她的兄弟姐妹
所有其他的人都下來了他們都平安火起時沒跳成的只有這不幸的女工
這是上帝的意旨也是防火梯的不足

非馬的「簡析」說：「桑德堡是一個富有社會正義感的詩人，他的這首詩抨擊資本家為了賺錢，忽略保護工人的安全設施。」並認為「倒數第二行長得有點出奇，頗有一口氣要說出滿肚子的憤懣與不平的味道」。這首詩的末二句，把對死——女工的死的分析性語言，變成對生命意義的描述。資本家的賺錢，是以犧牲工人生命的尊嚴做為沉重代價的。從而反襯前面那些平淡的敘述性語言，是以平淡裏挾殘酷，扼住喉嚨發問：生命的意義何在？生命為改變自身處境所做的種種努力意義何在？

這種對生命無意義的指認，更是極大地激發了對生命的意義的尋求和渴望。此詩哀嘆人性的喪失，讓人醒覺：那根聯繫生與死的命運的琴弦，應該掐牢在工人自己手裡。不愧為生命的輓歌。

克雷普西的《十一月之夜》，寫自然界的生和死。生和死是宇宙的一種全息現象。

聽
微弱乾燥的聲音
如過路鬼魂的腳步
霜脆的葉子，自樹上掙脫
墜落

讀詩，我們能聽到時間打在臉上發出的聲響，看到它的光和色，甚至可以感覺到時間穿越身體時的種種斷裂。我們也看到死亡帶來的深深恐懼和心靈震顫。

落葉的腳步，是生命的獨舞，宇宙之舞。是一種向生而死抑或向死而生的努力。

## 四、過制極端個人化

非馬致力於翻譯西方現代詩，不啻從中學習、借鑒詩的「現代」藝術，還另有「還原」西方現代藝術的本色，讓人知道西方現代主義作品，也有好的東西，絕不只是那些「詰屈聱牙」，讓人啃不動、咬不爛的「極端個人化」的貨色。

當時，台灣詩壇那股一窩蜂轉向西方的風，吹得人頭昏腦脹。同時，人們也有一種誤解，以為西方現代主義藝術，就是躲避現實的極端個人化，就是孤立於社會和時代之外，就是頹廢、晦澀。於是，他們便毫無節制地使用從西方學來的半生不熟的「現代」技巧，鑽進個人化的牛角尖，遠遠逃離現實世界之外，結果是詩的讀者一天比一天少，只剩下一個狹小的圈子。大部份的現代詩，變成了少數幾個人的遊戲。

非馬從大量的西方現代詩中尋找，比較它們在藝術上與我們詩的傳統的異同，特別是找出那些和我們的傳統相「異」，而藝術上更具「現代感」，卻又能引起我們「感動和共鳴」的作品，把它們翻譯過來，做為養料來滋養我們的詩創作。

其實，歐美詩人早就有關於日常生活方面的詩創作經驗了。當然，非馬不會去翻譯那些枯燥乏味的、極端個人化的貨色。

佛洛斯特《牧場》寫：

我正要去清理牧場的泉水；
只去耙耙葉子

（等著看水清，也許）
我不會待太久－－你也來吧。

我正要去捉小牛
牠站在母親的身邊。那麼幼小
她用舌頭舔它都會使牠站不穩。
我不會待太久－－你也來吧。

佛洛斯特（1874—1963）是美國最受愛戴廣被閱讀的一位詩人。這首詩和其它許多詩，寫日常生活寫得比較好。他算是寫這方面詩的「專家」、「好手」了。非馬對這首詩的簡析是：

「你也許正賴在床上看書，或睡懶覺。外面陽光那麼好，你還是起來跟我到農場上去走一走吧。看耙過樹葉的泉水，如何澄清；看剛生下來的小牛，如何掙扎著站穩腳步。不會耽誤太多的時間，你來吧！」非馬認為，這樣的詩，「寓有濃厚的生活情趣及深邃的人生哲理」。非馬的闡釋十分生動，且昇華了詩的境界。像這種寫日常生活的詩，決不能只到日常生活止，只剩下生活瑣碎，而要讓讀者的「想像力飛翔」。讀這首詩，我們感覺到牧場生活的質樸、純真，沒有名利、權勢征逐的煩熱，而能洗滌被凡塵浸染的靈心，讀後覺得靈魂已在淨化。

比較起來，這些年國內某些號稱「日常主義」的詩，卻單純地寫瑣碎的日常生活，詩停留於日常生存狀態「庸熱」現象的描述，所謂「冷也好，熱也好，活著就好」，生活只剩下了「柴米油鹽」，實際上是一種日常雜碎演繹。這樣的詩，不過是一些平庸生活的照相式實錄，「私人日記」式的「熱感」而已，不見靈魂翺翔，十分無奈。

進入90年代以後，非馬也寫了許多日常生活的小詩。他的這些詩，是日常經驗，又是歷史語態；是瑣屑事物，又是神秘話題；是平常生活，又寓時代心聲。既沒有裸露「私人寫作」的形骸，也沒有陷落極端個人化的泥淖。它們是詩的另一個領域的開掘。

他有一首《汽車》（1990.9），不大為人注意：

放蕩不羈的浪子
一邊揮霍
大地母親的
心血
一邊在她臉上
死命地

汽車在大地上奔跑，是在大地母親臉上親吻。它不受羈縛，消耗汽油（大地母親的心血），磨損路面，也磨損自身機件，還污染自然，便是「揮霍」。這是最普遍的日常生活現象。詩人卻不只是攝像式描摹，不停留於生活現象本身，而是在日常經驗領域大力開掘，發揮對當下日常生活的敏感，「站在民間立場寫作」，從汽車奔跑跳躍到坐車的「人」展開思索，那些多姿多彩的日常經驗便幻現出來，而被捕捉到了。一邊揮霍家財，一邊親吻母親，的確是一種「浪子現象」。於是，詩的想像力在日常經驗和冥想沉思之間充滿張力的空間內馳騁：一邊口喊愛國，一邊大事揮霍、蹧蹋國家財產，這不是最大的「浪子」嗎？詩的筆鋒不露痕跡地指向腐敗，無形間，日常經驗蘊入了反腐敗的涵義。

這也跳出一般地寫「母子關係」了。

詩的話語充滿反諷意味，敘述汽車的行駛，用「揮霍」、「吻」一類詞語，描繪代替了敘述，是典型的人的想像和感覺的語言化。

讀非馬的另一首《留詩》（1993.7），人們也不大注意：

留了幾首
詩

你到家的時候
它們一定
又冰
又甜

這又是一首寫日常生活的詩。乍讀，似乎什麼也不是。寫日常經驗的詩，總是怪怪的。可讀著讀著，詩的味道就出來了。

市場經濟社會，在日趨商業化、物態化的今天，詩算什麼？詩被甩到哪個角落裡去了？不能當商品買賣，產生不了利潤的詩，遭到利慾主義的鄙棄，是理所當然的事。詩人並沒有因此「失語」。正因為如此，詩人做了一種語言試驗，反其道而行之，在另一個層次上做出新的美學開掘，從瑣屑的生活現象中洞悉生命的本質和新的意義。在詩人那裡，詩是可以進入冰箱冷藏的食品，可以解渴充飢，是「又冰／又甜」的冰鎮食品，甚至還可以開慧醒神呢。這不就是說，詩仍然是不可缺少的「精神食糧」嗎？

這是阿Q式的自我安慰，還是對社會存在的一種反諷？詩在挖掘語言潛能的同時，也在挖掘人類良知和民族良心。

小詩乃大。日常經驗可以開掘非常主題。詩被人們冷落了，但詩人為什麼不可以把它作為珍餚「冷藏」起來呢？詩，似乎在期待一個真正的「美食」社會，這或許是另一種美學期待吧。

註：

①非馬譯詩集《讓盛宴開始——我喜愛的英文詩》（英漢對照）。台北書林出版有限公司 1999 年 6 月版。

②非馬：《中國現代詩的動向》，載《文季》。

③載《笠》詩刊第 33 期。

④—⑩引自①。以下所引各首譯詩亦同。

# 第六章　現代兩比藝術

非馬在《我的詩路歷程》①一文的結尾說：

最近我的一本詩選《非馬集》在香港出版，有一位書評者注意到我結合現代派與寫實派的企圖，想用現代主義的技巧來表達現實的社會與生活。這確是我多年來一直努力的方向。我替自己懸了一個高遠的目標：「比現代更現代，比寫實更寫實」。至於能實現多少，只有看我自己今後的努力，以及讀者朋友們的鼓勵與鞭策了。

「比現代更現代，比寫實更寫實」！

這是非馬替自己懸掛的一面現代詩美藝術的旗幟。此旗迎風獵獵，威靈遠播。我把它稱作「現代『兩比』藝術」。它的目標，是要實現兩個超越：既超越現實，又超越現代。

這種現代「兩比」藝術，既是一家獨創，又代表了現代詩美藝術的一種發展方向。

## 一、兩全其美

1975年，非馬出版了他的第一本詩集：《在風城》②。詩集的出版，距1957年在《公論報》發表《星群》相隔近二十年，非馬的心情難以形容。但出版後的反響，卻令他嚇了一跳。

《在風城》是由白萩催生的，封面設計也是他作的。《笠》詩刊第70期（1975年12月）推出了《〈在風城〉的風聲》特集，參加執筆的有詩人桓夫、趙迺定、林煥彰及李魁賢。他們對《在風城》毫無保留的讚譽與嘉許，給了非馬莫大的安慰與鼓勵。特別是林煥彰在文章的末尾說：

> ……我這裡所選出的十一首，是我特別喜歡的，比起洛夫的《魔歌》來，不知要高出多少倍。

把非馬同當時的台灣詩壇「霸主」洛夫相提並論，加以比較，對詩壇無疑是一個衝擊，引起輿論波動。

《笠》詩刊以後的幾期，還陸續不斷地有詩人和讀者們的讀後感刊出，給予《在風城》相當不錯的評價。

這之前，非馬開始了英譯中文詩，並對用英文寫詩發生了興趣。

非馬拿到核工博士學位以後，開始大量在《笠》詩刊上譯介英美現代詩；同時，他自己也用英文創作詩。1971年他的兩首英文詩《夢與現實》和《在風城》被選入美國的英文詩選。

1972年，白萩想爭取到愛荷華參加國際寫作計劃，請非馬把他的詩翻譯出來。非馬英譯了白萩詩集《香頌》，它寫一對貧賤夫妻的日常生活，手法相當新，也寫得相當深刻。可惜，因其它原因白萩後來沒去成，在台灣用英漢對照方式，將《香頌》出了兩個版本。

1973年，非馬的英文詩《暴風雨前》和《哈佛廣場》，被收入另一本英文詩選。

這一年，非馬還英譯《笠詩選》，在《笠》詩刊發表。

非馬對中譯英文現代詩興趣很濃，而對英譯中文詩，則視若苦役。英文不是母語，當然是原因之一，但遇到中文裡有不成熟或毫無詩意的地方，該對照翻呢，還是把它們改寫？這問題常困擾著他。非馬常說，翻譯是一面照妖鏡，許多在原文裡像模像樣的東西，常被照得原形畢露。不過，非馬在中、英詩的對譯中，有了充分的藝術比較，對他自己的詩創作大有好處，使他在現代詩美藝術上增益匪淺。

進入八十年代，非馬詩創作的「豐收季」到了。

1983年《非馬詩選》（台灣商務印書館）出版，1984年《白馬集》（台北時報出版公司）和《非馬集》（三聯書店香港分店）出版，1985年非馬和別人的合集《四人集》（北京中國友誼出版公司）出版，1986年《篤篤有聲的馬蹄》（《笠》詩刊出版社）和《路》（台北爾雅出版社）出版。

這是非馬詩創作的高產期，接連出版了六部詩集。

經過多年的探索，他終於找到了適合自己的詩路。

非馬的現代「兩比」藝術，是由他自己以前提出的現實與藝術「兩個至上」發展而來的。現代「兩比」藝術與「兩個至上」的提法，前者不僅準確一些，也要「前衛」一些。

非馬在一次講話③中，說了這樣一段話：

詩人的任務是用最少的文字，負載最多的意義，打進讀者的心靈最深處。為了達到這個目的，詩人必須是一個嚴肅的藝術工作者，他必須懂得如何去運用技巧，如何去選擇最有效的語言，創造最準確的意象，使寫出來的詩成為獨特的藝術品，這樣才有希望感動人。從這個角度看，我是絕對擁護「藝術至上」或「技巧至上」的論調的。

但詩要感動人，特別是要感動許多人，必須與大多數人的共同生活經驗息息相關，同現實世界緊緊結合。詩人雖然不一定要成為大眾的代言人，但他必須能夠與同時代的人充分溝通，才能知道他們在想些什麼，關心些什麼，希望些什麼。更重要的，我認為一個有良知的現代詩人，必須積極參與生活，勇敢地正視社會現實，才有可能對他所處的社會與時代做忠實的批判與記錄。從這個角度看，我又是「現實至上」的擁護者。

也許有人會認為，這種既擁護「藝術至上」又擁護「現實至上」是一種矛盾。因為一般人不是擁護這一邊便是擁護那一邊，很少有兩邊都擁護的。即使有，也都是採取折衷的辦法，就是走中間路線，兩邊都擁護一點點，兩邊都不得罪。但我想中國現代詩需要的不是這種溫吞水的中庸之道。我覺得「藝術」同「現實」，與「科學」同「文學」一樣，都不是對立的東西。它們彼此之間並不衝突，反而是相輔相成的。我們可以要求一首詩有個非常現實的題材，同時又是一件完美無瑕的藝術品。把「現實」與「藝術」都發揮到極致，兩者都達到「至上」的地步。

**他接著還說：**

一個眼光銳利的文學工作者往往能夠穿過事物的表面，看進現實的核心。如果他同時又具有足夠的文學表達能力，把這種現實用藝術的手法，包括超現實的手法，完美地呈現出來，那麼他的作品便有可能感動人。

如果我們對文學採取類似上面所說的，「藝術」與「現實」兩全其美的態度，很多矛盾便可迎刃而解。

**非馬這裡說的是「兩全其美」，即「把『現實』與『藝術』都發揮到極致」，這才是現代「兩比」藝術的本質精神。**

## 二、植根現實，跳脫窠臼

非馬的現代「兩比」藝術，既具開放的現實主義精神，又具「現代」藝術特色，實現了二者的統一。讀兩首《黃河》，看看詩人如何不囿於現實桎梏，而有所跳脫的。

其一：

溯
挾泥沙而來的
滾滾濁流
你會找到
地理書上說
青海巴顏喀喇山

但根據歷史書上
血跡斑斑的記載
這千年難得一清的河
其實源自
億萬個
苦難泛濫的
人類深沉的
眼穴

其二：

把
一個苦難
兩個苦難
百十個苦難
億萬個苦難

一古腦兒傾入
這古老的河

讓它渾濁
讓它泛濫
讓它在午夜與黎明間
遼闊的枕面版圖上
改道又改道
改道又改道

黃河，是中華民族的血淚和苦難匯聚的河！

兩首《黃河》，大氣磅礴，意象雄渾，根植社會現實，當屬民族史詩之列。

前一首溯「源」，後一首析「流」。

前一首，用地理書上的「源」和歷史書上的「源」，兩相比較，得出詩人的獨特發現。詩人發現「被俗常目光埋葬了的詩意」：「這千年難得一清的河／其實源自／億萬個／苦難泛濫的／人類深沉的／眼穴」！這就跳出了「實象」的「河」，不落於一般寫黃河（甚至包括「母親」意象）的舊的窠臼，而進入了「靈」的層次：人類苦難歷史之「河」，出「虛」，肉眼不可見。原來，「苦難」之「源」，是「人為」（「眼穴」意象）的，歷史上各種腐朽罪惡的專制制度造成的。

後一首，則突出剖析「苦難」之「流」。不僅用數量類壘法營造意象：苦難頻頻加重；更以「改道又改道」的意象疊加，強調對「苦難」實行「改道」的苦難！「苦難」一再加碼，而「改道」卻不改其「轍」：只是重複歷史的「回頭路」！詩人不流於狀寫現實之表象，而是於此深化、提昇了「現實」。詩人針砭的鋒芒所及，絕不是消極的怨恨，而是積極入世的，看得出寄希望於「臥薪嘗膽」，奮發圖強，真正找到滌「濁」出「清」的「道」！

「改道又改道」的意象，緊扣歷史和現實，令人深思！

有人認為非馬的詩創造屬於現實主義主潮，更有人認為非馬多用現代派手法，對現實主義有較多超越。安晨先生在《非馬自選集》④卷首文章中認為，非馬是「寫實的現代派，現代的寫實派」。他說：

> 如果說注重詩的社會性和現實性的非馬屬於「寫實派」，那麼同樣注重詩的藝術技巧的非馬則屬於「現代派」。他努力用現代主義手法來描寫現實生活，因而他的詩作既避免了寫實派易犯的淺顯直露、淡而無味的毛病，也避免了現代派易犯的晦澀艱辛、無病呻吟的弊端。

安晨先生的意見大致不錯，非馬是傳統和現代結合型的詩人：既承繼現實主義積極入世的傳統，又用現代藝術超越舊的現實主義的窠臼。其實，對於非馬我們大可不必談什麼主義，也大可不必拉什麼派別。非馬的詩創造是一種獨立現象，即「非馬現象」。非馬自己的現代「兩比」藝術，便作了很好的概括。非馬的詩創造，極具一種對中國傳統新詩的變革精神和創造性的繼承性；又極具時代和社會現實的深邃性，深入到時代和社會現實的最深層次。非馬的詩創造與現實、歷史和人生是不可分割的，藝術價值與社會價值是不可分割的。它們成為海外華人赤子一種文化心態和美學趣味的典型體現。非馬的詩創造做為一種高層文化現象，無疑對民族的精神文化有所提昇。它們是人的自我意識與歷史自覺的深刻感應和融合，凝聚了現代人歷史的使命感和時代的責任感。

現實，詩的宇宙。非馬的詩關注現實，針砭時弊；但對於非馬而言，這顯然是不夠的。非馬的詩不泥滯現實，超越現實且昇華現實，並給現實以另一種完美的塑造。

詩與現實的問題，是關繫到中國詩的發展命運的根本問題，並且決定中國詩的發展方向。但是，詩與現實的問題，並非普遍性地解決好了。

非馬的詩創造，運用現代「兩比」藝術，將詩與現實的問題解決得比較好：

（一）從根本上說，詩植根現實土壤，與現實緊密聯繫，卻又不停留和「再現」現實，而力求對現實有新的發現和「表現」或者「隱現」；

（二）因為對現實生活有最敏銳的投入，又具一種開放的眼光，詩人對人類現實生存狀態有多元的、深層的思索和開掘；

（三）把歷史的使命感和時代的責任感注入「自我」表現，使自我成為「時代的自我」和「開放的自我」；

（四）詩寫現實不是依照現實的時空順序，而是從內心視角出發，將心靈的震顫和情緒的波動超時空地展現出來；

（五）擁有批判的人格精神，面對自己的靈魂進行沉思與拷問，也拷問這個世俗社會，展現探尋生命底蘊、求索人生真諦的心靈運行軌跡；

（六）運思方式虛實結合而又出「虛」，以「虛觀」審視社會事象和自然物象，因為具象的「實」而獲得現實感，又因為意象營造出「虛」而引發自由想像，靈魂翱翔於超現實的時空。

## 三、現代藝術的「轉型」

先讀一首小詩，《磚》：

疊羅漢
看牆外面
是什麼

三行詩，微型。出「虛」，留下大空白。

非馬對我說：

不知為什麼，我總把這首詩當成一首不斷生長的詩。對牆內的的磚來說，為了看外面，只好拼命往上疊羅漢，但牆也因此越堆越高，於是為了看外面，只好更拼命往上疊羅漢。永無止息。

這大概就是生命的意義吧？

仔細一琢磨，這詩的確有「動感」，（特別是當初以直排方式發表，「看」字出頭）。讀出「生命的意義」，已是不囿於「實」了。

但我於詩的「空白」中，讀出一種「礴」的精神，實乃一種大人格精神。不滿足於牆內的狹小地界，外面的大千世界、廣闊天地極富魅力。「礴」，它祈希登高望遠，渴求新的發現。

不止這些。此詩體現詩人一種銳利目光，總在最前沿搜索。他富有一種「大入世」精神，絕不甘落後、停滯，而是恆久地攀登！不斷地「疊羅漢」，拼盡全力。

詩人最善於發現、捕捉日常生活中的細節和典型瞬間，並使之昇華。

詩的「多義性」，態式不固定，中間變量大，不受時空限制。

這，應是「現代」藝術的一種集中展現。非馬用兩句話來表達詩的「現代」意義。他說：現代詩是「生長的詩」，不斷「生長」新的涵義。這，我們在前面已經說過了。

他又說：現代詩是「演出的詩」，留給讀者足夠的想像空間：

我常引用美國詩人威廉斯一首叫《場景》的詩，來說明我對現代詩的一點看法。一首成功的現代詩，應該留給讀者足夠的想像空間。詩人的任務，只是提供讀者一個場景，一座舞台，讓讀者憑著各自的背景與經驗，去想像，去補充，去完成。這樣的詩是活的，不斷生長的，因為我們的經驗，每人不同，每天每時每刻不同。《有一句話》這首詩，多多少少帶有《場景》的影子。是一首「演出」的詩。

非馬的詩作《有一句話》，這樣寫：

有一句話
想對花說
卻遲遲沒有出口

在我窗前
她用盛開的生命
為我帶來春天

今天早晨
感激溫潤的我
終於鼓足勇氣
對含露脈脈的她說
你真……

斜側裡卻閃出一把利剪
把她同我的話
一齊攔腰剪斷

這的確是一首「演出」的詩，讀者有足夠的想像空間去想像。每個人可憑著詩中所創造的「場景」，依各自不同的品性和經驗，去進行二度創作。

這首詩有讀成「愛情的破滅」的；有讀成「美好事物易損」的……中間變量較大，似乎都可以講得通。非馬為此詩寫過一篇同題文章，說：

究竟是什麼樣的心理，使人們吝於說別人的好話？是嫉妒，怕他比自己更出名？更受歡迎？……

非馬從另一個層面剖析一種社會心態：不僅有人害怕別人說自己的壞話，還害怕說別人的好話。社會上有一種人，總怕好死了別人。一種極端狹隘的自私心理作祟。因此，好話沒說出口就給掐斷，或說出時已經太遲了。

詩的這種心態分析，鞭辟入裡。這就不流於對「場景」的演繹淺表化，而是把「場景」的現實層深刻化了。

我們還可以追溯一下：這種病態心理是怎樣造成的呢？

這就得歸咎於一種封閉、專制的社會現象——儘管它已經只是一種殘存的惡勢力，但也形成一種無形的禁錮，對人的心靈和個性的禁錮。人們總是噤若寒蟬，面面相覷，社會的冷漠、陰暗面便擴大了。

非馬以他的詩創造現身說法，對這種社會狀況實行抗爭，反其道而行之。

非馬諸多詩作的內涵，在兩個方面各顯千秋：

一方面，盡力發現和謳歌生活中的美麗；

另一方面，大膽揭露和鞭笞生活中的醜惡。

由此構成他的詩的現代藝術的深刻性。非馬是一個滿懷熱忱創造美的詩人，又是一個毫不留情鞭笞醜惡的詩人！

以上只是對非馬詩創造的現代藝術做些例舉。

總體來看，非馬的詩創造實現了現代藝術對傳統藝術的「轉型」，而這種「轉型」是根本性的：一是審美意識和藝術思維的轉型，即由「實觀」（傳統的「物觀」）向「虛觀」轉型。這代表著整個詩美藝術的根本轉型，開始真正實現這種轉型的詩人並不多，非馬在審美意識和藝術思維方式上是超前性的；

二是象現藝術的轉型，由傳統的「實象」藝術轉向意象（及靈象）藝術的過程中，非馬的意象（及靈象）藝術是一種「遠距離」藝術。

非馬詩創造的現代藝術這兩個方面的「轉型」，還將分章論述，此處從簡。

## 四、大入世，大出世

非馬所倡導並實踐的現代「兩比」藝術，為什麼能夠「兩比」？能夠兩相超越？這是因為非馬融彙了「大入世，大出世」的藝術精神與人格精神。

請讀《春》：

起初只是怯怯的
稀疏的兩三滴

試探著把腳
伸向依然冰凍的地面
然後大粒大粒地
春雨
沿著街道，漫過原野
捶打著門窗，搖撼著樹木
吼著，叫著
向敵人潰退的方向
千軍萬馬掃蕩過去

於是我們知道
冬天是過去了
苦難的日子是過去了
所有捏緊的拳頭都鬆開來
熱情地相握

所有咬緊的嘴唇都綻出
一朵朵微笑
萬紫千紅呈現給這世界

《春》，便創造了一種「大入世」的精神。

「春」的意象，是一種「大入世」精神的意象。此詩似「實」卻仍然出「虛」，虛實相生。它寫出「春」的「大入世」的大過程：由封閉而開放，由微弱而磅礴——展現出「春」的氣勢浩大無比，壓倒一切，戰無不勝。然後，抵達「大出世」的境界。

「春」，具一種大無畏的力量，是一種生命的偉力，也是一種崇高人格精神的釋放和弘揚。

《春》，涵融的意蘊十分地豐富：它是想像，是憧憬，是美，是愛，是誕生，是繁華，是「原子核裂變」！

《春》，同時表現為一種「大出世」的精神。「春」，對於宇宙、對於人類，只有奉獻和給予：「所有咬緊的嘴唇都綻出／一朵朵微笑／萬紫千紅呈獻給這世界」。

「春」，絕不索取！

我喜歡這首詩的大氣磅礴！

我曾經寫過：「詩不在於歌頌或披露，詩是發現。」那是針對非馬說的「我覺得詩人不必湊熱鬧去歌頌光明，而應該是披露黑暗。」後來，非馬致信於我，很謙和地說：「我那時候大概是有感於太多詩人熱衷於歌功頌德，才那樣說的吧？」其實，非馬並沒說錯。非馬說這個話是基於一種宏觀原因，他說：「這種對人類社會進步有絕對必要的工作，值得有抱負有膽識的詩人去從事。」⑤非馬的詩創造所考慮的是：對人類社會進步有絕對必要！這是詩人的一種「大入世」精神。他的詩創造，是從社會和歷史的進程出發，實現對現實的超越和提昇；他反對「頭痛醫頭，腳痛醫腳」——那當然也是一種「入世」，但卻是儒家文化的「小入」，不是「大入」。詩不是醫生開處方，「對症下藥」。詩並非是完全不講「功利」，詩所追求的是「大功利」：拯救靈魂，塑造靈魂，釋放富有創造力的「靈性」！人類社會的進步，創造力的開發，歷史的發展，在於人類靈魂的提昇和「靈性」的釋放。

非馬詩創造的現代「兩比」藝術，所荷懷的便是這樣一種「大抱負」！

他便具有這樣的「大膽識」！

讀他的詩作《羅網》，會有很深的感觸——請不要只是把它看作一般的諷刺詩，它是救正一種目下的世風；或者，更嚴肅些說，是在療救一個瀕於腐敗的社會。

一個張得大大的嘴巴

是一個圓睜的網眼
許多個張得大大的嘴巴
用綿綿的饞涎編結
便成了
疏而不漏的天羅地網

咀嚼聲中
珍禽異獸紛紛絕種
咀嚼聲中
彷彿有嘴巴在問
吃下了那麼多補品的人類
究竟是個什麼滋味

這種披露是十分深刻的，是絕對應該令人驚醒的！

這種披露首先是詩人的「發現」，非同尋常的發現：人的嘴巴是「網眼」，許多張得大大的嘴巴，編結成「饞涎」的「天羅地網」，它能吃盡一切——「珍禽異獸紛紛絕種」，最後便是「吃人」！其實，那種種吃珍禽異獸、山珍海味的「吃吃喝喝」，本質就是「吃人」！那都是民脂民膏，民眾的血肉換來的呀！

讀《羅網》，讀出一種很殘酷的意象：「吃」是很殘酷的！

「羅網」，不是別的，是「吃人」的羅網！

《羅網》所營造的是一個「吃人」的意象。魯迅先生最先披露，黑暗的專制制度「吃人」！看來，已經不只是如此；人的嘴巴也「吃人」！吃吃喝喝的社會風氣，便是佈設「吃人」的天羅地網。

人們啊，當你在吃吃喝喝的時候，你會想到自己是在做什麼嗎？請一讀《羅網》，想想好了。你還敢下箸，照吃不誤嗎？

詩的反腐敗意蘊、音響，繚繞「弦外」。

《羅網》一詩張力極大，力抵千鈞。可是，詩的末二句：「吃下了那麼多補品的人類／究竟是個什麼滋味」？筆觸似乎很輕，稍稍一挑。這便是一種大意象技巧：「重入輕出」——詩人的一種大法，銜重創的抨擊、深辟的鞭笞於輕鬆的揶揄裡，令人低廻不已。

詩壇一般都認為，非馬是一位積極入世的詩人，肩負著很重的社會使命感。非馬善於用自己的詩（包括諷喻味極濃的）干預社會，關懷社會。非馬說過⑥：

今天詩人的主要任務，是使這一代的人在歷史的鏡子裡，看清自己的面目，而只有投身社會，成為其中的一員，才能感覺到時代的呼吸。

他並且還認為：

今天一個有抱負的詩人，不可能再躲到陰暗的咖啡室裡去找靈感。他必須到太陽底下去同大眾一起流血流汗，他必須成為社會有用的一員，然後才可能寫出有血有肉的作品，才有可能對他所生活的社會及時代做忠實批判與記錄。

非馬的詩創造，對社會現實有極強烈的參與感，時代意識十分厚重。然而，非馬做詩與做人的積極入世，是取一種「大入大出」的超越姿態。他絕不拘役於迂執，絕不是個「迂夫子」。從他的詩創造看，他的「大入大出」是相統一的，相輔相成的，既是取一種「大入世」的積極生活態度，憂國傷時，關懷民族命運，提昇民族精神；他的人格精神和藝術精神的另一個方面則是：做一個真實的、有熱情的人，做一個「內心美」、「厭惡做假」的人，做一個面對金錢和物質誘惑「仰天長嘯」的人。他以一個「從冰雪裡來的生命」，「不存戒心／把最鮮嫩最脆弱的花蕊／五彩繽紛地／向世界開放」（《四季・春》）！

他是個洗盡鉛華，甩脫榮利，得到精神上的清涼、開闊與超拔的詩人。

且一讀《功夫茶》：

一仰而盡
三十多年的苦澀
不甚細啜
您卻笑著説
好茶
該慢慢品嘗

這首小詩，展現非馬對社會現實一種「大入大出」精神！

「功夫茶」是一個意象，一個完整的「大入世，大出世」的意象。

此一意象為非馬所獨創。前一節側重寫「大入世」：人世間的疾苦、辛酸，一仰脖而飲盡。心苦、情苦，而膽豪志堅，不顧及榮利，不計較得失。對入世有極大抱負，雖飽經滄桑，累歷挫折，卻並不消沉。後一節更妙，創新一種「大出世」精神：精神上清涼、幽靜、豁達大度。三十多年入世有為的生活，提供性靈上對自由適意的要求，人們在奔勞競逐之餘，得到精神上的解脫，超然於榮辱名利之外。「功夫茶」的「大出世」精神，正在於心胸豁達開朗，飄逸灑脫。

看人間，真正的「功夫」是什麼？《功夫茶》隱藏一種機鋒：奔走競逐並非造福人類的良方，而唯有大家都看淡名利，捐棄私慾，做自己份內應做可做的事，奉獻愛心，豁出一己，放棄征逐和傾軋，才能使人間真正地寬朗和平，每個人都能成為宇宙大自然快樂安祥的一分子。

喝喝「功夫茶」，實乃一種品性陶冶：超脫眼前現實的小功利，否泰窮通，飄瀟自然——品嘗淡泊、豁達、適意的人生滋味，洗滌被塵俗浸染的一顆靈心。

註：

①《我的詩路歷程》，載《華文文學》總 15 期，1990 年 12 月。

②《笠》詩刊出版社，台北，1975 年 9 月。

③《中國現代詩的動向》。載《文季》2 卷 2 期 1984 年 7 月。

④ 貴州人民出版社 1993 年 10 月。

⑤ 非馬與許達然《詩的對話》，《笠》詩刊 128 期。

⑥《略談現代詩》——在芝加哥中國文藝座談會上的講話。載《笠》詩刊 80 期。

# 第七章　虛與實

重視審美，是非馬的詩創造的一個突出特色。

重視審美，是非馬現代詩美藝術的一個重要走向。

這，也是當今整個詩壇的一個重要走向。

非馬的審美意識由「實觀」（傳統「物觀」）向「虛觀」轉型。這是現代詩美藝術的根本轉型。

「虛觀」的審美意識，標誌著非馬詩創造的藝術思維方式是超前性的。

## 一、詩教與審美

非馬的許多小詩，寫得很美。也許，這就夠了。美的本身，就包含著意義。它是人的生活所不可或缺的。

讀《海上晨景》：

從一動不動的黑眸裡曳出
一條耀著陽光的

白線
一隻小海鷗
穿梭盤旋
把藍天與綠海
綴得
天衣無縫

一首很美的小詩。是生命原初之美。

生命自宇宙的「黑晬裡曳出」，亮麗地躍動。藍天與綠海「陰陽交泰」，美麗的擁吻，是由於一個小小的生命在「牽線」。

於是，宇宙呈現無限生機。

一種亮麗的自然、人生景觀，大美！

《海上晨景》，是一種生命原動力勃發的意象。

如果弗洛依德先生在，也許會讀出宇宙的性意識。無論如何，是一種生命意識。

能感覺到美就行了，能得到美的享受就夠了。能從美的享受中陶冶性情，更是一種「超拔」了。

在當代人類的物質生活中，審美活動急劇增多。當人一旦完全脫離動物界，當人成為真正意義上的人時，任何對象對他來說都可成為審美對象。人們的衣、食、住、行，以至宇宙的動、靜、隱、現，其中的審美因素正在不斷增加，甚至科學研究也會充滿審美情趣。

隨著生產力的高度發展，人類享受的性質也必將發生深刻的變化，將由物質性享受向精神性享受過渡，而審美活動則成為最高的一種精神享受。

在未來的社會裡，審美將成為人們的第一需要。

非馬的這些小詩，只寫一點點情趣，或一點點美趣，或一點點某種靈性感觸。不必從中去翻弄、尋找什麼意義。不過，或許其中隱藏著機鋒，有更深更大的意義呢。

這，就是出「虛」了。

讀《秋葉》：

葉落
乃為了增加
地毯的

厚度

讓
直
直
墜
下
的
秋

不致
跌得太重

一種審美情趣，乃是一種「虛」趣。

「葉落」的「虛觀」。

春的展枝和秋的落葉，只是宇宙的一些動作，展現一種平衡態而已。平衡，才能生生不息。

夠了嗎？還不夠。

「葉落」的一種自我犧牲精神。和諧的大自然，是由無數的自我犧牲構成的。

這，就是「大象」。

「葉落」，出了一種最高人格精神。

小詩不小，說不可說。

看得出，非馬的「隱藏」，是在有意識地避免詩的「教化」。

看得出，非馬是在有意識地弄「虛」！

「詩教」，從孔子刪詩起，就成為中國詩的傳統。但是，愈演愈烈，乃至偏執於儒文化的「奴性」教育的一面，從而成為人的一種精神枷鎖，壓抑人的個性發展。

詩，偏向人的心靈。因此，有一個「養心」（教）的問題。

詩表現現實，是一種心靈的現實，或現實的心靈。心靈，是現實的窗戶，或者說，心靈是現實的縮影。詩的社會層面亦在心靈深處。

詩，是以審美感染人的心靈，淨化人的心靈，提昇人的精神境界，以此推動時代和社會走向光明和進步。

這，是一種「大教化」，包括「識」、「教」、「美」、「樂」的全部總和，是一種「靈」的教化；而不是儒文化所偏執一時，「頭痛醫頭，腳痛醫腳」那樣一種「對症下藥」的教化。

這種「詩教」，是「識」、「教」、「美」、「樂」統一於審美，以審美啟迪人的「靈性」，開發人的創造力。

詩，給人灌輸更多一些「靈性」，盡可能多滌除一些「奴性」，這樣，人的創造力就會無限了。

詩，給人以審美，就是啟迪人的「靈性」。

詩，如果不重視審美，做為詩來說，想「教化」也是不可能的。

詩若不能審美，「教化」只是一道「符」。

詩的審美，是詩的一種根本特性，「詩教」只能涵融其中。

詩的審美規律，是詩的一個根本規律，逾越不了。

當這樣認識「詩教」與審美：

「詩教」是有限的，審美是無限的；「詩教」是瞬間的，審美才是永恆的。

## 二、非實非虛，大實大虛

非馬的現代「兩比」藝術，其中「比現代更現代」如何理解？

非馬的詩創造，滌除了西方現代詩的某種糟粕，如頹廢、陰暗以及脫離現實等，因而提昇了現代詩的意蘊和境界，這對西方現代詩是一種超越；

非馬的詩創造，在運思方式尤其是「虛觀」的審美意識和「遠距離」象現藝術這兩個方面，是「超前性」的；不僅超越了現實主義藝術，也超越了西方現代派藝術。

至於其他對現代主義技巧方面的超越，則可以就詩論詩，不必一一列舉了。

前面說到，非馬的詩創造很重視審美；但是，非馬的審美意識與眾不同。他的審美意識的突出特點，是從前性、當前性和超前性的結合。如果可以構建這樣一個審美模式的話：

審美理想→審美感應↓↑審美構思→審美意象

其中，審美理想是目標，指引者；審美感應和審美構思是審美思維過程，過程中有多次彼此往返；而審美意象則是前三者活動創造的成果。

那麼，在非馬的審美思維過程（在審美理想指引下，審美感應和審美構思彼此交錯活動）中，與眾不同的是，他取一種「虛觀」，而傳統則是一種「實觀」。「實觀」停留於「物」，「虛觀」則超越於「物」。傳統的審美構思，停留於「從前性」和「當前性」，這已經形成了一種審美習慣；而非馬的審美構思，極具「超前」意識，是「從前性」、「當前性」和「超前性」的結合。三世全息，超時空性的。

「虛觀」和「實觀」是兩種不同觀物方式：「虛觀」觀物方式，是以我之「虛」觀物之「虛」——「以虛觀虛」，物、我兩虛，大實大虛；「實觀」觀物方式，是「以實觀物」，物我兩實，且是「小實」，眼前之「實」。以我之「實」觀物之「實」，創造的是「實象」，即小象；以我之「虛」觀物之「虛」，創造的是「虛象」，即大象。

對此，非馬自己作過解釋。他說①：

我記得讀過一個日本詩人寫的一首關於蒼蠅的詩，我們一般人看到蒼蠅，一定會覺得他牠很髒，很可厭，不是把牠趕走，便是拿起蒼蠅拍子，一下子打下去。但這位詩人對蒼蠅的感受卻是：「別驚動牠／牠在搓手搓腳哪」！使我們讀了大吃一驚，原來連可厭的小小的蒼蠅，都有它生命的尊嚴以及可愛的一面。如果一個人對小小的蒼蠅都不願去驚動，你能想像這個人會去仇恨另一個人，或無緣無故拿著刀槍去殺另一個人嗎？

一般人看蒼蠅便是蒼蠅，這叫「以實觀物」，物我兩實；這位日本詩人的觀物方式不同，他看到的蒼蠅不是蒼蠅，而是一個小生命。他的眼光跳出了「實」，看到了宇宙的生生相息。他的觀物方式便是「虛觀」。他創造的意象便是令人吃驚的「大象」。

非馬寫過一首題為《鳥籠》的詩，在台灣詩壇曾引起過轟動：

打開
鳥籠的
門
讓鳥飛
走
把自由
還給

## 籠鳥

這首詩，創造了一種「非實非虛，大實大虛」之境。

曾經有好幾位詩評家，都說它是非馬藝術思維中「反逆思考」的一個典型詩例。

這意思是說，非馬這首詩的思考方式，同一般人相反：超越「物觀」，進入「虛觀」。

一般人以為打開鳥籠的門，讓鳥飛走，當然是把自由還給鳥。這叫「以實觀物」，物我兩「實」，只見「實」，不見「虛」。

非馬的觀物方式不同——所謂「反逆思考」，就是在藝術構思上，對「實觀」實行「反逆」，取「虛觀」。所謂「把自由／還給／鳥／籠」，便是一種「虛觀」的超越。

鳥籠關鳥，鳥籠本身也受到拘縛，失去了自由。

一般人的觀物方式，只見鳥被鳥籠關的不自由，不見鳥籠關鳥的不自由。這就是一種「物觀」，停留於小「實」。非馬大跳脫，跳脫「物觀」，昇華而為「虛觀」，眼界大開闊了。

他進入了一種高層次的自由之境：宇宙自由。

這就是一種「非實非虛，大實大虛」之境。

非馬說：

其實，我只是想指出，每一樣東西都有好幾個面，我們不能老是站在我們習慣的位置看東西，有時候應該走到另一個地方去，從不同的方向不同 的角度來看，這樣我們會發現，世界上其實到處都充滿了新奇有趣的東西。山川河流，花草蟲鳥，每樣東西都有它的美，都有它可愛的一面，即使是小小的一粒沙，我們都可以從它的身上看到生生不息的宇宙。

非馬說的「走到另一個地方去」，就是指的「我」在觀「物」時，不以「實」觀，而要進入「虛」的層次，以「虛」觀。

他說的從「物」的「不同的方向不同的角度來看」，就是跳脫「物」的原來層面，觀「虛」。詩人如果能「以虛觀虛」，見「大實大虛」；那麼，他所創造的詩的意象，便會是「新奇有趣」、令人吃驚的「虛象」，「大虛」。

禪宗有一段極妙的話頭②，可以用來禪釋「虛觀」：

老僧三十年前未參禪時，見山是山，見水是水。

及至後來，親見知識，有個入處，見山不是山，見水不是水。

而今得個休歇處，依然見山只是山，見水只是水。

這是一宗著名的禪宗公案，是唐代青原禪師惟信的一段偈語。他第一次「見山是山，見水是水」是「實觀」，是以「實」觀「物」；第二次「見山不是山，見水不是水」，是一次「跳脫」，「入」得理性窟子，小「入」；第三次「見山只是山，見水只是水」，再一次「跳脫」，大「入」大「出」，走到高層次上的「虛觀」，以「虛」觀「虛」。

以「虛」觀「虛」的結果，非「實」非「虛」，大「實」大「虛」：

「山」，已不是原來的「山」；「水」，也不是原來的「水」了。

這時的「山」和「水」，進入「宇宙全息」狀態，出「有限」而入「無限」，成為「宇宙萬物」了。

這個「宇宙萬物」，「從隱蔽處現身」，它的根本性質是「無」，一種超越「有」「無」的「無」。

「無」，非「實」非「虛」，大「實」大「虛」。

海德格爾說，通常的邏輯思維都壓下這個問題不談，因為「思維在本質上總是思維某物，若竟思維〝無〞，那就不能不違反它自己的本質來行事了」。可是恰恰這個玄而又玄的「無」，是至為緊要的，它是意識的本初狀態即淨化狀態，在這種狀態中，萬物才能無蔽地敞開它的本質，「沒有〝無〞所啟示出來的原始境界，就沒有自我存在，就沒有自由」，只有人——海德格爾稱之為「親在」——

自身嵌入「無」中，一切才會真象大白，「無」把人帶到宇宙一切的面前，使人與自在之物融於一體，這時，人「已經超出在者整體之外了，這種超出在者之外的境界，我們稱之為「超越境界」」③。

所謂人自身嵌入「無」中，「無」把人帶到宇宙一切面前，使人與自在之物融於一體。這種「超越境界」，依我們的理解應是「物我兩虛」，進入了「大實大虛」之境，即真正的「無」境。

但是，很遺憾，海德格爾所謂的「超越境界」，實際上是一種「原始境界」；它是「回到」，而不是真正的「超越」，它只有固定了的「從前性」，而不是「從前性」和「當前性」以及「超前性」（未來性）的統一。海德格爾的「淨化狀態」，實際上只是「原始境界」（陷入「從前性」不能自拔）的一種停滯、靜止狀態，而不是經過「冷的過濾」之後的「虛」化、大化。

很顯然，西方的現代藝術論在談「無」說「有」的時候，抵達不了也進入不了真正的「虛」，即「大實大虛」；只能是停留在「從前性」的「有」，那只是一種「原始境界」，到不了真正的「無」的大化之境。

西方現代藝術論，無法出「虛」。

## 三、「冷」的過濾

詩要出「虛」，抵達「虛」境、「無」境，必須經過淵默的「冷的過濾」。捨此，沒有它途。

《周易》說④：

古者包犧氏之王天下也，仰則觀象於天，俯則觀法於地，觀鳥獸之文與地之宜，近取諸身，遠取諸物，於是始作八卦，以通神明之德，以類萬物之情。

這是《周易》觀物取象的審美思維，包犧氏始作八卦，以八卦涵蓋宇宙萬物。以八卦觀物，開啟「虛觀」之先河。

以八卦涵蓋萬物，是包犧氏之「我虛」，是對「身」與「物」的昇華；「通神明之德」、「類萬物之情」，是「物虛」。

八卦的涵蓋，是一種淵默的「冷」，而「物虛」是對「物」的一種「過濾」。「以虛觀虛」這種觀物方式，實際上是詩人對描摹的客觀對象（社會的事、自然的物），作一種「冷的過濾」。這種「冷的過濾」越是「淵默」越好。

「以虛觀虛」，前者，是人的自我超越，「我虛」。「虛」、「無」，本是道家美學範疇，也是玄學思維的淵藪。老子的「致虛極，守靜篤」，莊子的「夫恬淡、虛無、無為，此天地之本而道德之質也」。這些，都是一種「淵默的冷」。

後者——「物虛」，就是將所要描摹的事物，經過「過濾」，使其虛化、靈化，使「物」上昇到「靈」的層次，營造「虛象」（「靈象」），大象。

非馬的詩創造，因是「以虛觀虛」，總不是「即席」作詩，而是經過「冷淬」。非馬說「我的詩比較冷靜，較少激情與濫情」；這就是說，他的詩創造經過了「冷的過濾」，不是「激情與濫情」的產物。

非馬所接受的「科技訓練」，對他來說就是一種「冷」的鍛練。「過濾」也是非馬說的「直指核心」的一種「內化」過程。

台灣詩人莊金國先生說：「非馬寫詩表現手法非常冷靜，以知性的筆觸寫出有動感的美，語言中深刻的意義，令人感到驚訝、震撼。」⑤詩論家孟祥生先生也說，非馬的詩創造，是一種「冷峻深邃的知性透視」⑥。莊、孟二位先生的說法，出「虛」。但非馬的「筆觸」，卻是「超知性」的，應該說是「靈性」的，含「禪」意、「玄」味，而不是「知性」。「直指核心」即是「禪」。「知性」筆觸難出「有動感的美」，非「靈性」莫屬。非馬詩的語言涵義深刻，卻是「隱性」的，經過「過濾」了的。

藝術的「過濾」，不是由感性到知性、理性，而是由感性經過知性、理性，昇華、抵達「靈性」。

「知性」在感性之後，理性之前，中間層次，有限；「靈性」則超越感性、知性和理性，昇華到最高層次，無限。「冷的過濾」的結果，營造出「虛象」，即大象，或出「靈象」。

我們讀《領帶》：

在鏡前
精心為自己
打一個
牢牢的圈套

乖乖
讓文明多毛的手
牽著脖子走

「以虛觀物」，神與物遊。

「虛以待物」，超越「物」的本體。
「領帶」已不是領帶，也不是字面上的「圈套」。
經過了「冷的過濾」之後，詩人非馬營造出多義性「虛象」。
可以說是：自己禁錮自己，還不自覺，還在痴迷，還在自我欣賞。
文明的禁錮，而禁錮是文明的嗎？
也可以說是：表現詩人對全盤西化的拒絕。
在「西化」面前，表現出儒文化的「奴性」束縛。等等。
「知性」仍停留於「實」，涵義是固定了的，有限；「靈性」昇華了，出「虛」。涵義不固定，中間變量大，詩才會是多義的，無限。

西方現代藝術論，曾一度陷入審美意識的「物觀」，陷得很深，被庸俗的「物化」論所糾纏，一味強調「絕對直觀」，否定「冷的過濾」和「靈」的昇華。

克爾克格要求離棄抽象的系統，回到具體的存在；海德格爾雖然談到了「無」的超越，但他的形而上學反對「冷的過濾」，而要求恢復蘇格拉底以前對物理世界的認識；意象派詩人如龐德和威廉斯，都要求保持自然的形象本身（龐德：「剔除事物的象徵意義，事物本身就是一個自足的象徵，是一只鷹就叫它一只鷹」；威廉斯：「沒有先入為主的觀念，沒有隨後追加的意念，強烈地感應和觀看事物，體現實有，不依賴象徵」）……種種西方的物觀及審美意識的完全「物化」，與王維的「以物觀物」

不同，王維只是「不直說」，並不是「直觀」，「我」不放在主位，不以「我」的意識去調停事物，「我」已融於渾一的宇宙現象裡。西方的「物觀」完全地拋棄意識，絕對地否定藝術抽象，只承認「直觀」，這就否定了「虛」，否定了「靈」的昇華；當然也就否定了「冷的過濾」。

西方的「物觀」是「反理性」，而不是「超理性」；不僅是「反理性」，而且是反抽象，因而是對「實」和「物」的停留，不僅不能出「有限」入「無限」，反而會造成晦澀、灰暗，脫離現實。

王維的「以物觀物」，是從事物本身出發，觀事物本身，停留在「物」的層面上，「物」是眼前之物，是自然中的實物，「觸目而真」，在「實境」層次上，有限。

非馬的「虛觀」，承繼《周易》的八卦觀物，老莊的「虛」、「無」本意，承繼傳統的「神與物遊」、「貴在虛靜」（劉勰），而又有所創造和發展。

非馬的象現藝術是：客觀外在事物的感應，經過「冷的過濾」之後，事象、物象昇華而為虛象，實現了抽象和具象的契合。不僅不否定抽象，而且抽象還可以再抽象，寓「玄」、「禪」，出虛象、「靈象」，抵達無限。

非馬談自己的象現藝術，曾經說過⑦：

> 必須有多重意義的意象，又必須同宇宙裡的事事物物相呼應，相關聯。……

一個帶有多重意義的意象，不但可以擴展想像的領域，而且使一首詩成為一個有機的組織。

這就充分說明了「冷的過濾」的意義：它不僅能使客觀外在的事象、物象昇華為虛象；而且，虛象成為真正意義上的「虛」：多重意義，意蘊不固定，想像的「靈象」也就出現了。一首詩，成為一個宇宙，「虛」宇宙。

## 四、宇宙全息

《易》作為中國文化之「根」，創造性地提出了陰陽奠定宇宙的光輝思想。

《易》云：「乾知大始，坤作成物」，「一陰一陽之謂道」。陰、陽成為宇宙萬事萬物的「全息元」，宇宙全息的始基乃陰陽全息。

老子在《易》之陰陽全息說的基礎上，進而創造性地提出⑧：

道大、天大、地大、人亦大。宇中有四大，而人居其一焉。人法地，地法天，天法道，道法自然。

老子繼《易》學之後，第一次天才地提出了人與宇宙全息的思想，奠定了「宇宙大合唱」中人的地位。

按老子此論，人即宇宙。形「小」亦可見「大」。人和宇宙等價，建立了人的「大化」思想。

非馬的藝術「虛觀」，從本質意義上說，也是一種「全息觀」，也是一種人的「大化」、「萬化」思想。

從宇觀看，所謂「虛」，就是整個宇宙是全息相通的。

以前，所謂「風馬牛不相及」的說法，有限；

現在來看，風馬牛相及，才是大虛，無限；才是宇宙的本質。

風馬牛相及，便是一種全息觀，「虛觀」。

讀《流動的花朵》：

這群小蝴蝶
在陽光亮麗的草地上
彩排風景

卻有兩隻
最瀟灑的淡黃色
在半空中追逐嬉戲
久久
不肯就位

乍看，這首詩寫一種情趣，一種自由自在的情趣。細品，宇宙全息。出一「虛象」，把「流動的花朵」、「一群小蝴蝶」及一批「自然藝術家」，渾融於一體，三者全息相通。

從全息的「虛觀」看，「小蝴蝶」，是「自然藝術家」，也是「流動的花朵」。「小蝴蝶」是具象，肉眼可見；具象經過想像的「冷的過濾」得以昇華，「靈視」見「自然藝術家」，全息而見「流動的花朵」。還可以見其它。

「小蝴蝶」既然是「自然藝術家」，它揮舞、也自成為「流動的花朵」，藝術地創造自然——詩人「靈視」見「彩排風景」。

這些，都是以「虛觀」見宇宙全息。

詩的第二節更妙，妙在隱去褒貶，並「隱現」對自由瀟灑的欣羨之情。

「隱現」即是「虛觀」，全息觀，無限。若顯露，則有限。

藝術創造是不能就範的，因此必得「追逐嬉戲」。

「追逐嬉戲」是一種靈魂的自由。

這就出一種最高人格精神。

「虛觀」因為全息而出無限，大化。

人性，是不受桎梏的。它是「流動的花朵」。就此意義上說，人當然也是「流動的花朵」。藝術創造也是。「流動」才能出「有限」入「無限」，才富有「靈性」，才會釋放出無窮的創造力。

非馬出這首詩，本身也是一種「全息」。非馬說：

這首詩的題目，來自我住的小鎮上一位拒絕修剪院子的老太太。她說高高長長的草，會為她引來成群的蝴蝶。她把它們稱為「流動的花朵」。

這位老太太和她的願望，和詩的題目，和非馬的詩創造，由非馬以「全息觀」將它們組合了，成為全息一體。詩、生活、題材、題目，全息一體，經過「冷的過濾」而昇華，而大化。

非馬的愛情詩寫得那樣好，讓人心旌搖曳，入得美境。就由他的詩美藝術的全息觀造就。兩顆開放的心靈，產生共振。這種感情全息，就是友誼。全息度達到最高的一種感情，便是愛情——愛情且是一種奇妙的感情全息的共振關係。非馬將這種感情全息共振關係加以「虛」化、「靈」化，便進入一種不可言傳的妙境。

錢鍾書先生論詩，以「不說出來」為方法，達到「說不出來」的境界。這就得使用全息觀，出「虛」。全息觀，可以使詩的創造「靈」動，大化。

讀《獨坐古樹下》：

獨坐古樹下
他苦思悶想了一整個下午
終於舒展眉頭站了起來

高舉雙臂
學老松樹的樣子
伸了一個
漂亮瀟灑的懶腰

每個受壓抑扭屈的關節
在暮色蒼茫中
都突出遒勁
軋軋作響

人和古松全息，構成此詩特色。
人學古松，古松人化。一種「靈」性生命的覺醒，人和古松品性共振而出。此詩的「全息」感，似乎讓人對進退榮辱、成敗苦樂有更深一層的體會。古松的「靈」性，給人以博大、寬容、振作、不衰的美感。

人和古松全息，做到心胸豁達開朗，飄逸瀟脫。

此詩在《華夏詩報》發表後，聽說頗引起了一些詩人和讀者的爭論，認為它是一首「朦朧詩」！

要說，它的「朦朧」就在人和古松全息中，在「靈」的層次上。

註：

①《笑問詩從何處來》——在芝加哥「文學藝術新境界」座談會上的講話。載《僑報副刊》1995 年 3 月 8-9 日。

②《五燈會元》。

③海德格爾：《形而上學是什麼》。

④《易・系辭下傳》第二章。

⑤《非馬詩合評》，參見非馬詩集《非馬・非馬集》。三聯書店香港分店 1984 年 12 月出版。

⑥孟祥生：《冷峻深邃的知性透視——略論非馬詩的想像力》。

⑦《略談現代詩》，載《笠》詩刊 80 期。

⑧《易・系辭上傳》第一章、第五章。

⑨秦維聰：《李耳道德經補正》。

# 第八章　遠距離

非馬的詩創造，對傳統藝術有了根本意義上的轉型：一是審美意識及藝術思維的轉型，由「實觀」（傳統「物觀」）向「虛觀」轉型，這是詩美藝術的根本轉型，前一章已經說過了；二是象現藝術的轉型，由「實象」藝術向「意象」及「靈象」藝術轉型。

在這一轉型的過程中，非馬的象現藝術是一種「遠距離」藝術。

這方面，非馬受朱光潛教授美學思想影響較深。

朱教授介紹英國心理學家布洛（Bullough）學說一條美學原則——「距離原則」，非馬的詩創造，是實踐並發展了的。

非馬更崇尚美學的「遠距離原則」。

運用「遠距離原則」，使非馬的詩增添了無限活力和生機。

運用「遠距離原則」，使非馬的詩出「有限」入「無限」。

運用「遠距離原則」，使非馬的詩更富神秘意味。

非馬愈來愈認識到「遠距離原則」的力量，他做詩，常取一種「遠距離」態勢。

「遠距離」，使非馬的詩「大化」。

## 一、冬孕

非馬寫的一首《做詩》，描摹了他做詩的「冬孕」過程。

直到妻子溫存的眼光
也結了冰
詩人才驚覺
籠罩自己臉上的冷
竟是恁般深重

但大地
為了開出第一朵花
必須忍耐
長長的冬

就這樣

他又一次
理得而心不安
苦苦地等待
一聲清脆的爆響

冰破裂　眉頭舒展
安祥地他攤開稿紙
寫下第一個字

這是非馬做詩的「冬孕」，經過了一「冬」的淵默的「冷的過濾」。

非馬做詩，「冬孕」是必要的。「冬孕」的目的，是為了與實際生活拉遠距離，使詩超拔。為了做詩，他把妻子「冷」到一邊，使妻子受委屈，溫存的體貼「也結了冰」。

這還不是「冷」的本意，只是非馬對詩的一種「迷」態。

「冷」的本意是「冬孕」：「必須忍耐／長長的冬」，等待「冰破裂」！

其中包括感情的沉澱，內心的折騰、情緒的昇華（所謂「理得而心不安」）種種。「冬孕」的整個過程，十分嚴肅認真，莊重而專一：「籠罩自己臉上的冷／竟是恁般深重」。

漫長的「冬孕」過後，做成春的萌動，做成蓓蕾的「一聲清脆的爆響」，開出第一朵花！

非馬做詩，總不是「即席」，總是放一段時間再寫。讓真實印象在時間的河水裡沖淡一下，有利於超拔。

鐵匠打刀，要到冷水中「淬火」（「冷孕」），刀刃才會鋒利。

農夫插禾，水田要經過「浸冬」，禾苗才會茁壯。

無論是鍛造、耕種，還是詩的創造，都得經過「冬孕」。

春的誕生，也要經過「冬孕」。

讀非馬的《春》：

一張甜美
但太短的
床
冬眠裡醒來

才伸了個懶腰
便頂頭抵足

「冬孕」不是束縛生命的活力，而是孕育生機。

「冬孕」激活生命的「靈」性，生命的創造力就會脫穎而出。

詩的孕育、創造，也是如此。

《春》，其實也是寫詩的誕生。藝術規律和自然規律一致。

對於非馬來說，「冬孕」是神聖的。

真實生活必須經過「冬孕」，藝術才能與之拉開「距離」，才能創造美。

藝術對時、空的超越，必須經過「冬孕」。拉開時、空的距離，才能拉開藝術與現實的距離，昇華現實。

詩與現實不能相脫離，但必須有「距離」。非馬則更強調「遠距離」。

非馬寫了一首《龍》，對那些不懂「距離」這一美學原則的藝術家，可以說是一種揶揄。

沒有人見過

真的龍顏
即使
恕卿無罪
抬起頭來

但在高聳的屋脊
人們塑造龍的形象
繪聲繪影
連幾根鬍鬚
都不放過

龍，離我們年代已經很久遠了。

從藝術創造來看，本就該「遠距離」的。

這些藝術家，沒見過「真的龍顏」，也不敢見——即使得見，也只會俯首貼耳；但塑造起「龍」

的形象來，卻「繪聲繪影／連幾根鬍鬚／都不放過」。誠然是循規蹈矩慣了，可為什麼會如此細緻入微？顯然是愚昧無知、「奴性」十足了。

生活中就有這樣的藝術家：他們目光短淺，胡亂塗鴉。不懂美學原則，不懂藝術和生活要拉開距離也就算了，卻還要自做聰明，「畫蛇添足」呢。

其實，「遠距離」的美學原則，古人早就提出來了。荊浩說①：「遠人無目，遠樹無枝，遠山無石，遠水無波。」「遠」，創造另一種美。大美。

宋代畫家郭熙在總結山水畫法時，談到「平遠」、「深遠」、「高遠」三法，此三法都沒有離開一個「遠」字，就是要取一種「遠距離」。

「遠龍」之說，則是已故著名學者錢鍾書先生提出來的。他在《中國詩與中國畫》一文中涉及南宗畫、神韻派詩時說過②：「遠龍也理應是無鱗無爪的。」

先前，王漁洋借畫論詩時，也不主張「全龍」，認為「一爪」「一鱗」當是理想境界。不過，王漁洋仍然「有限」。

錢先生是領我們向前走了，走入了另一新的天地：「無」境。

然而，一些藝術家塑造「龍」的形象時，竟刻意於出「鬚」呢！

非馬此詩，依我看是維護了藝術的「遠距離」原則。當然，詩的多義性容許對此詩的許多他解。

## 二、「象」此「意」彼

詩的「遠距離」象現藝術的實質，說穿了，就是「象」和「意」之間的距離，要拉開得「遠」。即：「象在此，而意在彼」。可以是「十萬八千里」之遙。「象」和「意」彼此距離愈「遠」，詩的意蘊就會愈含蓄，意蘊愈「隱藏」，讀者才愈有馳騁想像的餘地。審美情趣往往出在這裡。

倘若肉眼看不見「象」和「意」之間的距離（不是沒有距離，而是「遠」得肉眼看不見），詩就會出「虛」，出「靈」象。

馬拉美認為，「詩寫出來，原就是叫人一點一點地去猜。」[3]「象」和「意」之間拉開了距離，就能表現這樣一種微妙的心靈狀態。詩的神秘美就在這裡。

所謂「純象徵性意象」，從「距離」角度看，離生活真實最遠，因而也就隱藏得最深，最為精妙。西方象徵主義的核心：「暗示」。那就是，將「象」和「意」之間的距離拉遠，把「意」隱藏在「象」外，遠得看不見。

這與我國古典詩論中的「不著一字，盡得風流」相通。「不著一字」並非一字都不著，而是「字」

中所顯現的「象」，與隱藏的「意」，距離拉開得很遠。

可惜，古人論到了而實踐者少。

傳統的象現藝術，是一種「實象」藝術，「意」在「象」上直露、淺露，即「意」浮在「象」面上，打浮漂，一眼就可以看出。

非馬詩創造的象現藝術，是一種「遠距離」意象（有時是「靈象」）藝術，「意」和「象」契合，是一致的，卻不是表象的一致，而是一種「遠距離」的一致。就是說，這種意象，「象」和「意」之間，既具一致性，又具「遠距離」性：「象」此而「意」彼。不在同一個層面上，「意」在「象」的高層次上。

前面說過的，「風馬牛相及」，只不過是「遠距離」罷了。任舉一詩例，《獅》：

把目光從遙遠的綠夢收回
才驚覺
參天的原始森林已枯萎
成一排森嚴的鐵欄

虛張的大口
再也呼不出

橫掃原野的千軍萬馬
除了喉間
喀喀的幾聲
悶雷

一首意象詩。「象」和「意」是「遠距離」的。

「象」在自然界，而「意」卻在社會層。有點「風馬牛」的意味。具象是寫獅，而「意」在寫一種社會現象：被桎梏而受困，縱使猛獅也施展不了抱負。然而，「喉間／喀喀的幾聲／悶雷」，也是不甘示弱的。

昇華的詩意是：追求靈魂的自由，思想的解放。在不言中。

第一章已引出的那首《樹》，一首「靈象」詩。詩眼在「我聽到」，肉耳是聽不到的，是一種「靈聽」。「靈覺」造出「靈象」，寫樹的向上精神！樹，是以「心中的／年輪」在向上走，崎嶇地不倦地向上走，向著「蠻荒天空」一往無前地攀登！

這裡想再說詩的形體，詩的形體，以割句式的分行，形成樹的向上伸展體態，包含著詩的意蘊。

從形式到內蘊，都展現樹的向上精神。樹的這種向上精神，本來只可「靈視」見，肉眼不可見。而詩的樹形造型，則使肉眼也可見精神了。妙！

可見，詩的形式美也是很重要的。這是捎帶一說。

這首詩，除了象現「遠距離」以外，意蘊也是「遠距離」的。跨自然和人兩界。樹人全息。樹和人心靈相通，出一種大人格力量，扶搖偉岸！

《樹》，出大象。

## 三、出「有限」入「無限」

「遠距離」象現藝術所要實現的目的，或者說，它所要抵達的境界是什麼？

一句話：出「有限」入「無限」。

——剎那見終古，微塵顯大千，有限寓無限。

出「有限」入「無限」，便走到宇宙層面這一步。在宇宙層面上，風馬牛相及。宇宙全息。

可以這麼說：非馬的詩，出入「現實」，大「入」大「出」，絕對不局限於「現實」，是涵融整個時空、社會歷史的詩。這才是非馬詩的本質的東西。

讀《夜遊密西根湖》：

從摩天樓的頂層伸手摘星
應該不會太難
但多半，我猜
是星星們自己走下來
為這華麗的一英里
錦上添花

在巧奪天工的玻璃窗口欣欣炫耀
或在無人一顧的天空默默暗淡
沒有比這更現實的選擇

船到馬康密克場便掉頭了

再過去是黑人區
黑黝黝
沒什麼看頭

芝加哥的物質文明，如同那兒世界上最壯觀的高樓一樣，昇入極端。連天上的星星們都願意低首賓服，成為高樓亮麗窗口的一種炫耀，而不甘天空的寂寞暗淡。冷諷。

值得讀者欣喜的不只是這些。

詩人筆鋒一轉，「黑人區／黑黝黝／沒什麼看頭」。兩個極端，天堂和地獄並存。

但是，此詩用「意」尚不在這一層面，這還只是「小虛」，有限。非馬向前走，走向「大虛」，到了「無限」之境。

此詩的「遠距離」象現藝術——非馬以其審美意識的「虛觀」所見到的，是隱藏在極度物質文明後面的一種「暗淡」：高傲的星星們也願意降格，轉而艷羨物質繁華的炫耀，不正好表明文化的淪落和精神內涵的垮失？

難道不正是這個社會的悲哀嗎？

非馬的詩，親切、平易，聽他那聲音不高，好似娓娓談心，總是喚起人的感情。盛氣凌人、裝腔作勢、故弄玄虛，都沒法得到這一報償。這多半屬於氣質性的東西，別人難以學得來。

此詩具象「有限」，經由「小虛」抵達「無限」。

不過，此詩的具象描摹，也不是沒有「距離」的。「星星們自己走下來……」並不是生活的真實，星星們是不會自己走下來的，這就是與生活真實拉開距離。接下來的描摹，既是「實」的，又是「虛」的：摩天樓巧奪天工的玻璃窗，對天上星星的反射，猶如星星們閃跳在窗玻璃上，作自我炫耀……不似似之，似是而非，可望而又不是真見。這不就與生活真實拉遠了距離，就由「實」向「虛」走，由真實的視感，走向想像的遠方，走入「無限」之境了嗎？

最引人深思的是：這個物質繁華的社會，它的文化淪落、精神垮失的悲哀，是在詩意深層「隱藏」著的。讀者非得以靈覺去感、想像去悟不可。

詩的「隱藏」，見出「象」和「意」的「遠距離」；「隱藏」得越深，「距離」就會越「遠」。

詩有了「隱藏」，才能跳脫「實」，出「虛」，抵達「無限」。

為了出「有限」入「無限」，造「大化」之境，非馬極力避免實露，力求作出一些「遠距離」設計。尤其是象現中那些描述性意象，屬於對生活的摹仿，是「實」而淺現的一種，為了彌補其不足，詩人就有意拉遠一些距離，於「實」中求「虛」，「現」中求「隱」。

讀《賞雪》：

亮麗的陽光下
一群銀髮的樹
光著身子
一動不動地圍觀
一個女人
裹著比雪還白的
狐皮大衣
在那裡
賞雪

這裡，「樹」的象現屬描述性的，詩人就用「銀髮」（枝葉裹雪）、「光著身子」（冰凍了）、「一動不動地圍觀」（沒風）等詞語，將「樹」加以「人」化：我們看到的「樹」恍恍惚惚，似乎已不是樹了。這就有意地和「實象」拉遠距離。「一動不動地圍觀」，更為出神，大化了。這樣，襯托

「女人賞雪」出一種突兀的驚奇，並深含揶揄之意。為詩的意蘊隱藏也作了寬幅遮掩。

更為隱曲的是，這裡的自然風景和「人文風景」諧一，成為另一種風景——女人自我欣賞的風景。這種「諧一」，看似沒距離了，卻反而是把「距離」拉遠了。這是一種更深層次的隱藏。

「一個女人／裹著比雪還白的／狐皮大衣／在那裡／賞雪」。

這是一種「人雪互賞」的風景，實在是人的自我欣賞；而從人的自我欣賞看，則又轉了一個彎子——彎子中的彎子（距離拉的更遠），所欣賞的並非人自己本身，而是對「比雪還白的／狐皮大衣」的欣賞，這就成為人對物的炫耀：

人貶值了。

人貶值了，尤其是女人貶值了。

這就成為「銀髮的樹」們的話題，和它們「一動不動地圍觀」的原因！

人和「物」對比，人貶值。

樹還有一種高潔的人格精神呢，人啊！

「遠距離」的美刺！

## 四、離而不離

非馬詩美學上的「遠距離原則」，具有強大的魅力和生命力。至於「距離」究竟拉開多遠，到一個什麼程度最為合適？看來，得有一個合適的「度」。這個「度」當是：「離而不離」。也就是說，距離不管拉開多遠，也還是沒有真正離開。讀《春天的陣痛——紀念五四》：

死氣深沉的湖面
突然有眼波流動

枯槁了長長一個冬天的樹林
終於有綠蘇醒
一個接一個

抬頭挺胸站了出來

越響越急的呼聲
毫無疑問是產前的陣痛
但勾在一起的手臂將如何用力
才能使孕育了整整七十個年頭的春天
不致胎死腹中

這首詩，我想不用多說讀者也能領悟它的「距離」美！

這種美，就在於「離而不離」，看似「遠距離」，實乃現實題中，把握了一個合適的「度」。只可意味，不可言傳。

說不可說。

大詩，超越時空！

尤其是詩的第二節，成為一種完美。生命的完美！

「一個接一個／抬頭挺胸站了出來」的「綠」，大意象！

詩出「虛」，一種歷史的大意象。

歷史便是一種「綠」。

「綠」，生命的靈動。

這首詩的具象，與生活真實也不是沒有距離的。「距離」造成層次，有層次就有了阻隔，阻隔是另一種視距。但「阻隔」並非不可逾越，可以「跳牆」，可以「神入」，更可以此呼彼應（也是突破「距離」）；或者，來一個「孫猴子翻跟斗」，到此一遊！「距」離，而又不離。

見此首詩的具象，先要看定「湖面」，那是未名湖吧？

「突然有眼波流動」，湖面起了漣漪！一驚。「眼波」和「漣漪」相似，但也拐了彎子。不過，這種拐彎，有「波」相連，是「離而不離」。

「枯槁了長長一個冬天的樹林／終於有綠蘇醒」。「樹林」和「湖面」有跳躍嗎？也是「離而不離」。

「樹林」可以是湖畔樹林，也可以是湖中「樹林」——枯槁了長長一個冬天的荷桿，參差不齊地密佈著，形似樹林。「樹林」和「荷桿」，以形似的視覺「通感」，也是「離而不離」。

至於「勾在一起的手臂」，那是湖底的藕莖，形似，離又不離。形離「神」不離。

詩的藝術視覺，取「遠距離」，「似是而非」是可能的。而詩之美，往往在於「似與不似之間」。

從這個意義上看，《春天的陣痛》一詩，在象現藝術上的「遠距離」探索，不僅是比較理想的，也是十分有趣的。

關於這首詩的研究，一時收不住筆。

象這首詩的「距離」美，具象上的「距離」，是「小距離」；意蘊上的距離，乃是「大距離」。大小「距離」交叉起來，「距離」之中有「距離」，「距離」之外有「距離」——這就是「隱藏」中有「隱藏」，卻又是「隱隱現現」，「藏」又不藏，不藏藏之。不離離之，「離而不離」。品味再三，方得三昧：出「大象」，得「大美」。

真是說不可說。

「離而不離」，造成的一種審美間距，即「遠距離」美感。這種美感的出現，在思維方式上，是以一種不固定的、變化多端的思維，衝擊某種固定不變的思維模式，而出現的一種不確定性美感。而美感的不確定性，靈活性，是詩的「靈」性的一種。

讀《霧》：

摘掉眼鏡
赤裸
看

世界

這首詩的美感，就在於它的不確定性。不確定性拉大了審美間距。

能看出現實世界是什麼樣的麼?審美空間極大。

「霧」是眼鏡上的霧，還是一個霧的世界?不確定。

但是，這種「不確定」，也不是絕對的不確定，而是「定而不定」，不定定之。

就這首《霧》的創作，非馬對我說：

> 我喜歡霧，主要是因為霧帶給了生活一種不確定感與冒險性。生命最大的樂趣，便在於不斷探索與隨之而來的新奇驚異的發現。我不喜歡看相。讓一張「鐵嘴」把你的一生批斷鎖定，多乏趣！

非馬在生活中和詩創造上，不喜歡思維定式。他不希望「批斷鎖定」自己，他反對桎梏，而追求靈魂的自由。他以「不斷探索」獲得「新奇驚異的發現」為樂趣。

於是，他的詩的審美情趣也是不固定的，靈活的。不過，讀者可在不固定（捉摸不定）的審美感受中，找到或自己再創造出一種相對而定的審美意蘊。

這就是非馬詩創造在審美思維方式上的一個特點：定而不定，不定定之。

關於《霧》的我見是：

詩人面對「霧」，願意摘掉眼鏡，看世界赤裸。

他希望看到，濛濛水霧世界的這種純樸自然。

然而，從此詩「不確定性」的美感裡，我們那想像的審美翅膀張開了。

可以想像得到，詩人內心深處，和這喧囂的金錢世界一直在抗衡！這「霧」，是一種阻隔式抗衡，也似在幫助詩人向利祿權勢的征逐熱戰抗衡，擺脫俗世榮利。

這樣理解，可能不是詩的原意，但也不會違背詩的題旨。

這就是，這首詩的審美間距，所帶來的不固定的可以由讀者自己尋找到的美感。

《霧》當能順隨詩人或讀者的心意，帶給我們心情上一些清涼和清醒吧？

審美思維上的「定而不定」，創造象現藝術上的「離而不離」。

詩的「遠距離」象現藝術便是：

「離而不離」，不即不離，若即若離。是謂「遠距離」。

註：

①荊浩：《山水賦》（一作王維《山水論》）。

②見之於《開明書店二十周年紀念文集》中的《中國詩與中國畫》，後收入《舊文四篇》。

③於勒・禺來《關於文學的發展》，《西方文論選》第262頁。

# 第九章　未完成美

一首詩既是完成的——詩人經過創造把它發表出來，成為一件供廣大讀者品嘗的藝術品；但是，一首成功的詩，同時又是「未完成」的——對於讀者來說，必須進入這首詩，加入自己的認識和理解，及種種藝術欣賞。其中，有些是屬於詩作本身或詩人預留的，有些則屬於讀者自己的創造，乃至有違詩人的初衷。這就是一種詩美，詩的未完成美。

接觸非馬的詩創造時，你會深深為他詩作的未完成美所感動和震撼！我想，非馬在進行詩創造時，就期待著廣大讀者的創造性加入，以實現他的詩的未完成美。

## 一、兩個上帝

詩的未完成美，是一個接受美學的課題。

詩人必須面對諸多讀者，不能不考慮接受美學的要求；而讀者本身即是接受美學主宰者！讀者是上帝。我這裡談的接受美學不只是理論，更是實踐——美的接受的實踐。接受，絕不只是一種被動行為，它同樣是一種主動的創造。接受是一種積極的參與。讀者和詩人的關係，不能只是跟著走，亦步亦趨。讀者和詩人並肩、攜手、對話，乃至彼此擁抱、捶打……這還只是另一種「跟隨」。讀者眼裡的詩人，更是讀者自己的創造：「一千個讀者就有一千個哈姆雷特」！

依照接受美學的觀點，接受同樣是一種創造。

詩人非馬無時無刻不考慮這樣一個問題：讀者的創造問題。他希望讀者能接受好他的詩，加入他的詩的創作。當然，作為詩人他說得委婉含蓄一點。他說：

> 我相信，每個作家在下筆的時候，不管自覺與否，心目中總有個假定的讀者。這讀者可能是他熱戀中的情人，也可能是他經常見面的朋友或同事；可能是千萬里外的一個舊識，也可能是千百年後的一群陌生人。總之，他需要有人分享他澎湃的感情，同他一起哭一起笑。
>
> 離開台灣已超過三十年，我發現我仍常把台灣的讀者當成寫作的對象。雖然我也知道，在富庶繁榮的台灣，詩已成為可有可無的東西。但我仍相信我的作品會在這塊生我育我的土地上獲得更多更大的共鳴。
>
> 對大陸，我的心情比較複雜。一方面我知道那裡有令人心動的龐大讀者群。他們對詩的熱情還沒太受到物質文明的侵蝕和污染。另一方面，由於多年隔絕，我擔心我們的心弦也許無法在同一個頻率下振動共鳴。事實證明了我的過慮。一九八六年冬天，在芝加哥的一個華人藝術家的聚會上，我認識了剛到美國不久，聲譽蒸蒸日上的中國青年畫家周氏兄弟。當時大家談得很投機。在以後的交往中，我們對彼此的藝術有了更深的認識與喜愛。有一次我提到想出詩集，他們馬上

表示願為我畫些插圖。在這之前我只看過他們氣魄磅礴的油畫。那些用現代西方手法表達東方神秘的巨構，豐富得令人瞠目。而他們用水墨畫出的這些插圖，卻又有一番氣象與韻味。①

作為中國內地一個讀者，我對於非馬的詩有著強烈共鳴——在「同一個頻率下」；並且也有我自己的創造加入。我相信，我加入對非馬詩作意蘊及藝術的開掘，有些是他始料未及的。不過，先說說周氏兄弟——畫家讀者，對他的詩作的進入和共鳴（應該說是「共創」了）。

周氏兄弟在《詩畫的共鳴》②一文中，稱讚非馬是「一位極富於思想和創造性的詩人」，認為非馬的詩「在冷峻嚴謹的表象下迸發出巨大的能量，從而使人們讀出了這位在世界近代詩壇上風格迥異的詩人如火如荼的生命內涵」，「那些清晰意象的邊緣卻瀰漫著渾沌濃郁的無以傾訴」！我相信，周氏兄弟加入非馬詩的這種認識，也屬於作為讀者他們自己的創造性開掘。包括我在內也有這種認同：非馬詩的外象以「冷峻」出，而「生命內涵」卻是「如火如荼」的；非馬所營造的詩的意象，從具象上看是「清晰」的，而情感的傾訴及思想內蘊，則「瀰漫著渾沌濃郁」的一種深邃和豐富！

應該說，這種概括闡明並豐富了非馬詩創造的歷史性和現實性品格。

最能體現讀者——周氏兄弟對於非馬詩創造性開掘的，是他們所作的插圖，那便是非馬詩創造的一種未完成美的生動體現。

非馬詩《鬱金香》寫：

春天派來的
一群小小的記者
舉著麥克風
在風中
頻頻伸向
過路的行人

平時那麼愛曝光的大人
卻都搖搖頭
表示沒意見

只有推車裡的嬰兒
同樹上的小鳥

爭著發表
對春天的讚美
用單純原始的聲音
沒有語言的虛飾

依我看，非馬的詩是畫不出來的（不是「圖畫詩」），它有自己的獨立品格，能畫出來的詩就不到家了。萊辛認為③，詩畫「各有各的面貌衣飾」，它們是「絕不會爭風吃醋的姊妹」。但是，周氏兄弟作為讀者，他們的語言表達是畫，並不是要把非馬的詩臨摹下來，只是以自己的畫與詩人「共鳴」，作出一種評論式的「詮釋」，加入非馬的詩創造。他們說：「或許我們更願意以繪畫為非馬的詩作詮釋出一種更為宏大、無邊無沿、模糊神秘、沸沸揚揚的意境。為非馬詩所作的那些插圖便是畫家與詩人的共鳴的心跡。」這就是了，「共鳴」的完整含義，包括雙方創造性聲音的共振。

周氏兄弟的插圖也是以有限表現無限。他們不去畫鬱金香的具象，而是根據詩的抽象意蘊進行畫的創造。鬱金香的具象，在詩中有「舉著麥克風」「頻頻」揮舞，喚醒遲鈍、木訥的充分表現，那或許是最不易畫的。周氏兄弟畫的只是一種蔥蓊馥郁的茂盛氛圍，以及春的氣息敏銳、芬芳和清新。周氏兄弟的插圖也有具象，但那具象是一種變形符號，一種抽象的具象。我們彷彿可以從畫中看到「小鳥」、「推車」，看到「是又不是」的某種春的形態。而那「嬰兒」則是跳出推車被推著走的一輪太陽。周氏兄弟作為讀者，他們加入詩的創造也正是表現在這裡：春天的陽光和煦，萬物（包括人和鳥）有推著太陽走的敏感和快樂。對詩的意蘊這種「詮釋」，屬於另一種「單純原始」情趣，不能不說詩人始料未及了。這種屬於讀者的創造的確仍是屬於詩的。

援引周氏兄弟以畫讀詩的例證，我只是想說明：詩人和讀者的關係，是一種共同創造的關係，「共鳴」是一種共同創造。

詩人是上帝，讀者也是上帝。非有地位高低之別，也無主從之分。

## 二、變化的「精靈」

既然詩人和讀者是一種共同創造的關係，那麼詩人就應該認真面對讀者，對自己的詩創造提出更高的要求：創造詩的未完成美。

台灣詩人、詩評家對非馬詩的評論，包括中部和南部合評，提出非馬詩的「多重意義」、「擴展想像的領域」、「象徵性的延伸」以及「獨立品格」和「多樣化」等系列觀點，已經較深入地涉及詩的未完成美，都屬於題中之義，這說明這一問題值得深入研究。非馬1992年10月出版的詩集，以《飛吧！精靈》為之命題，周氏兄弟尤其以為非馬詩有「神秘」意境。所謂「精靈」之「飛」及其「神秘」，清人劉熙載說過：「文之神妙，莫過於能飛。莊子之言鵬曰"怒而飛"，今觀其文，無端而來，無端而去，殆得"飛"之機者。」④文若是，詩更然。「無端而來，無端而去」，非精靈莫屬。我則認為，提出詩的未完成美這個問題，把「精靈」之「飛」，和詩的「神秘」性的問題，就一攬子解決了。詩是「精靈」，變化多端；它能「飛」，「神秘」地「飛」，「無端而來，無端而去」。不都是在說詩的未完成美嗎？

台灣詩評家李魁賢在評論非馬《醉漢》一詩時寫道：「幾乎每一個詩句都要負擔多重的意義和象徵，是非馬詩藝最講究之處。」⑤此評很是中肯。且讀原詩：

把短短的直巷
走成一條

曲折
迴盪的
萬里愁腸

左一腳
十年
右一腳
十年
母親啊
我正努力
向您
走
來

非馬隨父赴台後，便與留在故鄉的母親斷絕音訊，流落在外如一「醉漢」。「左一腳／十年／右一腳／十年」，那種別離和流落的痛苦，撼人心扉；「萬里尋親」的悲壯心態，更令人「迴腸盪氣」。

詩出一「醉漢」具象，便有許多抽象意蘊的隱藏，這種詩的「隱藏」之美便是未完成美。這種「隱藏」使讀者眼前只見一個「醉漢」在走，短短的「直巷」，走成漫長的「曲折」，明明只是一「巷」之隔，卻要繞成「萬里愁腸」。

這是一種「醉」態嗎？其實，在詩人完全是一種「醒」態！這種以「醉」藏「醒」的未完成式，焉知會在讀者內心激起幾多層波浪，迴盪幾多聲「為什麼」的吶喊？

這裡還有一種讀者人人皆知的「隱藏」，即對「母親」的呼喚，除了直接的意義，它的抽象涵義是什麼？李魁賢先生也只說到「另含有真實意義在」止。他的評論也用了一種未完成式，讀者亦可見其「象徵性的延伸」，內心的美已經「完成」了。

詩在詩人的創作完成之後，還存留著許多未完成的可變因素，作者沒有向讀者固定他的理解，充其量也只給予一定指向性的暗示，讓讀者自己去變換角度理解，包括加入他們自己的品性和經歷，乃至讀者的理解與作者原來的立意相悖逆也未嘗不可。這便是詩的未完成美。詩的未完成美是一種「無限」，它使詩創造由「有限」走向「無限」。一首寫得再美的詩，如果沒有這種未完成美，那麼它的美色也是受到限制的。詩如果只追求一種清晰可見的美，那就顯得單一、平淡，缺乏韻味、醇味了。

非馬把詩看成「飛」著的「精靈」，變化萬端的「精靈」，自然就能在詩的未完成美的創造上下大力氣。所謂變化萬端——「無端而來，無端而去」的「飛」，並不一定為詩人所始料，更重要的是欣賞者對詩作諸多不同的揣摩和把握造成的，是在不同讀者的眼裡和心裡「飛」。詩的讀者越多，理解就越富有多向性和多義性，詩的未完成美的蘊量就越是豐富。反之亦然。因此，詩的創作決不能只滿足於它的「完成美」，這只能給讀者一種固定的美的享受；更要強調它的「未完成美」，這才能給讀者多種不固定的美的享受，從而也給予詩人諸多美的享受和反饋，這才是詩人所真正追求的。

詩人非馬在詩的創造過程中，就充分考慮吸引並歡迎廣大讀者來加入創作，給他們留下廣闊的「二度創作」的領域。

## 三、雙重結構

台灣及中國的詩人、詩評家們的評論，幾乎是一致的看法，認為非馬的詩創造是多義性的。構成非馬詩創造的未完成美，包括多角度、多層次、多含義的美，本質上是詩的多義性。

問題在於如何造就詩的多義性，即如何創造詩的未完成美？

評論普遍認為，非馬的詩是象徵詩，以詩的象徵的不固定性造成多義性，構建詩的未完成美。非馬自己也說：「一首不含象徵或沒有意象的詩是很難存在的。一個帶有多重意義的意象，不但可以擴展想像的領域，而且使一首詩成為一個有機的組織。」⑥象徵創造意象，「擴展想像的領域」，構建詩的「一個有機的組織」，都是屬於詩的未完成美。非馬在詩創造的過程中，十分留心和自覺地給讀者留下一定的時空意蘊幅度。他的詩表現人的內心世界，一般不再是直接表現，而是假以它物它事表現，即構建「一個有機的組織」——象徵組織來表現。這種象徵組織對於人的內心的表現，則隔了物象和事象這一層。在這一層的深處，象徵組織的內層存在著或者說潛藏著諸多的「未完成」成分。由此兩層相隔，詩的「未完成」成分自然蘊入豐富的多重含義。

非馬詩的未完成美，就蘊蓄在詩的意象的雙重結構裡。

非馬的詩美藝術，所謂「比現實更現實」，主要表現在這種象徵組織或曰象徵結構上的不同。現實主義藝術是一種單一結構，即顯在結構。這種結構是一種實象結構。詩的蘊量單薄或者淺露，藏納不了諸多未完成成分，其詩美屬於那種單一的、固定的完成式。非馬的詩進入現實的深層，創造一種意象結構，它是一種雙重的隱含性結構，成為底層（外層）具象和高層（內層）抽象的契合。底層具象是自然物象或社會事象，高層抽象則是社會現實意蘊。這種雙重的隱含性結構，因為具象和抽象的契合，擯棄單一、淺薄，成為表現種種複雜情狀，造成朦朧氛圍的立體建構，隱含豐富而深邃的社會現實意蘊，從而獲得和擁有詩的種種未完成美。

非馬的《魚與詩人》和《鳥籠》，曾在台灣詩壇引起共鳴和強烈反響。詩的意象結構的雙重性是典型的。《鳥籠》在第六章已經引出，《魚與詩人》寫：

躍出水面
掙扎著
而又回到水裡的
魚

對

躍進水裡
掙扎著
卻回不到水面的
詩人

說

你們的現實確實使人
活不了

這兩首詩的抽象意蘊並非具象所指，不是直接表現的；而是由外層具象遮掩或裹挾內層抽象。外層具象只給予讀者以涵義的指向性，使之易於進入詩的內核；但外層其實只是虛晃一槍，對內涵指向的同時構成一種遮掩，並非就是詩的主旨。詩的內在核質是深藏的。讀者若只在外層浮游，不再深入探索，就不會真正理解詩的內質——那是一個豐富而深邃的宇宙，一個未完成美的廣袤天地。

有評論認為：「《魚與詩人》最後那段〝你們的現實確實使人／活不了〞，是不是太露白了一點？」⑦這個看法，如果不是停留於詩的外層指向，則是受到某種蒙蔽。其實，這只是「虛晃一槍」，並非對現實的一種直接指責，只是誘導讀者進入詩的內核。詩人和魚在此互為觀照，他們共同的追求是：掙脫有形的桎梏，獲得靈魂的自由！他們都在自「有限」向「無限」飛躍，而不甘沉淪。

同樣，鳥籠和鳥也是互為觀照，他們彼此的追求都是不拘役於「有限」，是全方位的自由，靈魂的自由，出「有限」而入「無限」。台灣評論稱鳥籠自由的「反逆」，亦生「直說」之嫌。實則隔著一層，仍是對主題的遮掩。鳥籠也不甘滯桎於「有限」成為永恆的囹圄。這倒是詩人沒說出來的。

非馬的詩在讀者和評論界引起爭論，「見仁見智」，正好說明他的詩創造沒有造成某種思維定勢，而執意留下諸多想像的餘地，期待讀者「二度創作」加入，以實現對詩的未完成美的廣大而淵深的開掘。同時，也很好地說明他的詩的雙重結構在營造意象、涵融抽象意蘊上的優勢，對於積蓄和構建詩的未完成美，調動讀者加入「二度創作」的慾望，是一種最好的「有機的組織」。

## 四、中間變量

一首詩創作和發表出來以後，就不再只屬於詩人個人，而是為詩人和讀者及整個社會所有。因此，不可能不加入讀者及社會的創作，它的社會現實意蘊涵量比詩人在創作時所把握的涵量更豐富了。一首成功的詩，它的意蘊涵量不是固定的，而是因讀者的品性、經歷和閱讀時空不同而變化的，必須蘊涵著一個較大的「中間變量」，包括詩人所預留的和讀者「二度創作」所加入的。如第一章例舉的《山》，至少有三層意蘊：山、父親的背、民族的脊梁。它營造的民族的靈魂和信念的意象更不用說了。我們說《山》所蘊涵的「中間變量」較大，讀者可以見自然的「山」，可以見「父親的背」，也可以見民族的脊梁，並在各自眼中、心中形成層次不同的意象。《山》的前兩層意蘊是詩本身已經顯示的，第三層意蘊及其所營造的意象，可以說是詩人所預留或暗示的，也可以說讀者創造性地領悟和加入的。所謂詩的「中間變量」，即介乎詩作者的本義和讀者加入的理解闡釋之間的一種未完成量或稱可變量。詩具「中間變量」，就是要使讀者能按照他們自己的理解角度，去作不同於或不全同於或深化詩作者原義的種種理解，去完成和實現詩的未完成美。

因此，詩的「中間變量」是詩人有意（有時也是無意或不完全是故意）預留的「空白」，這種「空白」具有詩的某種「超時空」性。一首成功的詩，必然會以一定的「中間變量」構成詩的「超時空」感覺，而使讀者產生那種能自由馳騁想像的愉悅和興奮。如果這首詩是全完成式，讀者只能按照作者的原義去讀，一讀就懂，毫不費勁地知道作者說的是什麼，無法感覺到它可以多角度多側面地去理解，即可以有讀者自己的創造性理解，真正地讀出不是或不完全是或深化了作者已示知的，只有讀者自己才真正領會到的某種新意，那麼，這首詩肯定會枯燥乏味，很難引起讀者的興趣和共鳴的。

非馬在他的詩裡有意識地預留了豐富的「中間變量」，吸引讀者的積極加入並產生共鳴。如《黑夜裡的勾當》：

仰天長嘯
曠野裡的
一匹
狼

低頭時
嗅到了
籬笆裡
一枚

含毒的
肉餅
便夾起尾巴
變成
一條
狗

因為「黑夜裡的勾當」，「狼」變成狗。這樣，詩的「中間變量」很大。詩人創作時有意預留下很多「空白」，讓讀者費盡心思加入創作，歷盡艱難曲折，而後獲得突然發現的驚訝、欣喜。

「黑夜裡的勾當」是什麼?偷食肉餅。

這樣直接理解似乎不難，引伸就得費點心思。面對詩人預留的「空白」。讀者的深入發現遇阻。這裡有兩重阻攔：第一重，肉餅是「含毒的」。既然是含毒的肉餅，為什麼還要偷食?讓讀者止步不前。

讀者得繞一個彎子才能進入：這種「毒」是蜜毒、香毒，一種肉眼看不見卻能侵入肌體，使血液壞死的眈毒，它腐蝕意志，毒化靈魂。

第二重阻攔：「狼」。讀者一定會以為它是一種兇惡野獸。其實，「狼」在詩裡不是形象，而是一個詩的象現：一種人格精神的象現。這個「發現」的設阻，一般讀者不易跨越。不過，穿過這兩重阻攔，就可以進入詩的意象內蘊了。

就詩的意象內蘊而言，「空白」也大。作出闡釋的深淺是不一樣的。表層認識是，由於經不住「含毒的／肉餅」誘惑，「狼」是可以變成狗的。它提示人們：金錢、物慾是一種「眈毒」，成為腐化、犯罪的前奏和社會的亂源。金錢社會的罪惡，足可以把人給毀了。

這個認識仍然是淺層次的，詩的啟迪意蘊不止於此。

詩的深層次涵義，在於不言而喻，隱藏在語境的後面，是對金錢和物質利誘的矢志不渝的抗衡，它讓我們聽到一種更為廣遠的聲音。

「仰天長嘯」的「狼」，正氣浩然，胸懷磊落！

它應該高揚凜然品格，不可在「肉餅」前「低頭」，不該踏入物慾的「籬笆」。

中國有一句豪語：「大叫三聲不要錢，鬼也怕！」

它應該如此「仰天長嘯」才是。這是金錢買不動志節的最響亮、最動人的一嘯！

不要在金錢、物慾面前「低頭」，而要「仰天」：天際是「清風朗月」⑧。

不忘記遠大目標，做大胸襟、大氣度的人。

這樣的詩，讀者的開掘量極大，是因為詩人的「預留」是自覺的、有意識的。

「空白」的立體性，造成開掘的多層次。讀者對於詩的未完成美的開掘，和詩人的創造同樣成功，都因抵達一種高層次「拍合」而無比喜悅。

非馬詩的「中間變量」另一個特點是，力求避免和拒絕「完成」。「中間變量」著重的是一個「變」字，要是「中間定量」，就給詩的解讀固定了範圍，形成一種囹圄。非馬的詩以最大努力避免和拒絕這種「完成」，盡可能以多種未完成方式出現，擴大意蘊的時空幅度。

第五章中說到《功夫茶》，這首詩的具象：喝功夫茶。具象有限。但是，「品」茶是品味人生，「中間變量」就無限大了。讀者可以加入自己的品性和經歷去「品」，去進行「二度創作」。詩的社會性題材常常是「超重級」的，不易搬動，一入詩就容易「鐵定」蘊量。非馬很重視詩的「社會性」，他創作這類詩在選材時，有意從間於生活與社會之間擷取題材，並從生活現象中開掘詩的社會意蘊，這就注定了詩的「中間變量」無以限制。

「功夫茶」的意象可作無限開掘。它蘊入非馬的人格精神，出一種「大入世、大出世」意象。這首小詩，寫的只是喝功夫茶的生活小事，卻不「定格」在窄小領域，能以「小」見大，皆因蘊入了無限的「中間變量」。

然而，詩的「中間變量」排除兩個極端：一個是把詩看成是只有一種固定性的單義解釋；另一個是認為每個讀者可以作隨意的主觀解釋。「中間變量」雖不是一成不變，但它的「變」也有一定的指向性，雖然這種指向性也蘊涵著一定的變量。它既不是詩人的固定性限指，也不是那種沒有客觀內蘊可循，可以任由讀者主觀臆造的東西。換句話說，它不能脫離作品本身，而必須也只能由作品本身的內蘊激發出來。

非馬詩的「中間變量」，無論是它的「預留」性，還是它的「無限」性，都呈現一種根本特性：即對一定的未完成量可以有多種不同（或深淺不一）完成方式的特性。如前舉《黑夜裡的勾當》、《功夫茶》等，完成程度有深有淺。另一些詩，如《夜笛》、《傘》等，還可以有幾種不同闡釋的完成。這種特性，可以作為一種美哲學的認識來理解，那就是人們對同一事物，可以有多種不同的感受和理解，而這些不同感受和理解，都有一定的合理性。也就是說，藝術真理不止一個。生命的大元是「一」，「一生二，二生三，三生萬物」⑨。

## 五、雙向活動

因為詩的未完成美由讀者的「二度創作」完成，西方便把研究未完成美的學問叫做「接受美學」，實際上並不確切。未完成美是創作與欣賞的統一，「出發」和「接受」的結合，不單是讀者、欣賞者的事，不是一種純粹的「接受」，而首先是詩人的事。重視這一點對於詩自身的變革和發展是十分必要的。未完成美仍然屬於詩創作的一個不可脫離的組成部分，詩人在創作過程中就要認真思考和自覺對待這個問題，在自己的創作過程中就要留心地孕育未完成美，即給自己的作品貯存一定的「中間變量」，預留下應有的「空白」。並給予讀者適當的暗示，使之能夠較自由地對作品進行「二度創作」。就這種意義上說，詩的未完成美是由詩人構建某種不固定性詩美因素，將它孕育、蘊蓄在作品裡，以期待和吸引讀者作新的發現和開掘，這就成了詩創作一種規律性的東西。這是詩創作一個十分重要的方面，是詩自身變革和發展一個十分重要的環節。它與讀者的「二度創作」對詩的未完成美的開掘，同樣重要，二者不能缺一。

非馬的詩創造掌握這種規律，在詩中構建不固定的詩美成分，積極吸引和期待讀者加入其作品的「二度創作」，大力開掘詩的未完成美。如《夜笛》，便可以由讀者作出不同完成式的詩美開掘，以實現詩的「雙向」創作活動。

用竹林裡
越刮越緊的
風聲
導引
一雙不眠的眼
向黑夜的巷尾
按摩過去

台灣的評論認為，這首詩是寫「吹夜笛的按摩者」，他們「一般都是屬於目盲者的職業」；或「盲者生命旅程的象徵」。而我則認為，詩人沒有做這種固定性闡釋的限定，詩中「一雙不眠的眼」不限指「目盲者」，而「按摩」也不一定指某一種職業性的操作。這首詩預留了較大的「中間變量」，詩人只不過作了適當的暗示，讓讀者自己去完成應有的詩美變量。特別是這種「暗示」也是「空白」的，不限定在一種事物現上。詩不應該停留於事物本身，它是超越的。詩所描摹的事物不應該固定，詩的意蘊才會實現超越。

《夜笛》是否就固定了寫操按摩笛的盲人，不可以是別的？比如說是詩人自己，一個詩的創造者，他的不倦的創造，熬夜的創造？我想可以，此詩當別有一種藝術感受。

「夜笛」，本身是一種藝術創造。它是音樂，是詩，或者是一種別的藝術。急驟的笛音，見出詩人和藝術家的責任感：他對於藝術使命的投入和付出。他是不辭辛勞的，熬過許多不眠的夜，他的付出良多。他的藝術創造，為的是撫慰人的靈魂，將人們心靈裡的痛苦驅散。「黑夜的巷尾」，涵蓋的意蘊，包括人生受挫，命運困厄、生活波折種種。

「接受」這首詩，我的藝術感受是：詩人用「笛音」撫慰人的心靈，給人慰勉，給人光亮，給人憧憬。

「不眠」、「按摩」兩個詞彙，不可闡釋得太拘泥、過死。它們已經營造出兩種意象，而不僅僅局限於詞的本義了。「不眠」是一種辛勤勞累的意象，「按摩」是一種撫慰、奮勉的意象。「不眠的眼」也不限定於「目盲者」「瞎子」的歧義，即使不說眼、手、心可以通兌，不眠者的觀察、體驗、創造，仍在本義之中，一點兒也不偏狹。

《夜笛》是一種藝術創造。我這裡想引用詩人孔孚先生的一句話，以說明藝術創造的意義。他說：「詩不是《人民日報》社論。也不能指望它扭轉乾坤。它只不過是想：能於人之生命中注入一點兒靈性而已！」⑩《夜笛》一類詩作足可以擔此使命，喚起人生命中的「靈性」，不消沉於一時的困厄，鼓足勇氣走向黎明！

非馬很重視藝術的獨創，不願意自己詩的涵義偏於狹窄，被某種具體事物固定和限制，以至造成某種思維定勢，成為詩美的「完成式」。非馬說：「詩人必須是一個嚴肅的藝術工作者。他必須懂得如何運用技巧，選擇最有效的語言，創造最準確的意象。」我想，讀他的詩一定要重視詩的「留白」，不囿於事物某種現象的限制，大力開掘詩的未完成美，以至把詩的語言發揮到「最有效」的程度，以呈現其所創造之意象的無限。《夜笛》是小詩，但它又是「大詩」。它所創造的意象，是一個能夠喚起人的「靈性」的藝術生命，其創造力當屬於無限！不能只以操按摩笛的盲者作解釋，那樣就顯得「小」了，有限。

上述兩種不同的闡釋，都屬於讀者的「二度創作」，構成詩創作的「雙向」活動，從而和詩人一道實現詩的未完成美。儘管它們的「完成」方式是不同的，卻都是重要的，創造和形成詩的多義性、多樣性。這就是說，詩的研讀、闡釋和評論，或者大體的欣賞，同詩的創作一樣也是十分重要的，若是忽視或者失去了它，詩的未完成美就會失去翅翼，飛不起來。

只有當詩的欣賞包括詩評和詩論，與詩的創作並轡，一齊抓住詩的鬃鬣，才能讓詩的未完成美馭風翱翔！

註：

① 見非馬詩集《飛吧，精靈》第 6、7 頁，台灣晨星出版社 1992 年 10 月出版。

② 同上，第 10 – 12 頁。

③ 見萊辛的美學名著《拉奧孔》。

④ 見其《藝概》。

⑤ 《非馬集》第 55 頁，三聯書店香港分店 1984 年 12 月版。

⑥ 《略談現代詩》，載《笠》詩刊第 80 期。

⑦ 《非馬作品合評》，載《笠》詩刊總第 104 期，1981 年 8 月 15 日。

⑧ 李白《襄陽歌》：「清風朗月不用一錢買，玉山自倒非人推」。

⑨ 《老子》第四十二章。

⑩ 《孔孚集》第 496 頁，中國科學出版社 1996 年 1 月版。

# 第十章　重入輕出

在都市文明的荒漠裡
在遠離肥沃泥土的天台上
你孜孜澆灌
要為這世界
增添一點
欣欣向榮的喜色

——《行走的花樹》

行走的花樹，是種花人。他「提著滿溢的水壺／蹣跚穿行」，孜孜澆灌。其實，他才是萬紫千紅中「一株最耐看的花樹」。這是誰呢？是非馬。《行走的花樹》當是他的自白。他以詩的創造為人類文明建設奉獻自己的力量。因為這樣，非馬的詩創造是建設性的，「對人類有廣泛的同情心與愛心」。他的詩「對他所生活的社會及時代作忠實的批判和記錄」，不只是「寫給一兩個人看的應酬詩」①。

詩界皆知，非馬的詩「社會性」很強，現實意蘊深邃。然而，他的詩在藝術上卻並非明朗化、硬性化、表面化。相反，他避免了這些毛病，而「具有非常典型性的意象主義詩的特色和魅力」。

他的詩既是超傳統的，又是超現代的。從深入表現社會現實生活看，她「負有文化傳承與教化社會的使命感」，卻又跳出「奴性」的桎梏；而他在詩美藝術上的特色，既具「象徵性的延伸」、「幾乎每一個詩句都要負擔多重的意義和象徵」；又是向「虛」走，取一種「大入大出」的超越姿態。

非馬詩的「教化」滌除「奴性」，不是「說教」，也不是直露的，而是潛入詩的情感和意象中；不是站出來對現實「直接指責」，而是「以想像力貫穿現實所獲得的深刻而真實的產物」②。並如李弦所評，非馬的詩：「雖是社會詩，但較諸三十年代這一類型的作品，更顯得技巧高超，耐人尋味，可見現實性題材只要別出心裁，還是具有藝術價值的」③。

重入輕出，便是非馬詩美藝術的一種「別出心裁」！

非馬的詩寫「社會性」題材，現實意蘊荷重甚大，卻不是直出、贅出、呆出，而是自然而然地流出，隱出，輕出。

詩的重入輕出，是詩的一種大技巧。

## 一、現實品格的彈性和張力

打開非馬的各種詩集，可以看到多是寫社會性題材的詩作。別人不好寫或避免寫的社會性題材，他都很輕鬆地寫了。而且，1977年他在芝加哥中國文藝座談會上演講《略談現代詩》，講現代詩的四個特徵時，公然申明第一個特徵便是「社會性」！他擷取、表現社會現實題材，是因為他是「現實」中人，他要以自己的作品推動現實和歷史向前發展。

他說：「今天詩人的主要任務，是要使這一代的人在歷史的鏡子裡，看清自己的面目，而只有投身社會，成為其中有用的一員，才能感覺到時代的呼吸。」他還強調詩人「必須到太陽底下去同大家一起流血流汗」，「然後才可能寫出有血有肉的作品，才可能對他所生活的社會及時代作忠實批判和紀錄」。他把投身社會時代和表現社會時代融為一體，使自己的作品成為社會時代「賦有活性的詩的真實」。他的詩，因而受到廣泛的欣賞和好評。詩壇都認為，他的詩創造「如果離開現實，便無法生存」；但詩壇又普遍認為，他的詩創造（包括語言）富有「彈性」和「張力」，涵容量很大，是「複向」的、「活性」的、「多樣性」的，不受「現實的淹沒」④。

詩必須賦有現實、時代的品格，這還只說對了一半。下一半是：詩的現實、時代品格是彈性的，充滿張力的。這才是非馬的詩！以前的詩評似乎強調了前一半，而對後一半雖已提及卻不自覺地忽略了。對非馬的詩，這後一半似應多作開掘。

被擠出焦距
樹
眼睜睜
看又一批
咧嘴露齒的遊客
在它的面前
霸佔風景

——《被擠出風景的樹》

這首詩的自然具象，是寫「風景」，寫「樹」；「樹」，「被擠出風景」。而它的抽象意蘊，則是寫一種社會世態：奔走競逐的擁擠。「又一批」、「霸佔」、「咧嘴露齒」，便見出這種景觀。「樹」本身是一道美的風景，但它不加入擁擠。看來它是「被擠出焦距」，卻成為一位超然的逸者，找到自我，返回本真。「被擠出風景的樹」，擁有一份出世的淡泊。它可以蔑視：對那些擁擠著呲牙咧嘴，權勢的爭奪者和名利的競逐者，給以高傲的蔑視。

這是一首小詩，只有7行。說小又不小，它可小可大。詩的具象和抽象之間，存在著意蘊的彈性，時空張力無限。我這裡將彈性和張力並用，不僅因為它們詞義相近，可以連用；更在於它們彼此並用的迸發力。彈性指伸縮性，可大可小、可長可短等；張力指擴展力、伸張力。詩的彈性和張力，是詩由具象的有限到抽象的無限之間的一種靈動延伸。詩的具象和抽象契合，時空意蘊是可以伸張、擴展的，及至無限。

詩的彈性和張力的運用，可以使詩的象現涵融，由有限抵達無限。《被擠出風景的樹》，具象是有限的，一種自然和人文景觀；而它所營造出的意象，則走入無限：這裡，世相百態皆可意味，尤其是提醒人們不屑去「孜孜為利」，叩向人生境界更高層，求得人格精神的「超拔」。

非馬的詩創造，充分考慮和照顧到讀者的悟性和「二度創作」，因而很重視詩的彈性和張力。

非馬詩的「重入輕出」藝術，其實質便表現為一種彈性品格。「重」與「輕」之間孕育著一種擴展的張力。俗話說：「響鼓不用重槌敲」！這就是一種「彈性」原理，自然的彈性原理。讀者的耳膜不習慣一味地「重」。一味地「重」不僅耳膜受損，鼓也會捶破。這就必得有「重入輕出」的反彈和調節。

這裡，特別要提出的是：非馬的詩創造是要表現社會現實生活的主旋律，摁在時代的脈跳上，撥動讀者的心弦。然而，詩的彈奏的指尖並不一定摁的太重。社會現實生活的重化題材，不一定重出、直出、實出，撥動心弦的不見得是重音、濁音，反之，倒很可能是輕音、清音。非馬的詩創造，便主要取此「清（輕）音」。蘊入以「重」，出之以「輕」。

唐宋八大家之一，北宋歐陽修著有《六一詩話》，成為我國第一部詩話體的詩論著作。這部著作倡導詩寫社會現實題材，反對逃避、脫離現實。這種倡導是歐公的功績，自然也是他的長處，應當給予肯定，且對於今天的詩創作尤多教益。他的《詩僧擱筆》⑤即涉及詩與自然界的關係：

> 國朝浮圖，以詩名於世者九人，故時有集號《九僧詩》，今不復傳矣。余少時聞人多稱之。……當時，有進士許洞者，善為詞章，俊逸之士也。因會諸詩僧分題，出一紙，約曰：不得犯此一字。其字乃山、水、風、雲、竹、石、花、草、雪、霜、星、月、禽、鳥之類，於是諸僧皆擱筆。

山、水、風、雲、竹、石、花、草、雪、霜、星、月、禽、鳥之類，幾乎概括整個大自然界，這些都不能寫，可見所寫的只是人類社會某一部分，詩便極其有限，詩僧擱筆是理所當然的事了。以此而論，《被擠出風景的樹》屬於山、水之類，在被禁之列，「犯約」而不允許再寫了。更其然者，這類以自然性景觀寫社會性意蘊的詩不能寫，那麼，詩又寫什麼、怎麼寫呢？詩當然就只能重入重出、直入直出、呆入呆出了。許洞一輩之「約」差矣！其實，中國歷史上不少高僧，雖深居山林寺廟，也並非避世遁世。他們寫山水自然的詩，只是把人間煙火掩藏起來，用心卻是涉世甚深的。諸僧擱筆非不能詩也，乃不屑於許洞輩之呆、直也。

歐陽修後來在《梅聖俞詩集序》裡，為蟲魚草木、風花雪月正名。他提出：

凡士之蘊其所有，而不得施於世者，多喜自放於山巔水涯，外見蟲魚草木風雲鳥獸之狀類，往往探其奇怪，內有憂思感憤之鬱結，其興於怨刺，以道羈臣寡婦之所嘆，而寫人情之難言，蓋愈窮則愈工，然則非詩之能窮人，殆窮者而後工也。

他這番話，恰好是我們所說的「重入輕出」之意。他說的「外見」、「內有」，即為「出」和「入」。而「憂思感憤鬱結」以及「怨刺」，即為社會現實意蘊之「重」，「蟲魚草木風雲鳥獸之狀類」，即自然物象之「輕」。只不過就梅聖俞的詩來說，由於歷史局限而出自無可奈何；非馬卻不同，他是自覺尊奉藝術創作規律而為之。歐陽修的「詩窮而後工」，到了非馬這裡，便是「重入輕出而後工」了。梅聖俞等古人詩有「不得不為」，強調人生遭受各種不幸時為詩，殆「不得已者」；然而，非馬則不強調這一面，而是把對歷史、人事和人生痛苦的反思之「窮」，於詩中自覺地「輕」化，由「不得已者」到「出之自然」、「不得不然」，以此孕育動人心魄的藝術魅力。

試想，像蔑視名利、權位徵逐這類社會題材的詩，如果不是《被擠出風景的樹》這樣寫，不是以自然物象「輕出」，而是重出、直出，那就可能全無詩味了，就只能重返古之「詠嘆」調的「直搗」了。

詩以社會現實涵義之抽象，蘊入山水自然景觀之具象，彼此不露痕跡地契合，入之以「重」，出之以「輕」。這樣的詩，寫起來顯得隨意，讀起來顯得輕鬆，卻引人聯想，發人深思，耐人尋味。詩的深邃社會現實意蘊不是直說出來，要靠讀者悟出，且讀者之悟，又各因其品性經歷不同而有各自的不同理解，因而擴展和豐富了詩的蘊涵。重入輕出，深入淺出，多義的不同悟出……詩的彈性和張力也就出來了。社會現實意蘊的「重入輕出」，給非馬詩的現實品格賦予無限彈性和張力。

## 二、導引：人和自然全息

非馬詩的「重入輕出」，之所以構成一種規律性的藝術創造，是因為它遵循著一個根本規律：宇宙全息規律。根據這個規律，人和自然是全息的，社會和自然也是全息的。

我們祖先作《易》時，便把自然宇宙和社會宇宙聯繫起來合併研究。「日月為易，象陰陽也。」《易》使中國文化系統化，而成為中國文化之「根」。《易》從史前彩陶文繪之高度抽象受到啟發，從中抽象出「- -」（坤）、「—」（乾），以陰陽來涵蓋一切，造出「太極圖」，建構成中國文化最初的象徵符號系統。詩的象徵，便是一種詩美符號。

非馬的詩，常常以山水自然的物象，徵社會人事的抽象，或者反之。這種融心象和物象於一體，作不露痕跡的契合，便是詩的象徵。由象徵創造出詩的意象藝術。非馬詩的意象藝術，有一個突出的特點，不僅十分強調詩的社會現實意蘊，而且將社會現實之「心象」，以自然物象出，這正是詩的「重入輕出」的一種重要構成。前者為「重」，後者為「輕」。

馬克思在《1844年經濟學哲學手稿》中，論述到「人化的自然」，日月星辰、山水風雲，它們「作為藝術的對象，都是人的意識的一部分，是人的精神的無機界」，已成為「人的無機的身體」⑥。人和自然、人和宇宙是全息的。就某種意義上說，人即自然，自然即人。中國古代就有「人身乃一小天地也」⑦的說法。因此，不可以像許洞那樣，把日月星辰、山水風雲，排斥在詩和社會人生之外。

當然，那種一味吟弄風花雪月，脫離現實，消極遁世的詩作是不足取的，也沒有多少藝術欣賞價值。但是，我們卻可以肯定地說，詩人非馬的那些乍看似在描摹「風花雪月」的詩，並沒有脫離社會現實；恰恰相反，當我們以象徵的視角，從「人化的自然」、人和自然全息的意義上去品讀他的那些山水風雲小詩，常會發現，那裡面深蘊著一個心靈的大千世界，一個緊緊切入現實生活的複雜社會和人生。

社會現實生活題材，很可以「重入輕出」，或者「實入虛出」，「近入遠出」——社會現實生活題材自然出，已成為非馬詩的藝術創造的一個規律，它同時又是人和自然全息、社會和自然全息這一根本規律的生動體現。且讀《蓬鬆的午後》：

輕手輕腳
怕驚動
樹下一隻松鼠
在啃嚼
早春鮮嫩的
陽光

卻仍引起
一聲告警的鳥叫

但松鼠急急爬上樹梢
顯然不是為了驚恐

在它縱躍過的枝椏上
燦然迸出
春風得意的
綠

詩寫一種人和自然的諧協氛圍：人，「輕手輕腳」走過；樹下松鼠，正在啃嚼「早春鮮嫩的陽光」；鳥兒多管閒事告警，使松鼠「急急爬上樹梢」。這表面的騷動，卻只是為了報告春的消息，燦然迸出「春風得意的綠」！大家其實各得其所，彼此並不相煩干擾，而是展現出自由自在的寬鬆天地。大家都在明媚的春天裡活躍起來，快活起來，一切都那樣的生機盎然。

這是寫自然界嗎？是。但同時也在寫人和社會。這裡，人和鳥及松鼠全息，寫出一種美好的心態，寫出一個活躍的、自由的空間。一種瞬間的感覺油然而生：美好的時光正悄悄來臨！一種心緒的閒適自得：遠離俗塵，摒棄名利、權位的競逐。於是，詩出一種至高的人生境界。這裡的種種自然景象，包括松鼠樹下啃嚼，鳥兒上樹燦鳴，都是對春光躍上枝頭的喜悅，令人覺得美好而感動。因為它們和人和社會息息相關，同屬一個廣袤的宇宙。自然界的栩栩生氣，正渲染著人類以及整個宇宙的和諧歡躍，絢麗輝煌！

外在，是它那淳樸自然之美；內在，是它本身就是生命與生長的具體實現。

在蓬鬆的午後，你可以體會到，大自然本身就是活力充沛、飽含生機。進而可以了悟，生命不必貪婪攫取，大自然就在孕育、衣養著我們。你可以超拔滔滔濁世，擺脫各種人為的拘縛與干擾，精神為之昇華。

詩人的銳敏感覺和對生命的熱情，及愛好天然的本色，比一般人更為深切。非馬從田園間和大自然，找回了人生真正的意義和樂趣。

讀過這首詩，或許倍覺「天資曠逸，有神仙風致」！

再讀《孔雀開屏》：

緩緩轉身
讓所有的眼睛
都有機會
去調整時間的焦距
她明明知道

光閃閃的歷史大鏡
不可能照過
更矜貴的皇后

這首詩依然是「社會性」題材，以自然物象展現。社會題材自然出，十分巧妙地隱含社會和自然全息規律。

《孔雀開屏》諷喻權貴們的貪婪嘴臉。那些孤芳自賞的個人至上主義者，把自己看得太大、太美、太尊貴，以為可以佔領一切時空，吸納所有的　美和擁護。我們幾乎可以看到，他們在閃光燈下搔首弄姿自我陶醉的可笑模樣。

讀非馬的詩，我們可以感覺到，人和自然是全息的，社會和自然是全息的。因而對他的詩創造的「重入輕出」藝術，覺得很自然、很習慣，每每地就把自然界當成人類社會來讀，讀起來有滋有味，覺得他的「別出心裁」，就恰好出在把人和社會融入自然，而且十分地諧契，全然是人不知、鬼不覺。這是因為有了人及人類社會和自然全息這一客觀規律作依據，詩的「重入輕出」的藝術創造就能順乎自然了。

## 三、契合：具象和抽象邂逅

因此，構成詩的「重入輕出」，要以宇宙全息的規律作導引。但是，僅僅導引還不夠，還得「入」之得法，「出」之自然。就是說，社會事象、心象與自然物象契合，必須不露痕跡，這是一個關鍵。解決這一關鍵問題，就得避免和克服種種「人為」做作，要使詩的社會抽象意蘊和自然具象，作不期而遇的「邂逅」。是巧遇、巧合，不顯「人工斧鑿」跡象，這就是大技巧了。

至於是以社會現實意蘊去遇合自然物象，還是受到自然物象感悟，而觸及對社會現實的觀照和思索？具體進行時誰先誰後，得看當時的情境和時空狀況如何。有時興許積思已久，偶爾觸景生情；有時可能因景觸感，從而生出種種聯想、想像等，這些聯想、想像，有過去的經驗，也有屬於未來的憧憬。「重」先「輕」後，或者「輕」先「重」後，都是可以的，我們不必去管它。

然而，二者的契合必須是「邂逅」，「重」和「輕」不期而遇。

非馬的詩創造，在具象（輕）和抽象（重）的契合上，作了多種「邂逅」性嘗試，列舉如下：

### A、感覺兌換邂逅

非馬的有些詩純寫感覺，但純又不純，由此種感覺兌換成另一種感覺，構成自然物象和社會現實意蘊抽象的邂逅而契合。如《學鳥叫的人》，便是由臉頰上有被「鳥啄」的感覺，兌換成對愛的活力的感覺——前種感覺是肉體的觸感，後種感覺是「靈觸」，進入想像，已有了某種靈性的滲透，使感覺本身昇華了。

臨出門的時候
尖著嘴的妻子
在他臉頰上
那麼輕輕地
啄了一下
竟使這個已不年輕的
年輕人
一路尖著嘴

學鳥叫
惹得許多早衰的
翅膀
撲撲欲振

這是非馬詩的藝術創造高層次典範之一。

是情詩，又不是表面的情詩，十分耐人品讀和尋味。

臨出門前，妻子一個親臉的親昵動作，使他產生一種「鳥啄」的銳敏感覺。興許，「鳥啄」那種「吱溜」聲的親切回憶，使這個並「不年輕」的人變得年輕了，便「一路尖著嘴／學鳥叫」，愛的活力便出來了。這種第二次青春的活力，「惹得許多早衰的／翅膀／撲撲欲振」！

金錢社會讓人奔命勞頓、疲憊不堪，有了愛的活力作驅動，人們便精神煥發了，當然也就驅走了許多競逐的煩擾。這裡，不說人精神振奮，而以鳥的振翅欲飛，描摹人之「衰」，妙極！

這首詩營造一種愛的激勵意象，一種生活無限美好的意象。它叫人把握瞬間，熱愛生活。人，亦如一隻不知疲倦的自由飛翔的小鳥！學鳥叫，讓人放棄一切身外的多餘顧慮，滌除競逐的煩惱，精神得以超拔。

那麼，詩所蘊入的社會現實意蘊，不是自具象輕巧而出嗎？這樣的詩，使你的心懷頻添一股朝氣，一種活力。堪稱大詩，靈性無限的詩。

再如《七月》，寫「熱」的感覺，由天氣的悶熱兌換競逐的煩熱：

金色蒸騰的陽光
把七月的午後
鼓脹成一個
密不通風的透明氣球
一隻蟬在枝頭直叫
出去　出去

有針的蜜蜂
卻只顧營營嗡嗡
從一朵花
到另一朵花

讀《七月》，你從「金色蒸騰」、「密不透風」的感覺中，滋生另一種感覺：人生似一場「熱」戰，執迷不悟的人們如鑽營（「有針」）的蜜蜂一樣，畢生置身炎夏，在烈日炙曬中奔勞競逐，營營嗡嗡！「蟬」，想掙脫也無可奈何。讀這首詩，能提供精神上的幽靜和清涼，使你省悟而不受困擾。

一種感覺兌換成另一種感覺，由此及彼，自由兌換，自然契合，本身無痕跡可尋。並且，這種感覺的兌換，是在讀者的「二度創作」中進行的，如何兌換，以及進入的層次深淺由讀者選擇，詩人沒有硬性的迫使。

**B、相似品性的邂逅**

人和社會事物的品性，以及自然的品性，有相類似之處。兩種相似的品性，會彼此邂逅。這種邂逅在品性之間進行，甲的品性和乙的品性因相似而不易分出彼此，說甲猶在說乙，能無形間溝通，不必強求誰來接受，也不會指認什麼，更不會逼供以信。一如《蒲公英》：

天邊太遙遠
蒲公英
把原始的遨遊夢
分成一代代
去
　接力
　　飛揚

蒲公英，它有一種入世精神，它的「飛揚」品性，是一種「接力」賽，點點滴滴地做工，分分毫毫地進取。它不是沉緬於一種嚮往或幻想，也不好高鶩遠、好大喜功，而是一個心眼兢兢業業。那麼，這種品性，入世精神，人和社會與自然界是相通的。寫蒲公英猶在寫人、寫社會，任由讀者自己去領悟、闡釋，不期而然地可以抵達一種高尚的品性境界，讓你情不自禁。

再如《螢火蟲》：

1

不聲不響
把個遙遠的仲夏夜夢
一下子點亮了起來

沒有霓虹的迷幻
也不廣告什麼

2

不屑與諂媚的霓虹燈爭寵
螢火蟲遠離都市
到黑夜的曠野去等候
久別重逢的驚喜

火花一閃
一個流落的童年
便燦然亮起

螢火蟲點亮憧憬，閃爍理想，卻是不聲不響、默默地去做。「沒有霓虹的迷幻／也不廣告什麼」，一種大品格！不用「霓虹」和「廣告」作幡子宣揚自己。當然，也不希圖那些別人競逐的東西，如為官的顯赫，為商的榮華種種。它遠離鬧市，到曠野去亮起自己的童貞，一顆純潔的靈心！

這樣的詩，縱然你不去「悟」，也會在品性上感受到一些什麼。它可以隨時冷卻人們心頭因患得患失而生的煩熱，有益人們身心健康，更有助於對人生世相的超然認識，讓人不致因徵逐而迷失方向。

《對話黑鳥》也一樣：

（今年的冬天不冷
黑鳥沒去南方）

牠們大叫
是想把過路的眼睛
引上光禿禿的樹梢
看牠們用翹得高高的黑尾巴
刷亮二月午後的天空

（黑鳥沒去南方
今年的冬天不冷）

牠們大叫

乃為了用此起彼落的呼應
標測這空蕩蕩的樹林
牠們獨佔的遼闊

這首詩寫出一種靈魂的不羈和桀驁！黑鳥們不羨慕、不稀罕南方的繁華、亮麗，不去趕潮流、湊熱鬧，牠們「用翹得高高的黑尾巴／刷亮二月午後的天空」，「獨佔遼闊」！

黑鳥對生命的熱情和愛好天然的本色，使牠們能夠欣賞大自然單純、質樸、（遠離仕途和商戰的）恬靜，欣賞「冬天光禿禿的樹梢」的優美天然；但是，牠們「大叫」，當是更重視自然與生命的密切關聯。「光禿禿的樹梢」、「空蕩蕩的樹林」，象徵對物慾（名利和權勢）的一無所有和放棄，並且毫不在乎。只願以生命與自然相守，「獨佔」精神領域的「遼闊」！

自然人化，人化自然，兩種品性諧於一。寫自然的品性，實際上是人對自然品性的認同。因此，人和自然品性的邂逅是天然的，只要不離開自然的真品性，任你怎麼寫都不會「斧鑿」。非馬創作品性邂逅的詩，其「重入輕出」總是在高層次上進行，也和感覺兌換的邂逅一樣，詩出大象，能夠自有限抵達無限，佳作迭出。

### C、態勢邂逅

非馬此類「重入輕出」的詩較多。

這類詩的邂逅問題，要找出人、社會與自然在形態或神態或心態上的相似，抓住相似之處著筆，也就可以觸及事物的內質，不會露出痕跡。

不論形態、神態和心態邂逅，都要注意抓住彼此之間的特徵。抓住了相似的特徵，邂逅也就成功。形態邂逅要特別注意自然物象的本質特徵。如前舉《孔雀開屏》，孔雀開屏在具象的形態上有三種特徵：(1)瞬間性的；(2)遮攬「所有的眼睛」；(3)自持矜貴。這三種形態上的特徵一經出現，具象的社會抽象意蘊就自然而然流出，現實層面相對應的現象也就「見仁見智」了。權貴們的貪婪，正具有上述本質性的特徵。

又如《盆栽》：

鐵絲纏過的小腳
一扭一拐

## 在有限的方圓內
## 跛度一生

《盆栽》，乃典型的「人化自然」，也是「自然人化」。自然景觀和社會景觀形態諧一。

盆栽本是一種景觀，卻是一種殘缺的景觀，可以供人觀賞，但那是不自由的，僅僅成為一種擺設，十分有限。有人卻以這種殘缺為美，寧願自己作一種擺設。而人難道不應該有更高的精神追求：靈魂的自由？

這首詩對於那些寧願把自己當景觀，成為「盆栽」的人們是一種唯妙唯肖的描摹，也是一種諷喻：別以為十分風光，只不過是一種殘廢罷了。

這裡的「邂逅」，是不言而喻的。

值得注意的是，形態邂逅不單是形態本身，常常是和心態相遇合的，不可不注意心態和形態的緊密關聯。就此而言，《盆栽》也描摹了一種社會心態。

這一點，《中秋夜》更明顯，形態和心態邂逅抵達一致。

一枚仿制的月亮
即使有霓虹燈頻拋媚眼
膽固醇的陰影仍層層籠罩
如趕不盡殺不絕的大腸菌

就在這時候
我聽到你一聲歡叫
月亮出來了

果然在遙遠的天邊
一輪明月
從密密的時間雲層後面
一下子跳了出來
啊！仍那麼亮
那麼大得出奇

這個世界擁有兩種「圓」：中秋夜的月圓，及「昂貴的月餅」的「圓」。二者有著形態和心態的一致。「昂貴的月餅」的「圓」，以其「商業化」姿態蠶食了人生境界的「月圓」！略略比照，便揭示了「商業化」對美好現實及人們心靈的戕害。

中秋的月亮，既圓且亮。它是「不商業」的。人們要摒棄掉強加於一切的「商業念頭」，抵制「商業化」加給社會及人們心頭的「陰影籠罩」和剝蝕，永保友情、愛情和親情的純真！

具象的形態是通過人的視覺描摹的，因而也就有了人的心態，形態融會心態而不排斥心態加入，「重入輕出」的邂逅才更其圓融、完美。

神態邂逅更為細緻、神妙。詩不僅要繪形繪色，還得摹神。如《夏晨鳥聲》：

有露水潤喉
鳥兒們有把握
黑洞裡睡懶覺的蚯蚓
遲早會探出

這是一種觀望神態，慵懶的觀望神態。「有露水潤喉」，夏晨的鳥兒們是滿足的。但是，牠們的貪婪慾望又不滿足。怎麼辦？以慵懶等待、觀望慵懶：蚯蚓「遲早會探出」頭來的。因此，只有「鳥聲」，沒有行動。

自然具象的慵懶神態描摹出來了。顯然，這也是一種社會世態。詩具一種譏諷、訕笑的淡淡幽趣。

## D、聯想、想像邂逅

這種邂逅是最自由的，也是最困難的。因種種自然物象的感染，而萌生種種聯想和想像，這些聯想和想像雖屬主觀，可以自由展開；但又得以客觀具象作依憑，必須入情入理，不可生拉硬扯。

《一隻小藍鳥》是一首不可多得的傑作。

一隻小藍鳥
背負整個天空
冉冉降落草叢
用一朵白雲
換幾滴露水
誰都不吃虧

一首十分靈氣的小詩，一隻十分靈氣的小藍鳥！

藍鳥，天空，草叢，白雲，露水，大自然無限和諧。自然全息，宇宙全息。這裡有純潔的感情，自由的空氣，和平的氛圍。

「背負整個天空／冉冉降落草叢」，友情是純真的，行動是灑脫的；「用一朵白雲／換幾滴露水」，生活是簡樸的，格調是高雅的。

它使無論文人雅士、商賈官吏，都由於詩人渲染的詩情畫意，而樂於瀟瀟灑灑的歸返自然！

這些，都是由一隻小藍鳥的自由飛翔和降落，而產生的聯想和想像。當然，還可以由聯想引發放棄奔忙競逐，安然降落的宏思。或許，歸返自然是人生最精彩的抉擇和最榮耀的冠冕。

這首詩超越了「採菊東籬下／悠然見南山」的田園詩情。不僅有靈魂的自由，且有自然全息的歸依。

《故事》則是它的「姊妹篇」，也是一個「安然降落」的故事。

狗閉著眼
但老人知道牠在傾聽
溫情的背
正越挨越近

可以想像到達，老人所講述的和狗所聽到的，是一個放棄徵逐和傾軋，讓人間寬朗和平、快樂安祥的「故事」。講者豁達開朗，聽者溫情脈脈。老人和狗都已經醒悟：絢爛的階段已過，當及時歸返。進取，不必執迷於功名利祿；降落，不必感到失落、孤獨和悲觀。

這首詩和《一隻小藍鳥》一樣，也因聯想、想像的邂逅而進入一種超然境界，一種幽靜、恬適的人生境界。這種境界是至高的。

其他，如《獨坐古樹下》，也因聯想和想像的邂逅，讓人擺脫一切外在、人為條律的壓迫，找到自我，找回本真。

聯想、想像的空間是廣闊的。對於具象和抽象的這種邂逅方式，非馬的駕馭是很成功的。他的成功在於，能使主觀的聯想、想像，適應和溝通客觀外象、自然具象，並使主、客觀臻於一致。他的特點是：聯想和想像獨特、新穎；而對自然物象、客觀外象的選擇，又有自己的個性發現。這樣，不僅自然物象、客觀外象給詩人的發現提供了天然機遇，顯得既隨意又刻意精心；而且，主觀聯想和想像為當時靈感的驅使，也是十分敏銳而活躍的。二者的吻合當然就天衣無縫了。

## E、引伸邂逅

由自然物象、客觀外象加以思維的引伸，產生一種智性的發現。原來，哲思早已隱含其中，只需撥動心弦就是了。很多自然景觀或者社會事象，容易引發人的哲思，詩人便以此邂逅，作跳躍性（引伸）的描摹和追尋。如《鐘錶店》：

1

長腿短臂
呼么喝六
在圍獵時間
只有一個智者
靜坐在角落裡
守株待兔

2

什麼時候了

還各
走
各

這首詩從「鐘錶店」引伸出一種社會世相的思索。

這個世界像個鐘錶店，人們展臂邁腿，你呼我喝地匆匆行走，各自奔忙。也有「智者」守株坐享，作自己的買賣。「什麼時候了／還各／走／各」，乍讀是一種「直接呼籲」，實際還是在描摹鐘錶店的各種走姿，只不過可以「跳躍」——引伸出智性的思索罷了。仍然是具象和抽象的邂逅。

國內曾有一首題為《各人》的詩，流傳頗廣：

我們各人各拿各人的杯子
我們各人各喝各的茶
我們微笑相互
點頭很高雅

各人說各人的事情
各人數各人的手指

《鐘錶店》和《各人》有異曲同工之妙！這實在是一種人生窘境——「各顧各」。社會的「私化」傾向或曰趨勢，令人擔憂。「什麼時候了」？是問時間，也是心中的怒吼（仍屬邂逅）！我們的時代應該向前走。

比較起來，《各人》顯得消沉了一些。而《鐘錶店》是積極的，以其引伸義向前推進，呈現一種動姿，而不是只取防禦的守勢。

引伸邂逅要注意兩點：一是引伸得當，不要牽強附會；二是避免直露，弄不好就直截了當站出來說話了，此乃大忌。《鐘錶店》於此展現詩人的才華，妙就妙在「似是而非」，恰到好處。它們好像主觀「站了出來」，其實仍是客觀描摹，把界限劃在最難劃的地方。

## F、交叉邂逅

兩種以上形式的交叉構成邂逅。有時，一種形式不易構成邂逅，便以另一種或幾種形式相幫襯，彼此構成另一種邂逅。如《魚》，既有形態，又有引伸，屬於交叉邂逅。

看！這裡又有一條
兒子似乎記起了
小時候垂釣的樂趣
興奮地指著畫面大叫

其實只要肯睜開眼
你便能看見
千變萬化的陽光裡
正有各式各樣的魚
從花山峭壁的化石上躍下
從清洌的明江底浮起
從深不可測的亙古山澗隨著泡泡冒出

躲過了土紅人尖銳的標槍
掙脫了命運手中的串繩
紛紛投入
這源自神秘東方
古老的生命之河
成群結隊或單槍匹馬
悠悠然地向你游來
有時侯你甚至可以見到
躍出畫面的鱗光一閃
圓形的夢
便一個接一個盪開……

噓！別作聲
我清楚地感到
繃得緊緊的釣絲

在我心頭
被重重地扯動了一下

魚，是詩人、畫家的一個共同主題。魚的形態是自由的、靈性的，加以引伸，那是一種靈魂的自由！再加以引伸，那是我們華夏民族亙古既有的一種靈性！

半坡遺址，史前彩陶紋繪就有陶盆中的魚，相聚而游，沒有水活了五千年！這首詩是寫給畫家周氏兄弟的，他們早年從廣西明江之岸、花山峭壁的古岩畫裡吸取營養及靈感，畫作充滿東方文化的原始神秘色彩。和非馬的詩一樣，牽動（釣絲扯動）心魂的是一種最高人格精神，對靈魂自由的追求！

「躍出畫面的鱗光一閃／圓形的夢／便一個接一個盪開……」

鱗光，當可讀作「靈光」。理想、憧憬，靈魂自由的追求、祈盼及其實現，均孕育其中。

詩中有「魚躍」的形態邂逅，「魚躍」的具象和抽象意蘊，都是對自由的追求；又有向東方神秘文化、靈性文化的引伸義，由「魚」及至古岩畫及至史前彩陶紋繪……形態和引伸的交叉邂逅，構成詩的一種更為深邃的社會現實意蘊，從而走入無限和大美之境。

「重入輕出」概念，是就非馬詩的「社會性」蘊涵提出來的。他寫這種社會現實題材，由於針對性很強，有些還是很重大的社會問題，如果直接出入於詩，就難免乾澀、枯燥乏味和直露，也很難免作者直接「站出來」說話。於是，詩人非馬就要求自己寫得巧妙一點，不是一般地使用技巧，而是追求「最高技巧乃無技巧」，不露技巧痕跡。非是「列御寇之射」，而是「伯昏無人之射」（見《莊子・田子方》）。伯昏無人之射是「無心為射」，大技巧，大美：「上窺青天，下潛黃泉，揮斥八極，神色不變」。列御寇之射，還停留於「有心為射」的小技巧階段。「重入輕出」是社會題材自然出，形態上、外象上見不出「社會」，社會現實意蘊深邃地隱涵於自然物象、客觀外象之中，不露痕跡。因此是「輕出」。「重入輕出」避免了「有心為射」，而進入「無心為射」。「無心為射」並非「無心」，是看不出在用心。「輕出」，由自然具象出，形似無心。

現在看來，「重入輕出」是詩寫社會現實題材的一條必經之路。當然，也並非唯一的路。這裡列舉六種邂逅途徑，也並非局限於此，還有其他各種邂逅方式，僅僅是舉例罷了。

詩人可以各有自己的創造。

詩應該創造「大美」，「重入輕出」藝術或能為之。

註：

①《非馬集》第50、51頁，三聯書店香港分店1984年12月版，下同。

②楊傑美評語，見《非馬作品合評》，非馬詩集《非馬集》第81頁。

③《論非馬的三首詩》，《非馬集》第64頁。

④《非馬作品合評》，《非馬集》第76至82頁。

⑤見《歷代詩話》。

⑥《馬克思恩格斯全集》第42卷第95頁。

⑦見拙著《詩的靈性》，百花洲文藝出版社1991年10版。

# 第十一章　飄泊

非馬的不少詩作，記述和描摹了他的飄泊的歷程和心態。

非馬 1948 年離開老家廣東潮陽，隨父至台灣讀書，1961 年赴美留學，迄今去國四十年。他到美國以後，攻下了碩士、博士學位，然後，進芝加哥的阿岡國家研究所工作。應該說，他的生活是相對地安定的，可他的心靈是飄泊的。一顆飄泊的心靈，與詩結下了不解之緣。

他也有意識地放逐自己的心靈，放逐到貪染利慾名心之外。

他的飄泊，洗滌了被凡塵浸染的靈心。

## 一、尋根

早先，我讀過非馬的名作《醉漢》。

因這首詩曾經震撼過我的靈魂，我的心便走近他。

經過才情淵深的女詩人鄭玲先生介紹，我認識了非馬。

鄭先生代他贈我兩本他的詩集，囑我給他寫點什麼。我和鄭先生共事多年，也知交多年，對她我是有命必遵的。

我給非馬去了信，附上一篇我寫他的小評論，刻意不着邊際地挑了他的詩的毛病。很快，非馬覆函給我，一點也不在乎我的無理，反而讓我感覺到了他的博大胸懷。接下來呀，我便用心讀他的詩。

我讀他的詩，像是着了迷。不，是着了「火」。

他的詩，使我的心燃燒起來，使我的靈魂燃燒起來。我無法撲滅掉這「魔火」，於是，便一篇接一篇地寫起他的詩評來。

《醉漢》一詩，第八章已經引出，這裡還必須饒舌一番。我想，此詩會超越時空，流傳永世，成為不朽。

讀此詩，一顆赤子之心，將炎黃子孫們牢牢相繫。

我對非馬說，此詩宇宙全息，把你我之間，大洋彼岸此岸的距離，拉近、化解了。

這首詩的創作，使我想到許多。

詩創作究竟是為什麼的？非馬為什麼會把最寶貴的年華，甚至畢生的精力奉獻給詩呢？

我思考這一問題時，當然是面對詩壇現實的。

我想，非馬遠離祖國，飄泊異鄉，他大概曾經有過某種自我的失落感吧？

他是以寫詩來貼近自己和自己的民族嗎？他是以寫詩來走近祖國走近「根」嗎？他是以寫詩來真

正走入自己民族心靈的底蘊嗎？

靈魂飄泊、精神流浪是一種什麼滋味？

或許，他是因為追求全新的生活感受和心靈的自由，才走上飄泊之路的？

他是從詩創造中尋找自己的精神家園？

思索良久，我的自答是：非馬的詩篇，都是貼近中華民族的文化心靈深邃底蘊的；他的成功和成就，也正因為他異常地貼近了自己和自己的民族！

當我向非馬提問時，他的回答是很深沉的。他說：

寫詩是為了尋根，生活的根，感情的根，家庭和民族的根，宇宙的根，生命的根。寫成《醉漢》後，彷彿有一條粗壯卻溫柔的根，遠遠地向我伸了過來。握它，我舒暢地哭了。

《醉漢》一詩，曾獲吳濁流文學（新詩）獎。

吳濁流是台灣文學的先行者，獨立創辦並維持了《台灣文藝》多年，他在台灣作家中有相當高的地位。

「能得到它是一種難得的殊榮，特別是非本省籍作家如我。」非馬說。

非馬的生活中，會常常湧流出很濃的鄉情。對於故土，他有幽深的離愁別緒。

俯看
一城燈火
滿院子的螢火蟲
一個被囚的
遙遠的仲夏夜夢
蠢動
欲破瓶
而出

——《一四六九號房——阿特蘭塔旅次》

由旅次的「一城燈火」，跳躍（記憶全息）到故鄉的「滿院子的螢火蟲」，以具象相似造成，出一種久遠的闊別之情。從而感受到「旅次」（暗指旅居異國他鄉）的「被囚」，鄉情亦「被囚」。

兒時許多回憶翩然眼前：那時，將捉來的螢火蟲裝在玻璃瓶裡閃亮，是一種兒時遊戲。沒想到如今的自己，也如螢火蟲的「被囚」。

對故鄉的懷念之情——「圓夢」的慾念，「欲破瓶／而出」。

猶如，螢火蟲飛向故土，一種依戀故土之情油然而生。

此詩與《醉漢》比較，張力雖稍次，而在藝術上則有出新處：現代感很強。「被囚」的意象，雙重突兀，令人驚詫。

兩種「全息」感：①「一城燈火」和「滿院子的螢火蟲」——旅次全息故鄉；②「一四六九號房」全息「被囚」——出一種他鄉的流落感。

## 二、入世的真誠

非馬的「尋根」，當有兩種「根」：故土祖國之根，以及精神寄託之根。

兩種「尋根」在意念上是相通的，實質上是一條「根」。

面對現實生活中利祿、權勢的征逐——那是另一種「羈旅」，非馬尋取精神上的超拔，靈魂的自由。

從我讀非馬的詩和所知他的經歷中，我感覺到他這個人胸襟豁達。就是莊子說的那個「達者」。莊子說「唯達者知其通為一」，這說的便是精神超拔，也就是「根」了。非馬能夠「通為一」，所以能夠因任自然，不患得患失，能以超然于榮利之外的精神，去積極地做事，也能捨棄功利的征逐和虛偽的人情，滌除利慾名心，使自己回到人生單純的起點，找回了人間最大的真情和真誠。

他體會到，也惟有當人與人之間能用真誠相處時，世界才會美好。

飄泊，不是浮躁，而是另一個層次上的飄灑解脫，鎮定自若。

非馬有一種輕逸的，近乎愉快的哲學。他的哲學氣質，可以在他那種智慧而快樂的生活中找到論據。他對我說：

我一向很少感到工作的壓力，原因可能是我做事的效率比較高，上司們都對我頗信任，我得以替自己設定工作進度，很少有外加的壓力。又沒有太大的名利心，同事們不會覺得受威脅，用不同我勾心鬥角。大家能坦誠合作，彼此幫忙。我想，這也許是我在這競爭劇烈的社會裡，仍能過我閒適生活的主要原因。

兩種「根」——鄉情之「根」，精神超拔之「根」，一直在非馬的身體內、靈魂裡生長。而非馬的詩創造，以及繪畫和雕塑藝術，便生長在這兩條「根」上。
非馬是自己爭取提早退休的，正是他事業上得心應手、業績輝煌的時候。在工作業績鼎盛期提早退下來，為什麼？
一句話，當然是因為「根」。「根」，佔據了他的身體和靈魂。
非馬回答我說：

說實話，放棄那麼好的工作提早退休，的確是個相當不易的決定。但我對物質的慾望不高，小孩們又都已自立，能有更多的時間，從事自己喜歡的寫作與藝術工作，我想還是明智的抉擇。

是的，飄泊一生之後能夠握住「根」，守住「根」，那是最大的享受和愉悅啊！羈旅中，有時候吃到一道味美的菜，故鄉風味，那種美的愉悅真是難以言說啊！

煮過
煎過
炒過
炸過

蒸過
燉過
焖過

熱氣蒸騰的菜餚裡
就只這一道
切不開夾不斷的
鄉音
最可口
不失原味

——《在曼谷吃潮洲菜》

一切艱難困苦、勞碌辛酸都熬過、都承受了。

人生之路，種種經歷，或許歷盡坎坷；然而，鄉情依舊。鄉情，才是人生的一道「切不開夾不斷的」原汁原味的菜！

## 三、自賦

非馬的詩，是從「鄉情」、「精神超拔」這兩條「根」裡生長出來的。還可以說，他的詩也就是他的「根」。或者說，是他的「根」的延伸。他寫了一首《自賦》，對自己的內心作了一次剖白：

啊世俗的自我，我的同胞兄弟，
你永恆地同我拔河，
想盡辦法爭取勝利。

當我風塵僕僕回到自己的窩，
你說我走錯了門户。
我說夠了；你說更多更多。

我喜歡戴的帽子你笑它好土；
在你眼裡我最好的朋友，
連個窮光蛋都不如。

你活著是為了不斷佔有。
寫詩，你不屑地問，能換來
多少財富名聲美人與酒？

雖然我們來自一個母胎，
兄弟啊，我們最好還是遠遠分開。

非馬的一生，把最寶貴的年華奉獻給了詩，損失了另一個自我想擁有的財富和權位種種。

寫詩究竟為了什麼？《自賦》表明，非馬沒有失去自己的思考力。

他在詩中體認自己，淨化自己，也昇華自己。

在現代工商業社會市場經濟的大潮中，因為生存的壓力，對金錢與物質的現實需求成為人們考慮最多的實際問題。

精神文化的貶值，社會理性的傾斜，在這個世界裡，那些情願苦苦追尋並不直接填飽肚子，或帶來巨大經濟效益的「精神財富」的人，已經很少了。

於是，「世俗的自我」就來「拔河」競賽。

面對世紀末整個文化狀況的低俗化、淺表化，面對深刻的精神危機，作為詩人的非馬，在奮力抗爭着，與「世俗的自我」分開，「遠遠分開」。

他恆久地堅守着人格的超拔，「靈魂的自由」。

他在飄泊生涯中，在「自我」火一般燃燒的過程中，牢牢佔有自己的精神領地。

每個人，在他的一生中，大概也都有着兩個「自我」的「拔河」吧！

另一個「自我」的損失，是真情的損失。

其實，人間最大的損失，也就是真情的損失，而只剩下了功利的征逐，和虛偽的人情。如要找回人間的真誠和情誼，必須做到精神、人格上的超拔，擺脫俗世榮利。

這，應該就是非馬參加的美國詩人工作坊聚會，詩人們為何建議寫指定詩題《非馬賦》的原因。大家都來寫他，非馬自己便寫了這首《自賦》。

《自賦》沿用了英國詩人雪萊名詩《西風賦》的形式，傳統式地每段用韻，非馬其他的詩，似乎只講究頓數和音樂美的。

這，也是非馬詩美形式的一種變化。

飄泊，從某種意義上說，或許是對一種自由適意人生的嚮往和追求；但實際上，人不可能完全擺脫與環境的關係而獨立。何況，人所要求的，往往也不僅是人生的一面，而是兩面：一面是入世的有為，一面是出世的淡泊。非馬的詩創作，卻正可以在有為的生活之中，提供性靈上對自由適意的要求，使自己（和讀者）在奔勞之餘，得到精神上的解脫，而能以超然名利之外的心情，去從事入世的事業。詩的力量功不可沒。

非馬 1969 年到芝加哥，十二年後，他寫了一首《芝加哥》：

突然冒起
一座四四方方
純西方的塔

一個東方少年
僕僕來到它的跟前
還來不及抖去
滿身風塵
便急急登上
這人工的峰頂

但在見錢眼開的望遠鏡裡
他只看到
畢加索的女人
在不廣的廣場上
鐵青著半邊臉

她的肋骨
在兩條街外
一座未灌水泥的樓基上
根根暴露

這鋼的事實
他悲哀地想
無論如何
塞不進
他小小的行囊

此詩意象突兀。從內心視角出發，顯示心靈飄泊、流放的一次歷程。對異國十分陌生，儘管詩人在這座城市居住了十多年！由金錢主宰的繁華熱鬧的都市，在詩人眼裡卻是海市蜃樓的荒漠，那當然是精神文化層面上的空虛。

「畢加索的女人」的具象，蘊入了社會底層窮困潦倒、悽慘冷漠的內涵。這事實是「鋼的」，是掩藏不住的！

此詩在對金錢、物慾抗拒的同時，追尋精神的超拔，靈魂的自由！

這是一種人格的清醒，一個飄泊者的人格清醒！

金錢競逐，物慾橫流，商場的傾軋攘奪，人的精神麻木、空虛，構成都市社會的浮囂塵上，和海市蜃樓的虛幻。

詩人把他情緒的波動和心靈的震顫，甚為真切地寫了出來。

俗世的奔忙競逐，看似積極進取，實際上越逐越忙，越是頭緒紛繁，以至于忙亂終生，卻無主見，也無真正的建樹。如能捨棄奔忙競逐，摒絕瑣事俗念的糾纏與催逼，在人為的「跑道」之外，來找到自由自在的「真我」，用飄泊者清醒的眼光，靜觀人生世態的演變軌跡，以逸待勞，則只須彈指之力，就能作高層次的駕馭和翱翔了。

詩人非馬用「出世」的精神看人生，以「入世」的熱情做事業，是真正的實行家，也是在生活上、藝術上真正的成功者。

## 四、藝術情思

詩人李白說：「人生在世不趁意，明朝散髮弄扁舟。」

詩人蘇軾說：「小舟從此逝，江海寄餘生。」

這也是一種「飄泊」，是對「自我」的流放，是要找回「真我」！

是取其無所拘縛的寬朗！是追尋靈魂的自由！

非馬的藝術情思就是這樣。

他的「扁舟」弄的很遠，他的「小舟」縱遊到了大洋彼岸，而在這廣漠無邊的宇宙間，他追尋什麼？

追到「根」上，不就是精神的超拔，靈魂的自由嗎？

他的不少詩篇，都寫他的飄泊流放的心路歷程，也是他的藝術情思的自然流露。

前舉《蒲公英》、《螢火蟲》等詩作，若換一種視角看，它們既是一個「飄泊者」的外象，又是一顆不羈的靈魂。

非馬的詩的心靈，是紛飛的「蒲公英」，是流浪的「螢火蟲」。

《遊牧民族》寫：

不是牛羊
卻也見異思遷
成群結隊
逐更青綠的水草而居

什麼時候
我們竟成了
無根的遊牧民族
在自己肥沃的土地上
癡望著遠方的海市蜃樓
思鄉

這裡，「遊牧民族」的無「根」的痛感是那樣深切；「逐更青綠的水草而居」的飄泊是無奈的。

然而，換一種視角看，或許從本質意義上說，非馬的飄泊和自我流放，是為了一種「大跳脫」，超越具體的時間和狹隘的空間去觀察思考，而這種觀察思考的結果，往往是受現實的某一具體環境拘囿（固守一地）的人，所難以想像的。

從藝術創造上說，這是否應屬於非馬走上飄泊之路的本質考慮？

藝術情思亦為一種潛質。

非馬答我的提問時，說：

> 在交通發達便利的今天，地理上的距離，已不再是構成飄泊的主要因素。每個作家，不管他在何處，其實都是靈魂的飄泊者，千山萬水，尋找追求各自的歸宿。

對於非馬來說，他去美國作一生的飄泊與流放，既是出於生活的另一層次的無奈，又是他自覺的選擇；飄泊和自我流放，既是他生存的方式，又是他認識社會，藝術地感覺世界的方式。

讀《流浪的樹》：

連根拔起

把依依黏附的泥土
狠狠抖落
喜歡旅行的你
讓自己去流浪
去一次又一次
水土不服

握著你的手
我能感到
你渴求陽光與水的根鬚
沿著我的手臂
一下子揪緊了
我整個心
且貪婪吮吸
在它上面
點滴殘存的

這首詩，展現非馬詩創造的獨特的藝術情思。

樹是我，又不是我；我是樹，又不是樹。我是曾經的樹，樹又不是曾經的我。

打啞謎嗎？不是。

有些人，身在祖國，卻沒有「根」；非馬身居異國，卻又找到了「根」。

非馬，他明確「根」的真正涵義。

「樹」，也是在探尋「根」的真正涵義。

非馬和我談到這首詩的創作契機時，他說：

《流浪的樹》，是寫我碰到的一位移居大陸的台灣作家，他的水土不服與理想破滅，所給我的揪心感覺。這棵樹，後來又流浪到南美洲及西班牙。但願他已找到了立足生根的土地。

土地的「根」和靈魂的「根」，比較起來後者更重要，但兩者缺一不可。兩者又是互為依存，相互競長。生命力由此勃發，由此生機盎然。

在非馬身上，故土已經化做血液，昇華而為靈魂！

他的兩種「根」合二而一了。

因此，那位朋友「樹」，要把自己的根鬚伸向他，從他的身上吮吸「陽光與水」，貪婪「溫潤」。

非馬的詩裡，敞露着一種深沉的生命意識，一種幽深的故土情思，一種寂寥而闊遠的胸懷。

飄泊不只是一種簡單的生存手段，更是對於精神探求的渴望。「通過流放而獲得拯救。」①

或許，非馬抵達的境界，是他的朋友「樹」所正在追尋的。

《前生》中，非馬覺得，自己命中注定「飄泊」。

當然，是在高層次上。這是歷盡甘苦後的一種反思：

鐵砧上的一個

叮噹

森林裡的一聲

空洞

正在宇宙某處晃蕩

不然
我也許能告訴你
前生
我是個鐵匠
或一隻啄木鳥

畫家，或一朵小花
如果我能記起
一個黃昏的臉色
在畫布上油漆未乾
或一顆晶瑩的朝露
仍在那裡滴溜溜地轉

一抹雲
一絲風……

這境界，鎮定從容，寬朗開闊，任性自如。避開心靈污染，回到人生單純的起點。對入世的生涯，產生了怎樣的沖淡與平衡呢？

註：

①美國詩人馬爾科姆・考利語。

# 第十二章　人格根源之地

藝術是人格的表現。

非馬說：藝術貴創新，藝術家理當「特立獨行」。「特立獨行是指不與世俗同流合污，要堅持做一個堂堂正正的人的原則」①。

獨立的人格創造非凡的藝術。

對民族文化無限依戀的「民族情結」，和對人類無限關切熱愛的「人類情結」，這兩種情結的凝結，成為非馬詩創作的人格根源之地，也是其藝術根源之地。

最高的人格精神和最高的藝術精神，兩者是統一的。

非馬嚴格的科技訓練，將現代科技精神滲入到了他的人格和藝術的血肉之中。

## 一、詩情何來

1991年8月1日芝加哥的《華報》上，刊登了非馬於7月25日撰寫的短文《淮河長江在流淚》：

每當世界某一個地方遭遇災難，在美國的華裔踴躍捐輸的情形，常使我感動不已。不管是出於血濃於水的民族感情，或人溺己溺的人類慈悲胸懷，我都能在他們的臉上看到可貴的人性光輝。那麼，就讓我們一起伸出溫暖的手來，擦乾淮河、長江臉上的淚水吧！

當非馬從電話裡聽到長江、淮河遭到特大洪患時，他立即和朋友一道，發起救災募捐。他親自起草募款救災的發起書，自己帶頭捐款。這篇募捐的短文，用詩的語言表達了廣大愛國華裔的神州赤子之心。由此我們也可感受到，非馬捧出的是一顆炎黃子孫的「詩心」、華夏民族的「族魂」。他的朋友、美國詩論家宗鷹稱之為「親情華魂」，並認為這正是非馬「詩情的基因」②。我讚同宗鷹先生的觀點。他並且說：「我讀過二、三十篇有關非馬詩作的評論，遺憾的是有些論者往往只是樂道他的詩象、詩藝，而忽視甚至輕視了他的詩心。」

非馬在如詩的短文《淮河長江在流淚》裡，出「民族感情」和「人類慈悲胸懷」兩個詞語，「民族感情」也就是宗鷹所稱「親情華魂」，而「人類慈悲胸懷」則是順其延伸。非馬的「詩情」即源於他的「親情華魂」及其延伸的「人類慈悲胸懷」。它們是非馬的人格根源之地，也可以說是非馬「詩情的基因」。如余光中先生詩句所說，「藍墨水的上游是汨羅江」。

非馬的藝術精神，是從他的人格根源之地湧流出來的。也就是說，非馬是以他的人格為「詩格」的。無論他說，詩人「必須到太陽底下同大家一起流血流汗，他必須成為社會有用的一員，然後才可能寫出有血有肉的作品，才有可能對他生活的社會及時代作忠實的批判和記錄」③；無論他說，「對人類有廣泛的同情心與愛心，是我理想中好詩的要件」④；都是強調詩出於人格根源之地，藝術精神貫穿著詩人的人格精神。

非馬僑居生活的環境，是孤獨、寂寞的。

阿岡國家研究所的文藝氣氛不濃，對非馬的詩創作沒有直接的影響。非馬也不屬於那種狂狷的「行吟」詩人之列。他的本職工作是富有創造力和卓有成效的。他通常都把工作和寫作分開，工作的時候工作，寫作的時候寫作。他的工作效率較高，一般都能如期完成工作計劃，工作對他沒有什麼壓力。晚上和週末的時間大多屬於他自己，不用去掛慮工作方面的餘留問題。他的詩創作都在業餘時間默默地進行的，沒有人來打擾他。他給自己營造了一個不受干擾的詩的環境，在一種詩的孤獨、寂寞中，一點一滴、鍥而不捨地切磋詩的藝術。

他一邊關注台灣和大陸詩的發展情況，一邊閱讀和翻譯西方的現代詩並從中吸取營養，一邊從事自己詩的創作與探索。

他在詩集《路》的自序中寫道：「寫作是寂寞的事業，只有耐得住寂寞的人，才有可能在這條路上繼續走下去。」⑤

默默地寫作，默默地探索。

他不事聲張，寫詩譯詩的活動，大概只有少數幾位同事知道。一來，詩創作是一種「個人化藝術」，是他個人的事情，與業務工作無關；另一方面，也少掉了那些不必要的困擾。比如，當他因工作上的問題而出神時，人們不會誤認為他是在那裡做白日夢，同詩神打交道。直到他快退休的那一年，因《芝加哥論壇報》上刊登了一篇他的英文詩集出版的消息和評論，同事們才知道他還是一個相當有成就的詩人。他夫人劉之群的上司，還把剪報張貼在佈告欄上，以示喜慶。同事們也紛紛向他祝賀或買書。

非馬「默默地」寫作，也是在實現他的人格「淨化」。

我對非馬說，你擁有的「獨立人格」和反向思維，是一些國內和台灣詩人所不可及的。他們在特定歷史時期，那種非自願的對政治的追逐和相對地「趨炎附勢」，你則用不著，因而也就少些知識分子的懦弱性。就一定程度而言，你有實現「三不」（威武不能屈、富貴不能淫、貧賤不能移）精神的沒有太多干擾的自由環境。詩人本應是人類精神的守望者，你默默地做到了。

非馬說：「寫詩在我其實是探索人生、塑造人格的手段與工具。如果詩無法淨化我的精神生活，我幹嘛要花那麼多時間與精力去追求它呢？台灣詩人白萩有一次對我說，如果不是因為寫詩，他大概會變成黑社會裡的頭號大流氓。可見詩的修養對他的生活產生的重要影響。對我自己來說，如果我追求的是現實的名利，一定有比寫詩更便捷的途徑，如當官，做生意，或全力做我的科研工作。也許，我的職業給了我安定生活的本錢，使我較易於堅持我的「三不」吧！」

非馬自己說過：「對於我，一首作品是一面鏡子，照出我生命裡的一段歷程，一個面貌。」⑥讀他的詩作，知道他的話是實話，他的每一首詩都展現他的靈魂，他的人格精神。

他的人包括他的經歷、品性和他的睿智哲思，是他詩的內涵，詩的靈魂和生命。他的詩是他的生活方式，他的生命歷程，他的人格精神的表現。

他的詩作《路》這樣寫：

再曲折
總是引人
向前

從來不自以為是
唯一的正途
在每個交叉口
都有牌子標示
往何地去

幾里

旅美作家觀心女士稱：「非馬有一條虛懷若谷、慈悲開放的《路》」！

《路》的確展現非馬的人格精神，「路」的精神：積極向前，大入世。

虛懷若谷，坦蕩開放。

做人做得明明白白，光明磊落！

所以，觀心女士論非馬詩，以「處處大化城」論之：「甘露遍地，仙樂處處，花果繁茂，芳香陣陣，雀鳥啁啾，溪泉淙淙。那亭台樓閣，雕樑畫棟，內有七寶珍飾，任人賞玩。行住坐臥其間，興盡滿足，不起貪念。」⑦好一個歸結：「不起貪念」！這才是真正的「大化」！商品經濟社會，「商業氣」十足，人心貪念太多、太大，乃至貪得無厭。於是人格萎縮。非馬的詩弘揚一種最高人格精神，讓人們一面入世有為，一面出世淡泊，在有為的生活中，提供性靈上對自由適意的要求，使人們在奔勞之餘，得到精神上的解脫，而能以超然於名利之外的心情去從事入世的事業。

## 二、人格化之運用

台灣現代派詩人、詩壇泰斗紀弦，在與非馬通信中稱：「非馬長於『人格化』之運用」。恭錄原信如下：

蘋果
突然停在半空中
不知該繼續往下降
或回到樹上去
當教育委員們
面紅耳赤辯論
萬有引力問題

此詩百讀不厭，實乃吾兄之傑作也，我由衷地欽佩。讀此詩，我有幾點心得：

（一）現代詩重「詩想」而輕「詩情」，這是一個實例。

（二）現代詩重「秩序」而輕「邏輯」，這也是一個實例。

（三）非馬長於「人格化」之運用。他的《蘋果》，在我看來，比之杜甫的「感時花濺淚，恨別鳥驚心」之「花」與「鳥」，不但毫無遜色，而且更富於「幽默感」。至於那些「教育委員們」被嘲笑，被諷刺，則尤其令人拍案叫絕。

好了，今天不多談了，草草上言，順頌吟安！

紀弦頓首

99年10月15日

此詩以「蘋果」的「人格化」，揶揄美國堪薩斯州的「教育委員們」閒得無聊，和不堪「教育」，居然在二十世紀末，爭論並決定不再把進化論列入學校課程。紀弦先生說的「人格化」，是蘋果和人精神全息，展現一種詩人胸襟，詩人氣質，詩人的人格精神。蘋果是不會聽從「教育委員們」爭論擺佈的，而「教育委員們」無聊的爭論，絲毫與蘋果的「往下降」無干，蘋果難道真的會「停在半空中」或「回到樹上去」嗎?蘋果只不過是「作出姿態」，來嘲弄「教育委員們」即那些高高在上、不學無術，而又妄自尊大的大員們罷了。這樣的大員們在現實中還少嗎?

現代反諷也是一種人格精神，是詩人對某種醜陋、污濁的社會現實傲岸、不苟且的批判精神。同樣，非馬創作英文詩，也是「人格化」的。

非馬第一本英文詩集《秋窗》出版時，曾任伊利諾州詩人協會會長的豪勒威女士，為之作序，說：

這位從中國優美簡潔傳統裡走出來的多層次的抒情名家，吸取了美國的自然與風韻，使他的技巧更登高峰。他的幽默、洞達及溫柔是世界性的；他對這些豐富材料的控制熟練而自如。《秋窗》是最精純的蒸餾產品，芬芳透頂的可口醇醪。

豪勒威女士指出非馬的詩風：世界性的幽默、洞達及溫柔，也是由詩人的人格精神化來，是詩人人格精神的一種表現。而且她也認為，非馬詩的這種品格出自中華民族深邃傳統文化的底蘊。從民族深邃傳統文化心靈（人格）底蘊出發，吸納西方尤其是美國現代藝術「自然與風韻」的品性，這就構成了非馬詩的藝術精神。

前一章介紹過，非馬有許多寫飄泊的詩，飄泊洗滌了他的靈心，使他更走近自己民族文化心靈的底蘊，也更加能領略人類命運深層次的憂患，和人類自己掌握命運的智性的覺醒。這些，都成為他生命的皺折和他詩創作的心靈「印記」。

他的《生命的指紋》寫：

繪在我地圖上

這條曲折
迴旋的道路
帶我
來到這裡

每個我記得或淡忘了的城鎮
每個同我擦肩而過或結伴而行的人
路邊一朵小花的眼淚
或天空一隻小鳥的歡叫
都深深刻入
我生命的指紋
成了
我的印記

詩人遠離了給予他文化精神傳承的故土來到異域，他心靈的「地圖」原本繪的是：現代文明、求真意志、超越感，心靈自由……他為如此的追求而來。這位視野廣闊、內心強大、想像力充沛的詩人，他走過種種「曲折迴旋」之後，所抵達的和他所追求的落差太大：他所居住的以物質追求和物質消費為特徵的這座現代城市，正在患著「精神癌症」（他沒有忘記，T．S．艾略特關於「荒原」的描繪）。但是，現代文明的畸形發展並沒有將他擊倒，他的人格是「特立獨行」的。他以他的詩創作做靈魂的行走，靈魂反而高大起來，他以他的詩創作關懷世界、關懷所有面對的人：「每個我記得或淡忘了的城鎮／每個同我擦肩而過或結伴而行的人／路邊一朵小花的眼淚／或天空一隻小鳥的歡叫」，都成為他「關懷」的對象。

詩是人類靈魂中最不屈、最不可褻瀆的碑石。

詩堅守人格的崇高和不屈，使人類的靈魂不至於被物質利益收買，被俗世生活淹沒。

深深刻入「生命的指紋」是詩人和人類和自然相互的；成為生命的「印記」也是彼此的。這「指紋」、這「印記」，便是一種「痛感」，一種不屈的清醒！

「生命的指紋」在這裡「大化」了，「大化」成天空的彩虹，宇中的雷電！

「大化」成靈魂自由翱翔的軌跡。

「生命的指紋」出一種「靈象」，以靈視見，肉眼是不可見的。

## 三、兩種情結的凝結

在眾多研究非馬詩的論述中，值得一提的是「金論」。金欽俊先生首次從非馬詩中拈出「人類情結」、「全人類意識」，這是他的一幟獨樹。按說，這詞語是「超前性」的。他把非馬詩的「人類情結」，與上一世紀美國民主詩人朗費羅、惠特曼的「廢奴詩篇」，及本世紀上半葉美國工業桂冠詩人桑德堡的「人道歌聲」相比較、相推論，不能不說是一種睿見卓識。而比較、推論之後，他的結論是：非馬的詩呈現了一種「新的時代特色，即太空時代的理性精神」⑧。

他在例舉《醉漢》、《日子》，論述了非馬的「民族情結」和「人類愛心」之後，又接著舉出《太空輪迴》，認為非馬詩閃射的全人類意識，又帶有太空時代的特點而有別於前代。他說了如下一段話：

非馬詩對世界時局的積極「介入」姿態，便是這一特點的生動表現。當傳來美國某家「太空服務公司」將用火箭把人類骨灰射上太空的消息時，非馬一面嘲諷「許多人會把它當成／到天國的中途站」，因為那兒「上帝不是／最後的審判者」，一面指出：

當然還有些細節需要考慮／比方說，搞不搞種族隔離／像南非一樣／以保障白骨的純粹／或者，只要有錢／阿貓阿狗都可訂位

譴責直接有力。如果說種族歧視仍是西方世界久治未癒的一方頑癬，那麼在社會財富分配上的懸殊則幾乎是一種絕症，它們的乖謬性質在太空時代的理性精神下顯得更為鮮明，十分刺目地顯示了文明社會存在的嚴重不和諧。

這種「太空時代的理性精神」，就是我們所說的最高人格精神和最高藝術精神，在非馬詩中的一種典型表現。

這種精神，在非馬詩裡所表現的，是「民族情結」和「人類情結」的凝結，即是對民族優秀文化無限依戀的「民族情結」，和對全人類無限關切熱愛的「人類情結」的凝結。這兩種情結的凝結（或者說統一），亦如前面從非馬《淮河長江在流淚》短文裡所引出的說法，成為非馬詩的人格根源之地和藝術根源之地。

我相信，世界上很少有詩人，會是像非馬這樣廣泛地表達他對人類的同情心與愛心的。非馬說「對人類有廣泛的同情心與愛心」時，他的視線跨越了東西兩大洋，全球在他的視野之內，他看到了號稱文明社會「嚴重的不和諧」，地球各個角落發生的事變與情態，都在他的關懷範疇之內：

《非洲小孩》寫他聽到了飢餓的非洲，那一聲聲超音域的「慘絕人寰的呼叫」；《今夜兇險的海面》寫他看到亞洲兇險的海面上，「破爛的難民船／鬼魂般出現／在欲睡未睡的眼皮上／顛簸」；《默哀》寫他想起的不只是當年日軍血洗中國大地的慘史，更是此刻「在日本的教科書上／以及貝魯特的難民營／先後復活的／全人類的羞恥」；《電視》寫他譴責世界上的非正義的戰爭與狂暴：高科技時代「一個手指頭／輕輕便能關掉的／世界」，卻「關不掉」那「燒過越南／燒過中東」的戰火；

再讀讀《越戰紀念碑》吧：

一截大理石牆
二十六個字母
便把這麼多年輕的名字
嵌入歷史

萬人塚中
一個踽踽獨行的老嫗
終於找到了
她的愛子
此刻她正緊閉著雙眼
用顫悠悠的手指
沿著他冰冷的額頭
找那致命的傷口

非馬對在越戰中痛失愛子，踽踽獨行於「萬人塚」中的那位母親，有著深厚的同情與悲憫：「此刻她正緊閉著雙眼」，於「一截大理石牆」上，觸撫那些「嵌入歷史」的「年輕名字」，尋找自己的兒子，那細節十分感人，催人淚下：她「用顫悠悠的手指／沿著他冰冷的額頭／找那致命的傷口」。這種控訴是無聲的，卻是對侵略戰爭最強烈、最凌厲的抗議！值得指出的是，這首詩不是「憑空虛擬的場景」，相反，那「場景」是實際的，既是現實的真實，也是歷史的真實。只不過是，非馬使用了詩的一種「靈覺藝術」，以「虛」觀「實」，才入「實」出「虛」：老嫗於「大理石牆」觸摸兒子的那些傷慟動作，表象是「實」見，而又並非「實」（肉眼）見，是以「靈視」（想像之眼）去見。

這是一個母親的視觸，也是一個詩人的視觸。

正如金欽俊先生所指出的，詩「所突現的心態、情感極富現代人的時代特徵，又由這時代特徵而在歷史進行中獲得了時空縱深感」。不過，詩的此種「現代感」與「歷史感」的交融，是由靈覺藝術所構築的。如果不是使用靈覺藝術，詩就無法跳出「實」的窠臼，就讀不出「現代味」了。

## 四、藝術精神的昇華

在這裡，靈覺藝術的使用，更展現了一種藝術的規律性：人格精神裡湧動著藝術精神，藝術精神的昇華源於人格精神。

這一點，在《非洲小孩》裡也展現得十分突出。

一個大得出奇的
胃
日日夜夜
在他鼓起的腹內
蠕吸著

吸走了
猶未綻開的笑容
吸走了
滋潤母親心靈的淚水
吸走了
乾癟皮下僅有的一點點肉
終於吸起
他眼睛的漠然
以及張開的嘴裡
我們以為無聲

其實是超音域的
一聲聲
慘絕人寰的呼叫

這首詩裡的視、聽、觸等感覺，並非肉體實感，而是靈覺的想像之感。非洲小孩那個「飢餓」的「大得出奇的胃」，以及胃的感覺，是怎樣「吸走了」小孩未綻的笑容，「吸走了」母親心靈的淚水……肉感（五官感覺）無法達到，只能是靈視見、靈觸感；尤其是非洲小孩飢餓無聲的「張開的嘴裡」，那「其實是超音域的／一聲聲／慘絕人寰的呼叫」，肉耳聽不到，更只能是一種靈聽了。

在非馬的詩裡，全世界都感覺到了非洲小孩的「飢餓」，而非馬是用靈覺藝術來傳達的。只有靈覺藝術才能回溯、抵達他那「人類關懷」、終極關懷的人格根源之地。單是停留於淺實、直露的現實主義藝術無法到。君可聽見，非洲小孩（不限於小孩）的那「超音域的／一聲聲／慘絕人寰的呼叫」，不是在震撼著寰宇，震撼著全人類的心嗎？

那是靈覺藝術在非馬人格根源之地的一次次湧動。

非馬所獨具的人格精神和藝術精神，有別於其他詩人的是涵融了科學精神的睿智。非馬是一位核工博士、核能專家，現代科技訓練對他詩創作的影響，不是表面的裝飾，不是機械的製作，而是人格的涵化、通變，藝術的融彙，是一個人格和藝術的「內化」過程，現代科技精神滲入到了他的人格和藝術的血肉之中。

比如我們說過的，他的詩中「靈性」對「奴性」的啟迪、「智性」對「愚性」的揭示，即是現代科技精神對人格和藝術精神的血肉溶入。

非馬的《小草》寫：

被烤得死去活來的小草
再怎麼平反
都是一樣枯焦

卑微的心
只希望
阿諛的向日葵們
別再捧出
一個又紅又專的
大太陽

不要再有歷史的反復，不要重蹈覆轍。這是善良人們的一致心願，也是詩的題旨。歷史的反復和重蹈覆轍，都是拉歷史的後腿，拽歷史倒退，阻擾歷史前進。

此詩自然和人全息。詩人給小草和向日葵賦予了兩種不同的人格精神，是依據小草的自然生長，具一種靈性的生命力；而向日葵的俯仰環視之趨附性，則是一種愚性的頂禮膜拜、低頭屈服。

這種生物的自然性（屬於自然科學範疇）和人格精神的諧融，是科學精神的睿智展現。其結果，出一種靈性的藝術精神。靈性遭到壓抑、打擊，愚性反被表彰、弘揚，這是一種不正常的社會現象，也是一種反科學的態度。科學的態度是滌除奴性，助長、舉拔靈性。

「又紅又專」本是內地的「文革」（和此前）用語，在這裡化作「酷烈、專制」之意，一種異化了的彈性擴張，一種變幻活用，給人詼諧、幽默感。詞語本身的活用，於褒、貶中見出相反相成的和諧，也蘊入了一種睿智的科學精神。

詩的機智本身，也體現一種科學精神。

非馬的詩，實現了最高人格精神和最高藝術精神的統一。關於這一點，詩論家們儘管表述上不一致，但蘊涵大體是一樣的。如詩論家古繼堂先生說：「如果將非馬作品的內容作一個簡要的概括，可以這樣說，他以深沉的人道主義精神，反映了世界人民的苦難，他以詩人的良知和義憤，譴責和抨擊了世界的黑暗和不公。他的作品是既蘊含著深厚的民族情感，也表現了高度的國際主義精神。」⑨無論詩中所表現的人道主義精神和國際主義精神，都根源於詩人的人格精神，也都蘊涵在詩的藝術精神中。

那麼，是什麼支配這一切的發生？最高的人格精神是什麼？

歸結一句話，便是靈魂的自由！

靈魂的自由，也便是沒有金錢權勢傾軋、沒有民族壓迫、沒有種族歧視，全人類獲得解放的象徵。

這，或許是非馬詩美藝術一種最高的追求。

註：

① 非馬：《被幻想媽媽寵壞的孩子》，《新大陸》詩雜誌第 21 期。
② 宗鷹：《詩國奔馬——詩人非馬掠影》，載《華夏詩報》總 70 期，1992 年 8 月 25 日。
③ 《略談現代詩》，載《笠》詩刊第 80 期。
④ 《笠》詩刊第 89 期，1979 年 2 月。
⑤ 《路》，台北爾雅出版社 1986 年 12 月版。
⑥ 《生活與詩》，1982 年。
⑦ 《處處大化城》，載《華報》1998 年 4 月 12 日。
⑧ 金欽俊《人類情結及變奏》，作家出版社《非馬詩歌藝術》1999 年 4 月版，第 113 頁。
⑨ 《平地噴泉——談非馬的詩》，載《笠》詩刊第 139 期。

# 第十三章　釋放靈性

寫下這個題目，甚是耐人尋思。

眼下的我們，最需要的是什麼？

能一句話回答嗎？物質的豐富，科技的進步，尤其是高科技的發展，現代化建設碩果累累的成就……這許許多多，我們都需要。

這許許多多，我們都能夠創造出來。

然而，我們的創造力從哪兒來？這就涉及到詩的「使命」了。

詩管什麼用？詩不能扭轉乾坤。不錯。

但是，詩卻可以於人之生命中注入一點兒「靈性」，這點兒「靈性」卻了不起。

若能喚起我中華民族之「靈性」，我們的人民的創造力，就會無限地激發、開掘出來。

非馬的詩，是一種「靈性」的釋放，是以詩的「靈性」啟迪讀者的「靈性」，是可以激發和開掘讀者的創造力的。

## 一、滌除「奴性」

人類行將跨入21世紀，東方的復興和高科技的發展，是新世紀到來之時最引人注目的兩大歷史現象。

在這樣的大背景下，中華民族的「使命」意識極大地激發出來。

然而，矛盾也就在這裡出現了。

中國被專制主義統治的時間太長，儒文化的「奴性」束縛太重了。

儒文化有它好的一面，教導我們積極入世；但也有它劣根性的一面：「奴性」的羈絆。

幾千年的專制主義與儒文化的結合，如磐石一般，重壓在我們的頭上，禁錮著我們的靈魂，捆綁著我們的雙手，扼殺著我們民族的創造力。

「奴性」是對「靈性」的桎梏。

現在，改革開放使社會條件發生了變化，我們民族要翻一個「個兒」：煥發「靈性」，滌除「奴性」。

詩怎麼辦？中國詩——漢詩怎麼辦？

孔孚、非馬等東方詩人，他們的詩較早地掙脫儒文化的束縛，走入「靈」的層次，在向我們民族釋放「靈性」，在煥發我們民族的創造力。

孔孚是公開「叛儒」的，他的詩「用無」，從老子的美哲學那裡吸取「靈性」，從而「搏虛宇宙」。

非馬一生「飄泊」，也「叛儒」，少年時就接受科技教育，儒文化對他多有積極入世的感染，少有「奴性」束縛。

況且，他從高科技中吮吸「靈性」。作為「核工博士」的他，他的那個「核能」聚變，也是屬於詩的，以及他的批判性人格力量，足具摧毀「奴性」的「核」威力，尤有釋放「靈性」的「核」張力。因為，他的詩是另一種聚變的「核能」——聚變宇宙的自然性和人的創造性於一體，釋放出來的「靈性」，比「核能」還要「核能」。

別人的詩似乎不大好作這種概括式描摹，而非馬是一名真正的「核工博士」，他的詩的藝術和內蘊，在高層次上天然地和「核能」的張力聯繫在一起。

「奴性」豈能束縛住他?

孔孚先生在《中國新詩之走向》①一文中說：

「〝五四〞以來我們是向西方取經。未來可能來一個倒轉。遲早有一天，會有第二個龐德，向東方作第二次朝聖。」

孔孚的預言，當能實現。

那麼，非馬就在西地美國，從事東方漢詩的創造，西方詩當可以就便從他那裡吸取「靈性」的。

非馬的詩，矗立起中華民族振興的巍峨的「烽火台」！

當落日點燃熊熊烽火
歷史迴光中的烽火台
卻一個接一個
冷冷陰暗下去

塵沙漫天的黃昏裡
漠漠的眼睛
瞥見天邊一顆星驟然亮起
把警訊
迅速傳遍宇宙

——《烽火台》

如果說，「烽火台」只是作為歷史的一種象徵；那麼，它現今已經昇騰為一顆閃亮的東方之星，並且「驟然亮起」！

它的光彩亮遍宇宙。

此詩深沉，雄渾，大氣！

歷史的「烽火台」，喚醒民族的良知和覺醒。

展現民族氣節的「烽火台」，巍然屹立。

可以用日照再度點燃，可以同星光一道燦亮！

站立起來的中華民族，再不受辱！

裊裊昇起的是民族信念的「烽火」；頻頻亮起的是民族「靈性」的星光！

非馬對束縛我們民族精神的「奴性」，是深惡痛絕的。讀非馬的詩，可以幫助我們滌除「奴性」的積垢。

《秦俑》對「奴性」是一杆投槍：

捏來捏去
還是泥巴做的東西

最聽話可靠

你看萬世之後
這些泥人泥馬
仍雄赳赳氣昂昂
（雖然也有幾個經不起考驗
斷頭折腿仆倒）
仍忠心耿耿捍衛
腐朽不堪的地下王朝

幾千年的專制和儒文化的熏陶，造就人深重的「奴性」！當專制被推翻的時候，枷鎖不一定就解除了，專制意識和儒文化束縛下養成的習性不易磨滅。

仍然存在著現實的「秦俑」。

再讀《崇禎自縊處》：

吊死皇帝之後
那棵老槐樹
自感罪孽深重
不久也自縊死了

但歷史可不是一場戲
演過拆台

在鐵欄圈住的原地上
人們為它安排了
年輕的替身
又用它剖開刨平的胸膛
寫下了大字報

歷史全息，「奴性」重演。

老奴死了，「奴性」不死。不僅不死，更大事張揚。
看來，國民的劣根性極難消除。「奴性」的重演，還不知要輪番多少次？
「年輕的替身」一句，讓人驚心！
讀此詩，得以警醒：但願「奴性」不會再承傳下去。
另讀一首《紫禁城》：

何等殘酷的刑罰
被推出午門斬首的老臣
必須踉蹌走過
一條長廊又一條長廊
一個宮院又一個宮院
一道宮門又一道宮門

曲折的宦途

迢遙的絕路
讒言鐐銬的沉重腳步
在凹凸不平的磚地上
依稀仍可辨識

末句妙語，詩眼。

心靈的「紫禁城」仍在；「俯首聽命」、亦步亦趨的「奴性」仍存。

必須粉碎心靈的「紫禁城」！

真正解放人的「靈性」，充分煥發中華民族無限的創造力。

## 二、「靈性」的美

人從大宇宙吮吸自然性，融入自身的創造性裡，「靈性」便產生了。

「靈性」，是宇宙萬物（客觀）的自然性，和人自身（主觀）的創造性的統一。

宇宙萬物的自然性，會對人有感染力，召喚力；人的創造性，對宇宙萬物的自然性有吮吸力，凝聚力。

宇宙萬物的自然性和人的創造性，一旦得以有機結合，創造力就會大而至於無限。

這便是「靈性」釋放出來的力量。

就這個意義上說，人才真正是萬物之「靈」！

倘若是，空有宇宙萬物的自然性存在，而沒有人的創造性的加入，宇宙萬物便只有自生自滅。

人若不從宇宙萬物那裡，不斷地吸取自然性，人的創造性便得不到滋養和補充，創造性也會日漸枯竭。

人只有不斷地從宇宙萬物那裡吸取自然性，滋養和補充自身的創造性，二者融彙一體，人的「靈性」才會最大限度地開掘出來。

人的「靈性」，是可以在人彼此之間相互感應、相互貫通、相互交兌的。

讀詩，可以從詩人的詩創造裡吮吸「靈性」。也是因為，詩與宇宙萬物結合得最緊密，最相投契。

這就是：詩的具象，更多的是宇宙萬物的物象，自然會更直接地感應和蘊蓄宇宙萬物的自然性，且是易於和人的創造性通「靈」的某種特別的自然性。

而詩的自然具象和社會抽象（包括詩人的品性經歷）相契合，就會創造出富有「靈性」的意象、靈象來。

這種意象和靈象，最能感染、撥動讀者的心扉，輸入並啟迪「靈性」。傑出的、優秀的詩人，他們「先兆」地從宇宙萬物那裡，感應某種特別的自然性，和自身睿智的創造性結合起來，進行詩的創造，形成並釋放出詩的「靈性」，當是最具有創造力的。人，必須不斷地從宇宙萬物吸取自然性；但是，與從宇宙萬物吸取自然性，以滋養自身的「靈性」比較起來，讀者從優秀詩篇中吸取「靈性」，似乎更易於激發和開掘自身的聰明才智和創造力，因而也是必不可少的。

詩人非馬創造了不少這樣極富「靈性」的詩篇，讓讀者受益。

讀《海上晨景》：

從一動不動的黑眸裡曳出
一條耀著陽光的
白線
一隻小海鷗

穿梭盤旋
把藍天與綠海
綴得
天衣無縫

一首很美的小詩。極富「靈性」的生命原初之美。是宇宙間一種特別的自然性為詩人所吮吸，融入自身心靈，創造出一種高層次「靈美」！

生命，自宇宙的「黑眸裡曳出」，亮麗的躍動。

藍天與綠海，美麗的擁吻，陰陽交泰，是由於一個小小的生命在「牽線」。

於是，宇宙呈現無限生機。

一種亮麗的自然、人生景觀，大美！它開啟的是讀者的智慧和想像力；也讓讀者張開廣闊博大的胸懷！

另讀一首《鏡湖》：

乾涸露底的鏡子
由磊磊的石卵構成

凹凹凸凸映照
天空峭絕粗獷的臉

沒有裝飾的天然的美，「靈性」的美。
這是真正的「鏡湖」，沒有虛偽，只有真性情！
藝術的虛假，造成人格的虛假。《鏡湖》對此是一種抗拒！
不要怕看「峭絕粗獷的臉」，它讓人回歸自然，找到本真。
再讀《風暴後》：

狂哮怒吼
撲打翻騰

而終究還是無法
讓被膠住的黑色巨翼
飛騰起來的
大海
此刻卻像一個慈祥的老祖父
眯著眼
看陽光裡一隻小海鷗
用白色的翅膀
輕拂天空
那張藍得
令人懊惱不起來的
臉

海的另一種性格：溫厚，慈祥。或許，這更是海本身的性格。

看似猛獸般的海，它的「狂哮怒吼／撲打翻騰」，只是為了掙脫枷鎖、桎梏，獲得自由。

它的黑色巨翼「被膠住」。夢想，便只能由「小海鷗」來實現：「用白色的翅膀／輕拂天空」的「臉」，和藍天一同享有自由。

不論它是「撲打翻騰」，還是「狂哮怒吼」，還是「眯著眼」的慈祥，它所渴望的都是靈魂的自由翱翔！

這難道不是啟迪人的一種「靈性」嗎？不是在釋放和喚醒一種崇高的人格精神嗎？海和人的性情，都統一於對靈魂自由的追求。

《風暴後》和《海上晨景》，都釋放「靈性」。它們較好地體現詩人非馬執著堅定的人生觀，寬廣博大的胸懷，以及高屋建瓴的詩美藝術修養，這便是他的詩氣魄如此恢宏的人格根源。

人格精神，是藝術精神的根源之地。

一首《迎春曲》，是在召喚「靈性」的復活：

忍無可忍
黑夜的胸膛
終於迸出
隆隆蟄雷

轟擊
冥頑不靈的
天空
被夏日燒炙過秋後算帳過冬雪埋葬過的
春
宣告復活

「奴性」的消溶、瓦解，中華民族的「靈性」的大復活！萌生一種偉大的創造力。

「隆隆蟄雷」，是宇宙的「氣」，生命力的源泉。一種「靈性」的原動力。

它孕春、迎春、釋春、播春………

它使「雲行雨施，品物流行」，天地生生不息。

宇宙自然性和人的「靈性」結合，創造萬物，昇華萬物。

## 三、冷卻塵心

「靈性」的美，是無限的，也是無以復加的。

詩，涵融宇宙萬物的自然性，涵融詩人的品性、經歷和社會經驗種種，並昇華而為「靈性」；然而，詩的「靈性」如何變作讀者的「靈性」？就是說，詩的「靈性」如何為讀者所接受？

換句話說，詩如何幫助讀者啟迪「靈性」？

現代工商社會，市場經濟條件下，最重要的是，詩應當幫助讀者冷卻塵心，使精神得以超拔。市場經濟條件下，商業價值被過分誇大，現實生活像是一場熱戰。其中充滿了名利權勢的催逼、瑣務的煎迫，與對複雜人際關係的憂心。詩所蘊涵和釋放的「靈性」，能使人把逼在眼前的現實利害推遠，個人的得失看淡，狹隘的私人恩怨拋開，而得到精神上的清涼。

非馬的詩創造，抵達了藝術的最高境界，能對人性發生一種提昇的作用，對人在現實中的慾望，發生一種冷卻作用，使人能夠在精神上擺脫形而下的糾纏與牽絆，而達到超然於現象界之外的空靈。

讀《觀瀑》：

入山

本該找個幽靜的所在
獨坐
參禪
我卻張開雙臂
站在這萬馬奔騰的水壁下
孜孜領受
繽紛濺落的
冷冽歡愉

此詩出一種「冰雪精神」。

詩人尋求精神上的清涼，這種「繽紛濺落的／冷冽歡愉」，可以冷卻人們心上因名利、權勢征逐，患得患失而生的煩熱，有助於對人生世相超然的認識，使人不致因一味奔勞征逐而迷失方向。

這也是詩人的「虛觀」，觀瀑而得一種冷卻塵心的冰雪精神。

非馬的詩，猶有一種冷傲特色，興許是我們民族的藝術天份使然。

讀《水仙辭》：

一掬清水
幾粒石子
竟長出
這滿眼的青蔥挺秀
一室的幽香

習慣於人工養料的
我那兩個兒子
大概以為
這兩株來自故國的
水仙
是我刻意捏造的

一種澄明心境，人格和藝術精神的統一。

中國人所愛的是這樣一種孤傲不染的清高，沒有人能把它奪去的靈魂的自由。現代工商業社會所缺少的，不是物質上的擁有，而是精神上的自由。真正的財富，是健康的身體，簡單的生活和心情上的海闊天空。

孔夫子說：「飯疏食飲水，曲肱而枕之，樂亦在其中矣。不義而富且貴，於我如浮雲。」②孔子本人，既能有積極入世精神，也能超拔。此其一例。

兒子輩怎樣呢？能超然於金錢物質誘惑之外，而保有心地的一片潔淨、純真嗎？積極入世並不等於要參與世俗的利祿征逐，「靈性」的釋放，可以幫助我們抗拒征逐，給奔勞的人生帶來無上寬解。

「靈性」的注入，也不是讓人漠視一切，或者「一切皆空」；只是讓人站得高，看得遠，了解得透，想得開。不拘泥於塵間是非，卻也不把自己提出常人之外，了解自己也是人群中的一個，承認常人的苦樂慾望自己也有，只是比常人看得開罷了。

讀《四季・冬》：

陽光
綠葉
鳥叫與歡笑
你要
通通拿去

咆哮的北風裡
我只要一棵
挺直腰桿的樹
同它的沉默

「冬」的一種「虛觀」，大氣！
「冬」也是四季之一，離不開四季交替。但是，「冬」給人豪氣，力量。

去與北風相迎相搏，樹挺直腰桿！

「沉默」是一種更堅毅的力量，是處於逆境中的堅定！

「冬」儘管如此超逸不群，當「春」到來之時，它仍能遜讓。

「冬」的「靈性」滲透在它所體現的人格精神上：不求用世，而自有用於世。

非馬以自己的「靈性」，注入「冬」的自然性，兩相融彙的詩創造，所給予讀者的藝術欣賞，和優美的哲思表達所追尋的，已是一種最高的人生境界。

冷卻塵心，並非不要積極入世；相反，要使積極入世精神得以最充分的發揮，真正做到以出世的精神，幹好入世的事業。

讀《花開》：

天空
竟這般遼闊
驚喜的小花們

爭著
把每一片花瓣
都伸展到
極
限

這應是「冷卻塵心」以後的積極入世——花在遼闊的天空下開放。一種「大入世」精神！如此積極入世，做好每一件事情，把要做的事做得十分圓滿，十分完美。這是非馬的人生態度，也是源自他人格精神的藝術精神！

他以此啟迪讀者的「靈性」，影響和提昇讀者的人格精神。

大入世，以抵達大出世；自有限進入無限的大境界！決不滿足於滯留有限。

實現靈魂的自由翱翔！這是非馬的人生和藝術的最高追求；也是他的詩創造，所最終能給予讀者的。

他的《拜倫雕像前的遐思》，較充分地表達了他的這份心願：

多少個年代過去了
你就這樣站著
站在時間之流裡
這凝固的空間

那些被剝奪了一切的囚徒
只能用灼熱的目光炙烙暗無天日的牢壁
一句句
默默
在心裡
寫詩

但你有廣闊的天空
而飄揚的風衣下
少年的激情似仍未冷

你扭頭瞪視遠方
是緬懷過去
抑瞻望未來

或者你只是在傾聽
你沉思默想的果實
此刻正在金色的陽光下
在一個愛詩者溫煦的心中
篤篤墜地

拜倫，18世紀英國的人民詩人。他一生反對封建貴族的專制統治，參與意大利、希臘人民的解放鬥爭，追求自由解放。

非馬這首詩，表現詩人拜倫一顆自由不羈的靈魂！並讓讀者從中受到「靈性」的啟迪，尋求精神上的超拔；或者說，擺脫一切外在、人為條律的壓迫，找到「靈性」的自我。

就此而言，此詩超越時空，抵達永恆。

金錢、物慾、權勢種種，上昇到「專制」地位以後，它也會奴役人，給人以沉重的壓迫，吞噬人們的靈魂。就某種意義上說，這種壓迫無異於「奴隸制度」的轉型。

這就需要像拜倫那樣的自由鬥士，以拯救人們的靈魂！

其實，空間也不會「凝固」，拜倫「站在時間之流裡」，一定是向前走的。

詩人「沉思默想的果實」，墜落在「愛詩者溫煦的心中」，隨著時間的流動，已經賦予新的涵義。

莊子說：「其嗜慾深者，其天機淺。」③「天機」是什麼？便是智慧和「靈性」。一個人如果金錢、物質、權勢的「嗜慾」太多，他就會缺少智慧和靈性。漸漸地，靈魂就會狹窄、淪落。

追求靈魂的自由，就得從詩人和詩的創造那裡，吮吸「靈性」，抑止「嗜慾」。

「嗜慾」得以抑止，塵心得以冷卻，「靈性」得以釋放，人的創造力自然無限。

敞開「靈性」的胸懷，吮吸宇宙的自然性，非馬的詩創造，所給予讀者的是一種人和宇宙全息的境界：

天容萬物，海納百川。

註：

① 載《詩刊》1988年第10期，收入《孔孚集》第498－499頁，中國社會科學出版社1996年1月版。

②《論語・述而》。
③《大宗師》。

# 第十四章　吉祥鳥

非馬是當代詩壇「超重量級」的諷刺詩大家。
他的諷刺詩，量之多，層次之高，變化之美，蔚為大觀。
非馬有寫「黑鳥」的詩篇，可以用來命名他的諷刺詩。
我認為，非馬的諷刺詩具有一種特別的美，就叫作「黑色的美」吧！
不是有所謂「黑色幽默」的說法嗎？非馬的諷刺詩比較輕鬆，別具一種幽默美色。
它的美色讓人喜，讓人驚，讓人痛，也讓人深省和反思。
它是亮麗的，卻不艷；它是深沉的，卻不迷；它是飛動的，卻不亂；它是冷嚴的，卻不晦暗。
黑鳥，從我們的上空飛過，帶來幾聲厲叫，一陣清風。掠過幾縷烏雲之後，天氣，格外地明朗晴和。
歡迎它的光臨吧！

## 一、黑鳥

在社會現實生活中，光明與黑暗、真善美與假醜惡，總是相依附而存在，相比較而發展。即使是穩定繁榮的盛世也是如此，只不過性質有異，消長之勢不同罷了。

如何揚抑和褒貶它們，這就得說到詩人的良心了。

詩人的良心，也是民族的良心，是社會的責任心。他應當嫉惡揚善，鞭醜頌美。鞭笞醜惡是為了褒揚美好，最終達到「化醜為美」。

這對於詩人來說，在另一個層次上，也可以說是「化腐朽為神奇」！

先秦時代，詩的第一次大繁榮，《詩經》的《國風》中，「美」和「刺」幾乎平分秋色。頗耐尋味的是，「刪詩」的孔子，他是主張「溫柔敦厚」的，卻也對諷刺詩投以青睞。其用心當是很明白的。可見，詩有「美」和「刺」之分，自《詩經》始。

俄羅斯詩人普希金說過這樣的話：「法律之劍達不到的地方，諷刺的鞭子可以達到。」

諷刺詩，是社會的一種「活力」。

諷刺詩，是桃符、鞭炮，鼓舞人們除弊興利，去舊佈新。

對於一個蒸蒸日上、充滿活力的社會，諷刺詩在任何意義上都並非預示「不祥」。相反，它的繁榮正標誌著政治上的開明，和文化環境的寬鬆。倒是「祥兆」。

諷刺詩，是啄木鳥，為社會除「蟲」。

那「噠，噠！」啄木的敲擊聲，十分動聽，使人們對於藏於樹身深處的蛀蟲，警覺起來；更歡呼啄木鳥啄出了安寧、吉祥。

因此，啄木鳥是「吉祥鳥」。
非馬，是詩壇的一隻「吉祥鳥」。
非馬的諷刺詩，以敏感尖銳的特徵，睿智幽默的話語，深受讀者喜愛。
非馬的諷刺詩，披荊斬棘，劈路前進，消除黑暗，弘揚光明。
非馬的諷刺詩，滌瑕蕩垢，更顯出生活的珠圓玉潤。
非馬的諷刺詩，擔當「吉祥鳥」的角色，是一隻黑色的「吉祥鳥」。
讀《白茫茫的雪地上喜見一隻黑鳥》：

就是這一隻不怕冷的
鳥
使昨夜的那場大雪
沒有
白
下

就是這一點不妥協的
黑
使冷漠呆滯的眼睛
迸出
萬
紫
千
紅

這首詩以色彩造象，是非馬寫詩的俏皮。
它的結構和以分行造成的強節奏，都是色彩的組合。
它以白襯托「黑」，突出「不妥協的／黑」！
「黑」的涵義，便赫然顯現。
它能警醒、明亮人們「冷漠呆滯的眼睛」，使大地「迸出萬紫千紅」！

這是何等的偉力！不只是「啄木鳥」所能及的了。

「昨夜那場大雪」，孕育、綻放並烘托春天的生命。「黑鳥」，以它顏色極強的反差，抗拒嚴寒；「不妥協」地展示生命的蓬勃、靈動。

接下來，便是種種生命色彩的熱烈綻放，迸出一個「萬紫千紅」的大宇宙，美得令人震懾！我以為，這是描摹諷刺詩這隻「黑鳥」的魔力！

非馬還寫有兩首《烏鴉》，更有意思，耐人尋味。

《烏鴉》一：

一年到頭
就這麼一襲灰黑
全不理會
連鄉下教師
這年頭
都一身光鮮

舌頭其實不笨

卻不肯湊熱鬧
說些婉轉好聽的吉利話
祇一心想做良心詩人
成天哇哇
招來石頭與咒罵

《烏鴉》二：

一年到頭
就這麼一套灰黑
全不理會
這年頭
連鄉下教師
都一身光鮮

又自命良心詩人
哇哇
煞黃鶯兒的風景
竟不知道
風靡耳朵的
是鄧麗君的錄音帶
一按即唱

這不正是為諷刺詩正名和張揚嗎？

可以說，非馬這隻詩壇的「吉祥鳥」，他是一隻特別的「吉祥鳥」——一隻「成天哇哇」的烏鴉！非馬替被人視為「不祥」之鳥的烏鴉平反，而認定它其實是「吉祥鳥」！啄木鳥的「噠，噠！」聲報「喜」，和烏鴉的「哇，哇！」聲報「憂」，同樣兆示吉祥：加速「憂」的消亡，就能快迎吉祥的到來。

這個世界，愛聽和喜歡唱讚歌已習以為常：「鄧麗君的錄音帶／一按即唱」！

非馬創作諷刺詩，可能會迎受著社會的冷眼和偏見，甚至於有人還會「對號入座」，以之於「招來石頭和咒罵」。他卻不顧及這些。

「煞黃鶯兒的風景」，不用動聽的歌喉「風靡耳朵」，不求討人喜歡，也「不湊熱鬧」，只一心一意做「良心詩人」，掃除「不祥」的陰霾，呈現吉祥的明天！

對於非馬來說，無論是「頌」還是「諷」，都能代表社會人心，代表民族精神的脈動。「美是生長，刺是呵護！」這話是對的。

## 二、一「靈」醫萬病

非馬的諷刺詩，針對社會的一些陰暗現象，醜惡現象，腐敗現象，是有的放矢；但是，他的諷刺詩也不是「頭痛醫頭，腳痛醫腳」，仍然是：一「靈」醫萬病！

他仍然在啟迪和開發人的「靈性」上下功夫。

非馬的諷刺詩，旨在拯救人的靈魂，讓人的靈魂獲得自由！

《端午》一詩意味深長，見出諷刺的端倪：

照例
一隻隻龍舟
爭先恐後
出去
照例
一隻隻龍舟
垂頭喪氣
回來

找遍了
所有的大江小河
湖沼溝渠
找遍了那水花一濺後

一下子便過去了兩千多年
且看樣子還會綿綿下去的
時間之流
就是不見蹤影

或許
我們該
循江入海
或許
我們並不真的知道
屈原的模樣

這是端午節，詩人由龍舟競賽引發感嘆：屈原找不見了！而我們過端午，划龍舟，不就是為了紀念、尋找屈原嗎？

詩人以為：或許，我們壓根兒不知道「屈原的模樣」？

屈原精神——愛國主義精神不見了！

屈原精神——上下求索，追求靈魂自由的精神，找不見了！

這難道還不應該做靈魂的反思和拷問嗎？如龍舟競賽等，一切的行為，看似轟轟烈烈，卻都成為例行公事甚至盲目、麻木的了。

這種諷刺詩，堪稱大詩。

於人性深處挖掘出一些什麼，這才「刺」中要害。

不過，詩的主題是隱藏著的，沒有直說出來。詩人的感嘆，是從字裡行間流露出來的。

此詩「諷刺於無形」，在諷刺詩的藝術上是一個發展。它不是那種一味地「說教」，而真正成為一種高雅的幽默藝術，藝術品位甚高。

諷刺詩需要智慧和靈氣，此詩見出詩人的睿智。詩的思索餘地很大。

下面這首詩，也是「諷刺於無形」，詩美藝術在高層次上。

《再看鳥籠》：

打開

鳥籠的

門
讓鳥飛
走
把自由
還給
天
空

細讀，才能品出諷刺的深長意味來。

天空沒有鳥飛，何顯自由？

那是一種死寂，沒有了靈魂。天空不自由，原來是鳥被籠子關起來了。

讀這首詩，想到了什麼嗎？詩人所作的呼籲，仍然在追求靈魂的自由！

西姆斯①的一首詩《給麥克爾和克里斯托夫的風箏》，寫道：

我的朋友說：人的靈魂／與一隻小鳥的重量差不多，／可是那停泊在天上的靈魂，／那下墜再上昇的線，／卻沉重地好像一條地球的犁溝要被拉進天堂。

這意思是說，人的靈魂不容易被拯救，像放飛風箏那樣，輕鬆地昇入「天堂」；會被塵俗的「犁溝」，沉重地拉扯著。

他似乎有些消極，顯得力不從心。

然而，非馬的詩創造，不論「頌」與「諷」，都把人的靈魂作為提昇目標，而且是不遺餘力的。他諄諄誨人，循循善誘，「諷」、「頌」兼加，兩個方面都能拿手。

而他的諷刺詩創作，似乎更著意在拯救、昇華人們的靈魂。

更為特別的是，他的諷刺的「鞭子」，常常搖落在現實生活的激流漩渦裡，掀起層層浪花。

讀《凱旋門》，我們可以揣摩到他的良苦用心。

都通向
霓虹閃爍車水馬龍的
商業區

在一截野草叢生的廢道上
我看到左右跨開巨人般雙腿的
凱旋門
默默站在暮色蒼茫裡
想不起當年
凱旋的隊伍究竟從哪一頭旌旗蔽天鼓角動地而來

只有頑皮的風
在它寬容的褲襠下
鑽來又鑽去
不停地鑽來又鑽去

這是一首很大氣的諷刺詩，很不一般。它在非馬整個詩創作中，占據重要位置。

現代工商業社會，商業潮流滾滾。俗話一句，「條條大路通羅馬」；而羅馬的「條條大路」，「都通向／霓虹閃爍車水馬龍的／商業區」！

「凱旋門」的精神不見了！

勝利的慷慨豪情、宏大氣魄不見了！

「不商業」的靈魂丟失了！

詩人灑下輕鬆的揶揄和嘲諷：

「只有頑皮的風／在它寬容的褲襠下／鑽來又鑽去／不停地鑽來又鑽去」。

「凱旋門」的崇高精神，再也沒有人顧及，也再沒有人能夠欣賞了。

大家熱烈奔赴「發財第一」的時代潮，財富與罪惡攜手競逐。

更多的啟示，在詩外、弦外，象外。

要想抗拒金錢、物慾的誘惑，除了道德的力量之外，更需要一種高尚的「欣賞力」（比如對「凱旋門」精神的欣賞）。人們能夠欣賞超乎金錢物質之上的東西，才能產生優秀文化，也才能形成高雅的社會風尚。

自然，這首詩是在拷問人的靈魂。

非馬的許多諷刺詩，都能得到在靈魂深處進行反思和拷問的效果。

有些詩看似譏諷一些社會現象，卻不只是到現象止，而是深層次地挖掘人的靈魂，從靈魂深處施行療治。

讀《飽嗝》：

一個飽嗝
石破天驚而來

請原諒
這便便的大腹

的確，是在諷刺一種社會現象：飽食終日，無所用心。

妙的是這一詞語：「石破天驚」！一語雙關，隱藏眾象。

使人想到公款吃喝，一頓吃掉數千、數萬，一頓吃掉幾個農民、工人一年的血汗，怎能「原諒／這便便的大腹」？

該死的，這些「公款肚皮」！

這些人靈魂深處掩藏的「私」，也在肚皮裡膨脹起來，也會「石破天驚」！

再讀《鼠》：

用一根
綳得緊緊的
失眠的神經
呲呲磨牙

誰都不知道
什麼時候他會
突然停下來
張大嘴巴

喀嚓！
試它們的鋒銳

「鼠行為」的卑劣！
靈魂的陰暗、骯髒！沒有直說出來。
——自然現象全息社會現象。
這首詩，指明這種「鼠行為」見不得天日——綳緊「失眠的神經」；並且，伺機窺察，一有機會就「喀嚓！」一聲，下了口。
多少國家財產，斷送在這批「老鼠」的嘴巴裡！
大意象。《詩經・碩鼠》藝術的現代化、意象化。

## 三、美刺

當前的詩壇，諷刺詩的創作尚不能令人滿意，生存的環境（包括發表、出版和讀者等）也不容樂觀。

目前的諷刺詩，題材比較狹窄，內容往往重複，形式顯得單調。

而非馬的諷刺詩，卻常常在藝術上出新。

我想，如果出版一部《非馬諷刺詩選》，其內容必是十分豐富，社會的、政治的、文化的、人性的等等題材，涉獵面頗廣；而且藝術形式多樣，表現手法不一，不和別人雷同或局限於單一。

它不像一般諷刺詩那樣，只有單一的針砭性，審美特性是突出的；

它不只是面對政治，而是深入人性的深處提出設問；

它避免和克服了「說教」味濃的毛病，成為高品位的幽默藝術。

非馬的諷刺詩，品種比較多：

有「強刺」一類，如前舉《飽嗝》、《鼠》等；有「睿刺」一類，如前舉《端午》、《凱旋門》等；也有「美刺」一類，下面要提到《皮薩斜塔》、《花・煙火》等，種種。

讀《皮薩斜塔》：

一下遊覽車我們便看出了局勢
同大地較勁
天空顯然已漸居下風

為了讓這精彩絕倫的競賽
能夠永遠繼續下去
我們紛紛選取
各種有利的角度
在鏡頭前做出
努力拖塔的姿勢

當地導遊卻氣急敗壞地大叫
別太用力
這是一棵
不能倒塌更不能扶正的

這首詩是一種「美刺」，以詩的意象造成諷刺。

導遊的商業目光（「搖錢樹」意象），和旅遊觀光者「不商業」的情趣，形成強烈反差。

在旅遊觀光者的眼光裡，「皮薩斜塔」所創造的，是一種科學現象和藝術現象的一致，一種神奇現象；而在導遊的眼光裡，「皮薩斜塔」便是金錢的化身！

現在，後者取代了前者，一切都「商業化」了。

在現代工商業社會，「皮薩斜塔」之所以還站在那裡，只是因為它已經成為一棵「搖錢樹」——一種典型的商業現象。不然的話，它早就沒有存在的價值了。

這不是一個絕妙的諷刺嗎？

商業目的，成了終極目的。

社會的墮落，便是以金錢衡量一切！

這首詩成了非馬諷刺詩多樣化的代表作：美刺的代表作。

詩人於此中尋找到一種美的幽默、滑稽情趣。詩的第二節的創造，精彩絕倫！

詩人的發現——「皮薩斜塔」變幻「搖錢樹」，最有意思不過了。這是一種藝術匠心獨具。沒有這種藝術發現，也就沒有這首詩。

非馬的諷刺詩，把詩的雙重特性——「審美」與「審醜」二者相結合，張開一雙翅膀飛翔。他常常把「頌」和「諷」融於一首詩裡，做一種「比較性」的諷刺。

讀《花・煙火》：

微弱的星光下
一群植根泥土的花
仰著天真的臉
看
花枝招展的煙火
現身說法
渲染大都市的酒綠燈紅

黑暗裡
花們看不見
煙消火滅後的凄寂

這首詩也屬於「美刺」一類，以比較見美、醜。

諷刺一種人生或一種社會現象：追求表面一時的華彩，看似轟轟烈烈，花團錦簇，實則曇花一現；而以默默奉獻精神與之做比較性烘托，方見出境界高下。

這其中有哲理睿思和「靈性」啟迪，其實是兩種人生觀、價值觀的比較。

貪慕虛榮，做表面文章，搞花架子，「其天機淺」！

踏實做事，處靜息跡，默默奉獻，「為而不爭」。兩種活法，兩種品格！

寫到這裡，我再引伸地強調一下非馬詩的幽默。

前面說過，我把非馬的諷刺詩分為三種：強刺，睿刺，美刺。睿刺和美刺，尤其是美刺，都滲透著非馬式的幽默。幽默不同於諷刺，但非馬式的幽默，它和諷刺是交融的，意味深長，於幽默中見諷喻精神，諷刺中也滲透了幽默。將諷刺交融於幽默之中，使諷刺富有幽默性，成為幽默性諷刺。這樣，諷喻一類詩才能更詩意一些。它可以緩解人們的情緒，讓人壓住火氣，更冷靜一些，不致劍拔弩張。

非馬的諷刺詩，是一種美的幽默藝術。

因此，他的不少諷刺詩，無論睿刺還是美刺，有時甚至是強刺都寫得十分輕鬆、俏皮，富有幽默感；因此，十分耐人尋味，讀過後在內心裡留有一種愜意。

《讀書》寫：

打開書

字帶頭
句跟隨
一下子跑得精光

只剩下
一個暢銷的書名
以及人人談論的
作者的名字

果然好書！

無內容、無意義，甚至於也無藝術可言——這大概就是目前一些所謂「暢銷書」的面目和實質了。

「暢銷」的只是兩個名字：書名和人（作者）名。所謂「名人效應」吧！
「果然好書！」絕妙。「好看」的當然只是兩個名字！
由「暢銷書」到讀「暢銷書」的人，大概都是在追趕某種時髦、新潮吧！
這與「追星族」的「追星」現象差不多，同樣的「名人」效應。
諷刺詩，絕不是謾罵，它必須營造意象。
諷刺詩以藝術意象的魅力，感染人，啟迪人。
讀《狗人》：

夾著尾巴做狗的狗
夾著尾巴做狗的人
夾著尾巴做人的狗
夾著尾巴做人的人

狗
非人
非狗

非人非狗

你——

此詩營造一種「狗人」意象，很特別。

當然還是「人」，只不過是類狗之人，狗性人。

或者其實是狗，只不過呈現「人形」，所謂「非狗」所指即是。

「狗性」即「奴性」。

有人誤解此詩「罵人」，非也。它只是對幾千年的專制主義奴化人，儒文化滋長「奴性」束縛的無比憎惡而已。

這是一首痛砭「奴性」的諷刺詩，精彩。

最後，「你——」佔用末節整整一節，怒其不爭，欲說無言。

詩人對「奴性」深惡痛絕，前面的詩已見端倪。不過，此詩的意象更其突兀、鋒銳。

註：

①西姆斯・希尼，獲1995年諾貝爾文學獎。

# 第十五章　生態萬有

宇宙間，萬事萬物都是相通的。

你中有我，我中有你。

宇宙間的信息，萬事萬物相互感應和傳遞。是謂生態萬有，宇宙全息。

1981年2月至1982年1月，這一年間，非馬集中寫了數十首動物詩，展現一種生態萬有、宇宙全息境界。

我們不能單純地把它們當成動物趣詩來讀。

誠然，進入這一閱讀層次，對於開啟兒童智力和煥發「靈性」大為有益；但是，我們應該看到，非馬的動物詩創作，更是先兆了某種宇宙信息，可以讀出宇宙之聲，展現宇宙精神，境界「大化」。

## 一、大合、大為

古之「天人合一」思想，可以說是宇宙全息。

《易》闡釋宇宙全息思想①，說：

> 乾為天，為圜，為君，為父，為玉，為金，為寒，為冰，為大赤，為良馬，為老馬，為瘠馬，為駁馬，為木果。
>
> 坤為地，為母，為布，為釜，為吝嗇，為均，為子母牛，為大輿，為文，為眾，為柄，其於地也為黑。

「乾」，既為天、為父，又為老馬，為木果；
「坤」，既為地、為母，又為布、為大輿、還為黑。
真可謂「風馬牛不相及」；但風馬牛既「不相及」又相及，可以全息相通。
從詩的角度看，「風馬牛」的「相及」，以「象現」相繫：

乾卦象徵天，天是圓的。
天主宰萬物，相當於人的君王、父親。
天剛健，象徵著玉石、金屬堅硬的物質。
乾卦的方位在西北，象徵寒冷、結冰的方位。

乾卦是純陽，象徵旺盛的大紅色彩。

天馬行空，良馬健行；經時間變化，成為老馬；

因身體變化，成為瘦馬，雜毛的駁馬。

樹上的果實，像天上的星。

坤卦象徵地，萬物生於地，人生於母親。

坤卦性質柔和，布也柔軟。

坤卦屬於陰，中虛能容物，相當於鍋子。

陽大陰小，所以陽慷慨，陰吝嗇。

地生萬物，沒有偏袒，所以平均。

坤陰、柔，子母牛也柔順。

大地載物，大車也載物。

地生萬物，多彩多姿，文采也富麗。

地生萬物，物產眾多。

地操縱萬物，如同柄。

地下陰暗，呈黑色。

這就看得出生態萬有、「宇宙全息」的輪廓了。

宇宙萬物，看來千差萬別，毫無關聯。但它們有一根陰、陽的「繩」繫著。

陰陽交泰，萬物化生。

「道生一，一生二，二生三，三生萬物。萬物負陰而抱陽，沖氣以為和。」②——這，就展現了宇宙全息。

「和」就是「合」，「大合」——「天人合一」，就是「宇宙全息」。

前面有一個「道」管著，誕生並且滲透於萬物。

在非馬筆下，炎黃子孫是「龍的傳人」。

由「龍」及人，也是生態萬有，宇宙全息。

見首不見
尾的龍
我想我永遠不會知道
你是禽是獸是神是人

或者你只不過是
一個美麗的神話
但傳説在東方
一個美麗的島上
你留下了不少
龍的傳人

——《龍》

這裡，龍、禽、獸、神、人、神話，都是全息的。在宇宙精神上全息。人，龍的傳人，全息了宇宙精神。融匯、集中了龍、禽、獸、神們，以及神話中最美好的願望，最美好的品格精神。

龍、人全息，天人合一，造出大象，睿智、「靈性」、創造力無限。

對龍和「龍的傳人」的描摹，出一種民族自豪感和向心力。

讀《雙峰駱駝》：

馱著太行王屋兩座大山
從一個海市蜃樓
走向
另一個海市蜃樓

被風鏟平了的沙漠上
你是愚公後悔移去的風景

駱駝挑起了太行、王屋兩座大山。這兩座大山，在駱駝背上，成為宇宙的一種「風景」。
駱駝，背著事業重負，走向宇宙和人類的憧憬。
駱駝全息「愚公」，從沙漠的「海市蜃樓」，堅毅地走向未來。

駱駝是另一位「愚公」，擁有一種走穿沙漠、走向未來美好憧憬的精神！
駱駝特具一種萬苦不辭的精神，追求和走向美好的未來！

## 二、萬物有靈

萬物有靈。

非馬寫動物詩，也是為了從相應角度，傳遞某種生命信息，發掘深蘊在動物身上的宇宙生態信息；並且以萬物的「靈性」來激發人，提醒人。

《牛》這首詩，或許可以增強人和宇宙自然的全息感。

牛的悲哀
是不能拖著犁
在柏油的街上耕耘

讓城市的孩子們
了解收獲的意義

牛的悲哀
是明明知道
它憨直的眼睛
無法把原屬星星月亮的少年
從霓虹燈的媚眼裡引開

這難道真是「牛」的悲哀嗎？
人和宇宙大自然分隔，不能不產生「城市病」。
這是現代城市人的悲哀！
宇宙的自然性，被城市大工商業「燈紅酒綠」的轟鬧、喧囂污染了。
宇宙的自然性被城市吞噬了。城市人無法吮吸宇宙的自然性，人難以和宇宙全息。

而受害最深的是少年兒童，他們只能被城市「圈養」著。

這裡，「牛」成了整個宇宙生命的全息元，它包涵了整個宇宙的生命信息。整個宇宙生命全息信息的阻隔，在「牛」的身上顯態化了。這是一種「宇宙生命全息律」。人和宇宙生命信息的「全息」活動，一旦遇阻，人的生命力就會減弱，生命就要受到威脅和傷害。可惜，這一生命信息尚未受到應有的重視和警醒。這便使得詩人非馬不得不來感喟：「牛的悲哀」！

現代人因追逐名利權位，把生命消耗在利祿的「熱戰」中，且執迷不悟。從宇宙自然獲取的原有生命信息，耗得差不多了，又不能冷卻塵心，吮吸大自然新的生命信息；於是，人的「靈性」受到遏制，生命力也減弱了。

這一生命信息，非馬以一首《雞》的詩傳遞出來。

聞鬧鐘起舞
一隻早起的雞
在雞欄裡

《雞》這首詩，傳導了一種生命信息：生命變遲鈍、懶散了。

本來，人「聞雞起舞」，雞司晨。現在，雞也「聞鬧鐘起舞」，賴在雞欄裡不出來，司晨的使命放棄了。

雞的「靈性」消退、泯滅了。什麼原因？想來，都是因為人的緣故吧！

人，燈紅酒綠的夜生活，太多、太累了。人養成了早晨睡懶覺的壞習慣，賴床不起。於是，雞也來聽人撥好的鬧鐘，等人起床時，它再起舞不遲。

自然，詩人傳導這一生命信息，是在敦促人：不要把生命的「靈性」磨滅了。不要白白地消耗掉自己的生命。

人，振作起來，從宇宙自然那裡，吮吸新的生命信息，增添生命的「靈性」吧！

此詩亦是非馬式的幽默。

《禿鷹》則傳導並「大化」了另一種宇宙生態信息：

對弱小民族來説

是太霸道了一點

所以富正義感的美國人把牠們捉了去

鑄千千萬萬響叮噹的金幣

從此縱橫蒼穹的傲鷹

成了受保護的珍禽

「禿鷹」本來是一種「生態霸道」，這對於「富正義感的美國人」來說，那是絕對不能允許的。他們要鑄造「金圓大帝國」的威嚴，就得一改「禿鷹」的「生態霸道」形式，變為自己獨霸的「金錢霸道」。不然，他們怎能成為「金圓大帝國」呢？

傲鷹成為了金幣上的標誌，再不能「縱橫蒼穹」了，除去了「生態霸道」。一變而成為「富正義感的美國人」的「金錢霸道」，冠冕堂皇地「縱橫蒼穹」！

他們可以名正言順地掠奪金錢：「鑄千千萬萬響叮噹的金幣」！

這不是掠奪，這是維護「正義」！並且，他們還成了「珍禽」的「保護」者。

其實，仍然是另一種「生態霸道」：「民族霸道」！

「生態」形式轉換了，層次高了，「霸道」性質更惡劣！這是《禿鷹》一詩所傳導的一種新的宇宙生態信息。

非馬的動物詩，出一些「怪象」：如「死要面子」的《豬》：

只要看一眼你這副嘴臉
便知你是以食為天的族類

但養得胖嘟嘟的身體
要等到被刮得白白淨淨
煮熟了抬上供桌
獻給同樣以食為天的神人
才披紅掛彩得到應得的風光

這也是一種生態信息：「蠢豬」現象。
這種現象泛濫開來，社會便出現精神危機、信念危機。
靈魂死了，不抵錢了。
物質外殼、表面裝璜種種，取代了一切。
社會追求浮華、虛榮，必定墮落為淺薄、品質低劣的社會。
人一旦墮入榮利的追求，心靈被塵垢封閉，很快就如草芥一般枯萎了。
功利色彩濃重，「靈性」盡失。靠「披紅掛彩」進行裝璜，是毫無生機的。
《猴子》一詩，則全息重演了整個金錢社會的一整套把戲。

賣藝的猴子
學人的動作
伸手向人
要銅板

賣藝的人
學猴子的動作
伸手向猴子
要銅板

這是一套「金錢遊戲」。
不論猴子學人，還是人學猴子，都是一個動作：「伸手」！
不論人學猴子，還是猴子學人，都是一個目的：要錢！
「賣藝」和賣其他種種，全都是一套把戲：金錢狂舞！
這或許是金錢社會的社會縮影、藝術縮影，或許也是金錢社會人與人關係的縮影。
「銅板」，被社會「大化」了。

## 三、宇宙之舞

非馬寫動物詩，不只是局限於動物，而是呈現整個宇宙之生態；不只是局限於動物的活動，而是整個的「宇宙之舞」。

非馬寫動物詩，以「有形」寫「無形」；出「有限」入「無限」。

在他的筆下，人和自然，動物、人類和人類社會，以及人類精神界，整個的時間、空間，都是全息的。

整個宇宙，都被他的動物詩調動起來、舞蹈起來了。

《蚱蜢世界》裡「蚱蜢」——「躍」，也是宇宙之舞：

1

奮力—

躍

發現頭頂上

還有一大截自由的空間

頓時
鬱綠的世界
明亮開闊

壓抑不住的
生之歡愉
此起彼落
彈性十足

2

奮力一
躍
驚喜發現

天空仍高不可及
大地仍遼闊無邊
夏綠仍溶溶漫漫

生命還沒有定義

人和自然全息。
人生亦「蚱蜢」，生命力極富彈性。
生命是不定式，就看如何奮力地「躍」，一躍再躍。
蚱蜢的兩次「發現」對人的啟示：生命是宇宙之舞。
生命的宇宙無限，生命的完美無限。
通過一再奮力地「躍」，可以自「有限」向「無限」飛昇！
即使是「蚱蜢世界」，也可以由「有限」昇入「無限」。
生命的不定義，是生命的一種大美！
既然生命是「宇宙之舞」，生命的完美無限；那麼，生命是自由的，海闊天空的；靈魂是自由的，靈魂可以自由翺翔。

非馬寫動物詩，意在反對「奴性」迎合，堅持「靈性」啟迪，讓宇宙萬物最充份地釋放「靈性」。

讀《羊》：

沒有比你更好應付的了
給你什麼草便吃什麼草
還津津反芻感恩不盡

即使從來沒迷過路
也不相信靈魂會得永生的鬼話
（永生了又怎麼樣）
你還是仰臉孜孜聽取
牧羊人千篇一律的說教

而到了最後關頭
到了需要犧牲的時候
你毫無怨尤地走上祭壇
為後世立下了一個
赤裸裸的榜樣

這大概是一種最完全的「奴性」了。到死還立下一個十足「奴性」的「榜樣」。

地地道道的「奴性」迎合！

非馬在另一首《羊》中寫：「羊比猿猴／其實更攀得上／人類的血親」。這就是指的「奴性」。人的一種阿Q精神，也是「奴性」十足。

阿Q臨死畫押，還要盡量畫得圓一些。

這不是和羊走上祭壇時，毫無怨尤地立下一個「赤裸裸的榜樣」如出一轍嗎？

羊的「仰臉孜孜聽取／牧羊人千篇一律的說教」，不就是為了造就自己成為祭壇的犧牲品嗎？

人要使自己富有創造力，就得徹底滌除「奴性」，煥發「靈性」！

「靈性」充分煥發了，「奴性」消除了，人的創造力才能最大限度地發揮出來。

這樣，人的靈魂才能獲得最大的自由。

這樣，人的精神境界才能超越有限，抵達無限。

讀非馬的動物詩，感覺到他筆下的動物，是一種整體的宇宙生命，而且是宇宙的一種精神生命的湧現，它全息人類精神界的種種信息。

非馬的詩裡，透露著一種感覺：進入商品經濟社會以後，物質的柵欄高築，整個精神界——或許宇宙精神界，已經缺乏驅動力。

精神，被物質的嗜慾吞噬了。

那種昂揚的宇宙精神，似乎被某種有形無形的柵欄禁錮住了。

精神的翅膀翱翔不起來，顯得萎靡了。

非馬寫了兩首《虎》。

其一：

你一皺眉
所有的耳邊
便呼呼響起風聲

蓄勢待撲——
嚇呆了的眼睛們
對著越張越大的
血盆大口
竟視若無睹不知走避
如受催眠

而你只不過
張嘴打了個哈欠
伸一下懶腰
在柵欄裡

其二：

眯著眼

貓一般溫馴
蹲伏在柵欄裡
武松那廝
當年打的
就是這玩意兒？

這還能是「虎」嗎？

前者，徒有聲勢，虛張聲勢之後便疲軟了；後者，精神完全垮掉了。

生命一旦失去精神支柱，便徒剩一具皮囊。

當然，過著安逸、舒適的好生活，有香肉、鮮魚供牠享用，還有眾多的人們，觀賞牠、為牠捧場，牠已經滿足了。

還張揚什麼「精神」呢！

可是，人們為什麼要來面對「虎」？不就是要吮吸「虎」的那種氣吞山河、雄視八方、威風凜凜的精神麼？

現在，只能痛惜「虎」的精神垮失了。

其實，精神是束縛不住的，靈魂是桎梏不了的。

自由的靈魂，偉岸的精神，能掙脫「柵欄」的桎梏！

《山海經》載③：

刑天與帝至此爭神，帝斷其首，葬之常羊之山。仍以乳為目，以臍為口，操干戚以舞。

刑天豈止受「柵欄」桎梏？他的頭都被砍了。

但他擁有一種與「帝」爭高下的不服邪精神，仍然能「操干戚以舞」！

他的靈魂在自由翱翔！

所以，陶潛要寫詩　美他：「刑天舞干戚，猛志固常在！」

「大丈夫當雄飛，安能雌伏！」④非馬詩裡揶揄的「虎」，卻已經「雌伏」了。豈能容忍？

非馬寫這兩首《虎》詩，旨在呼籲：還我精神！

非馬以其詩為「干戚」，「操干戚以舞」，要重振宇宙精神！

非馬的動物詩，本身就是宇宙的生命之舞。宇宙之舞，是一種「大化」之境。

「常德乃足，復歸於樸。」⑤「樸」，是一種自然狀態。

「大化」，乃宇宙萬物「復歸」一種自然狀態。

人和自然全息，自然萬物全息，有形和無形全息，有限和無限全息，時間和空間全息。全息是一種自然狀態。

此時，宇宙生態得以平衡，得以全息。

宇宙萬物，一切皆自然而然。這便是一種「大化」之境。

非馬的動物詩，追求這種宇宙生態「大化」之境。

人和自然全息，人人都嚮往「大化」，嚮往自由適意的人生。

但實際上，人是在社會和整個宇宙的環境中生存，不是孤立的。

因此，人所要求的，往往也不僅是人生的一面，而是兩面：一面是入世的有為，一面是出世的淡泊。這才能使人的精神生態平衡，才是人的心態「大化」！

非馬的詩創造，所給予讀者的，是在有為的生活之中，提供性靈上對自由適意的要求，使人們在奔勞之餘，得到精神上的解脫，而能以超然於名利之外的心情，去從事入世的事業。

非馬的動物詩創作，從動物的生態全息、生態平衡中發現問題，揭示人和自然全息中會遇到的問題，加以疏導、化解，而使人抵達「大化」之境。

讀《公雞》：

才寫了幾首關於雲的詩
霸氣橫溢的公雞
便咯咯宣稱
整個天空屬於他

躊躇滿志
他把飄逸的白雲
裁成附庸風雅的尾羽
把鑲邊的金雲
作為傲視群倫的桂冠
把密佈的烏雲
拿去裝飾他憤世疾俗的眉頭
而當雷聲一響

他頭一個鑽入雞寮
珍惜羽毛的他
可不願作
不識時務的落湯雞

這隻「公雞」，終日為自己的榮利奔勞競爭，追雲逐日，鳳冠霞披，出盡風頭，佔盡體面。

然而，他自傲又自私，生怕自己吃虧，一旦風雲變幻，絕不肯承擔責任。

「雷聲一響」，雨還沒下，就唯恐躲之不及，逃之夭夭，「鑽入雞寮」了。

一顆猥瑣、醜陋的靈魂！

怎麼能與宇宙生態全息相容？

如此熱心於名利的征逐傾軋，靈魂扭曲不堪，自然全息、生態平衡全給破壞了。

精神生態受到征逐熱戰的炙烤，被污毀了。

真應該拆毀「雞寮」，下一場透雨，澆他個「落湯雞」，替他清「熱」解「暑」，使他得到精神上的清涼、開擴與超拔。

這樣，才能獲得整個宇宙生態的平衡、全息；「宇宙之舞」，才能不至於扭曲，而能自然而然。

惟其如此，宇宙生態才能出現「大化」之境。

註：

①《易・說卦傳》。

②《老子》第四十二章。

③《山海經・海外西經》。

④《後漢書・趙典傳》。

⑤《老子》第二十八章。

# 第十六章　個性藝術

「刪繁就簡三春樹，領異標新二月花」①。

沒有個性就沒有藝術。

正如非馬所說「藝術貴創新」，藝術的本質就是「領異標新」。

非馬的詩，是黑格爾老人說的「這一個」，卻又是豐滿、富足的「這一個」。

在詩壇，非馬是以「短詩獨步」！旅美華文詩人劉荒田先生說，「以短詩獨步當代詩壇」的非馬，「尚無人可及」②。

非馬的詩，從個人性情流出，別有一種不同凡響的流韻。

非馬倡導「比現代更現代，比寫實更寫實」，就是為的從根本上掙脫桎梏，跳出窠臼。因此，在他那裡，現實主義不能封閉，現代主義也不能作繭自縛。

比現實主義更「樸」，比現代主義更「靈」，成為非馬詩美藝術的個性特色。

## 一、別有性情

非馬是有個性的人，但他又不讓你看出他的「個性」，而是讓你看他平平淡淡，普普通通。宗鷹掠影非馬：「他的衣著，他的神情，他的言談，在人群中毫不顯眼」③。

他「平素很少露面」，卻溝通台灣、香港、中國大陸、美國「四個文壇」，被友人戲稱「四通大使」。

他在博譽美國詩壇，台灣、香港和中國大陸以至世界華文詩壇時，警惕自己：「寫作是寂寞的事業」。宗鷹說：「在好評如潮，讚聲不絕，甚至捧場熱烈之時，他更甘於寂寞」。

他具有一種「逆向思考的智慧」，卻又是「合成」的思維。

他三寫《鳥籠》：第一次是「把自由／還給／鳥／籠」；第二次是「把自由／還給／天／空」；第三次是「鳥籠／從此成了／天空」。第一次「逆反」，第二次順向，第三次「合成」。「合成」什麼？抵達了最高境界：「大入大出」的境界，才是真正的自由！

「讓鳥自由飛／出／又飛／入」，多美！一顆大靈魂的翱翔。

非馬這個人，你以為生性沉靜，不喜言笑，威儀有加吧；他卻又是一個思想活潑，能夠在詩裡說說笑笑，逗得你嘻嘻哈哈，讓你捧腹大笑的人。如：他討厭台北街頭的交通堵塞，就把那些車群，比作「文明的怪獸」，竟對前面「放異臭」的同類：「春情發動／嗥嗥尾隨不捨」（《車群》）。

非馬的詩，多有從個人性情流出的，別有一種不同凡響的流韻。

商業社會，眾聲喧嘩，征逐煩熱，非馬不同流俗，依他的性情，另有一種超然認識和一種獨到的

「擺脫」。

他的一首《五官》寫：

眾聲喧嘩中
耳朵
被一陣突來的
靜默
震得發聾

無聲的震撼。我們這個世界，喧囂、疲乏太甚，需要「靜默震撼」。在追逐名利權勢、患得患失的紛亂俗塵中，來一種靜謐、清涼的「鎮靜」——即「靜默震撼」，才能振聾發聵，滌除種種物慾對「五官」的困擾。

「靜默」對俗世社會的「震撼」，也是非馬的性情需求。正所謂「處陰以休影，處靜以息跡」④。

不久前，非馬寫了一首　頌春天的詩：

風和日麗
看我們敞開胸懷
把生命裡最嬌嫩
最鮮艷的花蕊
呈獻給這世界

雖然
冰雪的影子不遠

這境界，絢美自然，鎮定從容，寬朗開擴，真誠奉獻，瀟灑自如。非馬的性情中，別有一種豁達與超然，避開心靈的污染，回到人生單純的起點，無物慾，無私念，呈現一顆澄明的靈心。

當他退休之際，他寫了一首《秋葉》，應算述懷之作了。

生命中最初
也可能是最後的一次旅行
當然必須又高又遠越漂亮瀟灑越好

強抑滿懷的興奮
它們便在枝頭
耐心地等待
一陣風過

這就是現代人生的飄逸灑脫。

怎樣生存，怎樣生存得絢爛？怎樣建功立業？是人生的積極面，我們已經過來了。怎樣生活得踏實，如何安享平淡？怎樣使人生的盡頭不那麼荒蕪？怎樣去發現「競爭」之外廣闊的天地？這就不能不正確處理「入世」與「出世」的關係了。

個人也無非是宇間萬物之一，求聞達、求建樹時，既不必過份執迷名利；放手時，醒悟絢爛階段已過，也無須感到失落或孤單，更用不著悲觀。相反，因為了解自己是自然的一份子，所以心胸豁達開朗，飄逸灑脫；了解奔走競逐並非造富人類良方，而唯有大家都看輕名利，捐棄私怨，做自己份內應做的事，放棄征逐和傾軋，才能使人間真正的寬朗和平，樂享自己的創造和自然的賜予。

看那秋葉，飄飄瀟瀟，揮別榮利。

對非馬來說，個性造成藝術不是一句空話，但是，他的詩與人常常形成個性反差。他的個性藝術，常常在個性的「反差」裡出入。

非馬人很平易，詩卻很深沉，構成一種強烈反差。

這種「反差」也突現他的藝術個性。我們讀他的《月台上的悲劇——羅湖車站》，便從一種心靈的強烈「反差」中，感受到歷史的哀怨如同遊戲，「笑」在「淚」中，「淚」在「笑」中。

我知道
那不是我的母親
我的母親

她老人家在澄海城
十個鐘頭前我同她含淚道別
但這手挽包袱的老太太
像極了我的母親

我知道
那不是我的父親
我的父親
他老人家在台北市
這兩天我要去探望他
但這拄著拐杖的老先生
像極了我的父親

他們在月台上相遇
彼此看了一眼
果然並不相識

離別了三十多年
我的母親手挽包袱
在月台上遇到
拄著拐杖的我的父親
彼此看了一眼
可憐竟相見不相識

這是他們家族特殊經歷的一個縮影。

非馬的父母，海峽兩岸相隔，一別三十多年，不通音訊。直到改革開放，兩岸互通往來以後，他的父母才得以在深圳重聚。

在他想像的場景裡，他的父母親即使碰了面，也很可能是「相見不相識」。此情此景，恍如隔世。這樣的時代大悲劇，能不令人潸然淚下？

詩用很平易的敘述口吻，第一、二節平平常常地道來，連詩人自己也不敢讓父母相認，也不敢相信父母的相逢，是現實，而不是夢境？這也就加劇了彼此相見時的傷感、黯然。「彼此看了一眼／可憐竟相見不相識」。這一眼，是多少回「望眼欲穿」而蓄積的一眼，這一眼竟然那麼陌生，視同陌路。這是歷史的悲劇，也是歷史的調侃，既殘酷又荒謬，哭亦不是，笑亦不是。真叫人啼笑皆非。

心靈的反差，也是歷史的反差。反差造就藝術個性，藝術個性擴展反差。

亦可見，非馬人很平易，只是表象平易，卻有一種內向的深沉、深邃。

## 二、還我自然、本真

非馬對我說：

大概是我個性的關係，我厭惡所有的條條框框，也不為自己的一點小小成就而沾沾自喜。我相信人類的創作潛能是無限的。更重要的是，我相信創新是藝術的首要條件。但真正的創新，並非無中生有或空中樓閣，它是植根於傳統及現實的。由於這樣的認知，使我能夠心安理得地（而不是盲目地排斥抗拒），從人類累積的文化與藝術經驗的基礎上，去追求現代藝術。

幾乎所有的主義都有所長也有所偏。譬如單純的現實主義的東西，便很難滿足現代人的心靈需要。如何從各種主義裡取長去短，並加以創新演變發展，是詩人們必須學習與思考的課題。

在他的詩裡，常常給人一種不受羈絆、掙脫桎梏的感覺。這可以說是他的詩創作的「性情」了。就是在他的譯詩裡，我們也可以感覺得出來。當他讀到那位當過教師和詩刊編輯的大衛・伊格納透夫（DAVID IGNATOW，1914－）的一首《城市》時，他十分高興地把它翻譯出來：

如果花要從
水泥的人行道伸出頭來
我便要彎下身去聞一聞它們

這首詩只有短短三行，卻給人一種強烈的欲掙脫桎梏，獲得解放和自由的感覺。現代城市是一種桎梏，尤其是當它物慾膨脹的時候，簡直壓迫得人喘不過氣來，所以現代人要掙脫它的束縛，回到自然。非馬闡釋說：「在鋼筋水泥的城市裡，看到一棵綠色的小草從灰色的水泥裂縫中掙扎出來，常會使我們驚嘆宇宙生命的堅強與偉大。在這種時候我們會覺得，工作上的一點小挫折或生活上的一點小煩惱算得了什麼呢？」⑤這棵綠色生命的掙脫桎梏，無疑使人釋然，也給人鼓舞。它代表大自然生命力的「堅強與偉大」，也給了我們掙脫種種枷鎖的勇氣和力量。讀這些詩的時候，我們同時也會想到詩人和譯詩的人的性情，他們的個性藝術的力量。

他自己的詩，也是塑造這樣一種性格，培養這樣一種性情，讓人掙脫桎梏，擺脫糾纏。無論讀哪一首，我都可能會有這樣的感覺。

《晨妝》寫：

她不知道
是上帝的慈悲
或惡作劇
在她的臉上
掛了一個
洗脫不掉的
陌生面具

讓有藝術天才的她
每天早晨在它上面
塗了又畫
畫了又塗
用誇張的記憶與想像
描繪一個
花紅柳綠的
春天

這是給自己戴面具，自己束縛自己，還沾沾自喜呢。人們擁有的「藝術天才」，便用在這上頭了，可悲還是可憐？儘管用了「誇張的記憶與想像」，也只獲得一個畫出來的「春天」，那些「花紅柳綠」是假的，只不過是人為的塗抹。這是自己「惡作劇」，自己作賤自己。人們啊，為什麼要把自己的「本真」封閉起來？還我自然，還我本真，自然一些多好！

這是非馬詩的一種反諷品格，輕輕的揶揄，重重的震撼。非馬這種詩的個性藝術是獨特且獨具的。

讀他的《椅子》：

打烊熄燈後
它總愛縮起一條麻木的腿
在心中反復思量
如何佈置
一個美麗的陷阱
讓大模大樣
重重一屁股坐下來的
大款們
跌個狗吃屎
或四腳朝天

當然也得考量
如何把自己
劈了
當柴燒

這首詩出一種膽魄，是在啟迪一種「靈性」。椅子也是有個性的，它對於所受的壓迫，有一種潛在的反抗和不甘屈服，縱使粉身碎骨也甘然。這當然是一種靈魂的不受羈縛。

人也一樣，在某種情況下，身陷囹圄，不能自主，但總不能自慚形穢，自暴自棄，靈魂應是自由的。

「椅子」這種被桎梏了的物體，也要為自己不受擺佈，掙脫拘役而設計，而想像。何況人呢?人總不能不如物，人應該是有點精神的。

詩寫其人，詩如其人；人寫其詩，人如其詩。非馬是一個掙脫了拘縛的人，一個不受物慾拖累的人，一個脫離了低級趣味的人。

非馬曾被一位去拜訪他的朋友譽為「最幸運的人」。他自檢一番之後說：

> 的確，我有一個和樂的家庭，一個同甘共苦的賢內助，兩個值得我們驕傲的兒子及兩個可愉快相處的媳婦。我們對物質生活的要求都不高，很容易滿足，又都有個收入不錯的職業，因此能像劉再復最近在一篇文章裡所說的，擁有一張平靜的大書桌，使我得以摒棄外界的干擾，心無旁貸地搞我的文學與藝術創作。⑥

**與其說，這是他的生活空間的寫照；不如說，這是他對美的生活的一種經營，或一種生存層次的構建，也是他對人生的一種看法和追求。他的物質生活要求不高，但精神層次很高。他說：**

> 這種青菜豆腐般的恬淡生活，自然是我們有意的選擇。我總覺得，不太窮也不太富的小康生活，是人類最理想的生活。不必過份去為衣食擔憂，也不會讓金錢污染或霸佔了心靈生活。為了滿足自己或別人的虛榮心而去擺闊裝闊，甚至需要用這種排場來贏得別人的讚美與崇敬，那也未免太可憐可笑了。這同開放初期，我在廣州街上看到的那個戴太陽眼鏡的年輕人，捨不得取下貼在鏡片上的洋商標的幼稚心態，基本上沒什麼兩樣。對我來說，如果為了做一個名人而不得不犧牲自己的私生活，甚至必須蠅營狗苟，這樣的代價未免太划不來。

非馬不是追求物質生活的滿足，而是追求精神生活的超拔，追求心靈生活的飄逸灑脫，和靈魂的自由。他翻譯了美國女詩人狄更森（Emily Dickinson）《詩第二集》裡的一首詩：

我是個無名小卒！你呢？
你也是個無名小卒？
那我們可成了對——別講出來！
你知道，他們會把我們放逐。

當一個名人多可怕！
萬目所視，像隻青蛙
整天哇哇高唱自己的名字
對著一個啞啞讚美的泥淖！

非馬為他英漢對照的譯詩選《讓盛宴開始——我喜愛的英文詩》（台北書林出版有限公司 1999 年 6 月版），每首詩都寫了精美的簡析，這首詩是這樣寫的：「在昇平世界裡，做一個與世無爭的普通人，隨性之所之，做自己喜歡做的事，或不做不喜歡做的事，沒有比這更幸福更快樂的了。但做為一個萬目所視的公眾人物，可沒有這份瀟灑與自由。特別是競選公職的政治動物們，成天把自己的名字掛在嘴上，實在累己又累人。這裡的青蛙意象用得貼切又生動。在悶熱的夏夜裡，哇哇大唱，吵得人們睡不著覺。而回應牠們的，只有在蒸騰的熱氣裡咂咂發酵（或發笑）的泥淖。」

看來，非馬是要解脫一切羈絆，不受任何條條框框束縛，做一個「與世無爭」的真正的自由人。他的詩，也是不受任何條條框框約束，屬於名副其實的自由體的詩。

他的藝術追求：「比現代更現代，比寫實更寫實」，就是為的從根本上掙脫桎梏，跳出窠臼。他認為，所有成了「主義」的東西，都是受束縛的。因此，在他那裡，不論現實和現代，靈魂都是開放的，自由翱翔的。

比如下面這首小詩，恐怕無論用現實主義、浪漫主義或現代主義，都無法確切地概括得了它，它可以往各種主義的「門洞」裡鑽。《路》是這樣寫的：

那段腸子
在一陣排泄之後
無限
舒暢起來

這也是一首反諷的詩，寫出「腸子」和「排泄」的特別意象，怪誕，醜陋、粗野；卻又有趣，耐人尋味。應該說，在藝術上是自由的，掙脫桎梏了。

這首詩是多義的，意蘊的不確定性，帶給讀者無限意趣：你說是講的城市交通堵塞，如人之患「腸梗阻」，一陣「排泄」是最痛快的事，也對；你說是社會政治現象，機構臃腫，人浮於事，需要精簡機構，「排洩」冗員，得一陣肌體輕鬆，難道不對？詩的想像域很廣，你就馳騁遐想吧！

現實味、浪漫味、現代味三交融，不都有了？幾種味道交融一體，特別地好滋味。如果不是「交融」，詩味就淡。「交融」就能超越。我是主張像非馬這樣，既超越現實又超越現代的。詩總得向前走。不要老停留在「現實」，也不要停留在「現代」，試驗著，探索著，看好前面寬廣的路，你還可以作出自己的貢獻，用你的個性藝術的力量，把它再拓寬一些。

## 三、靈、樸相諧

詩風是詩和詩人的藝術個性的本質展現。

不少詩人、詩評家都論及非馬的詩風，用了一個「樸」字。本著前前後後也講這個「樸」字。但似乎還得集中地講一講。

非馬的「樸」和別人似乎不一樣，不是用「簡樸」可以概括得了的，「質樸」仍然不夠到位。非馬的「樸」極富「靈性」，是他的一種個性藝術。「靈」和「樸」融為一體，其詩便出一種靈樸之美。

返樸歸真，在非馬的詩創作裡是「返樸歸靈」。

「樸」和「靈」的關係，相輔相成。

「靈」成為「樸」的質地，「樸」又釋放「靈性」。

真正的「樸」，不浮躁，不空泛，不雕飾，簡潔，純真，本質——出「靈性」；

真正的「樸」，「能塑造一個獨立自足、博大深邃的世界」——出「靈性」；

真正的「樸」，反而「由於文字空間的減少，相對地增加了想像的空間，因而增加了詩的各種可能性」⑦——出「靈性」。

《醉漢》、《鳥籠》等詩，是靈、樸相諧的典範之作。

《山》、《黃河》、《一隻小藍鳥》等詩，顯其「樸」，「樸」中有「靈」；

《傘・2》、《魚與詩人》等詩，則更顯其「靈」，而「靈」中有「樸」。

《羅網》等諷刺詩，也是展現靈、樸相諧詩風的代表作。

非馬的詩，因為靈、樸，才顯短小；因為短小，更其靈、樸。

這裡說的「短小」，指的是篇幅短小。詩出靈、樸，則大，甚至無限。

有人忽略了這一點，鬧了笑話。在台北的一次「非馬作品討論會」上，一位詩人發言，他希望非馬「能夠寫出龐大的作品」，言下之意，非馬現在的作品還不夠「大」。這時候，詩人兼詩評家林亨泰妙趣橫生地說：

> 非馬的詩，「如果把它的題目都去掉，然後編成一、二、三、四……，他的一本詩集可以變成一首詩，那麼便變成很長的詩了。這只是編輯、整理的問題。可以說他的詩還沒寫完，只是一段、一段，一首龐大的詩還繼續不斷地在寫。」

林亨泰道出了「小」和「大」的關係，不是落在篇幅上。為什麼一定要寫那些「大而無當」的詩呢，難道詩的篇幅拉得越長越好？「龐大」的詩，不一定就「大」；短小的詩，不一定就「小」。《醉漢》、《鳥籠》短小，但它們都「大」，大至無限。

紀弦先生對《鳥籠》還有另一種發揮。他說：「說到詩的主題，非馬不但把〝自由〞還給〝鳥〞和〝籠〞，而且還有個第三者——我——在這裡哩。讓飛走的鳥自由，讓空了的籠自由，也讓讀者自由。所謂〝留幾分給讀者去想想〞，言有盡，意無窮，這多高明！多麼了不起的藝術的手段啊！」⑧

紀弦先生讀詩，把「鳥」和「籠」兩分（原本是「鳥籠」），不僅「一舉兩得」；而且「一舉三收」：還特別強調了讀者的自由。讀者自由，詩的空間就大了。詩是寫給讀者讀的，不應該牽著讀者的鼻子走，而應該給讀者加入二度創作的自由。那樣，一千個讀者，就真有一千個哈姆雷特了！

因為短小與「靈」、「樸」相關聯，所以在這裡闡釋發揮了一下。

詩風如人的品性。靈、樸相諧，也展現非馬其人的性情。

非馬默默從事詩創作，潛心自己的追求，不媚俗，不浮躁，淡泊名利，持之以恆，數十年如一日，沉浸在詩的王國裡，洗滌被凡塵浸染的靈心，率真超拔，本色天然。

訪問、研究詩人非馬的記者和學者，總想把非馬歸入一個門派：現實主義或者現代主義，結果是徒勞無益。非馬不屬於任何一個門派，他就是非馬——一匹任何韁繩也套不住的「野馬」！此「野馬」

也，靈、樸之馬也。

比現實主義更「樸」，比現代主義更「靈」，成為非馬詩美藝術的個性特色。

非馬講究詩出「不意的驚奇」，也使他的詩質、詩風於「樸」中出一種「靈性」。

非馬說：「我常認為，從平凡的事物裡引出不平凡，從明明不可能的境遇裡推出可能，這種〝不意的驚奇〞，如運用得當，往往能予讀者以有力的衝擊，因而激發詩思，引起共鳴。」

非馬的許多詩寫素樸的日常生活，不加修飾，然而常常給你出其不意的驚訝。

《這只小鳥》寫：

感冒啦太陽太大啦同太太吵架啦
理由多的是

這隻小鳥
不去尋找藉口
卻把個早晨

讀前面兩行，以為是寫日常生活中一些煩人的事，卻不意於第二節、第三行，突然出現「這隻小鳥」，由對人的平常生活瑣事的敘述，兀地一跳，不只是地上跳到樹上，人竟變成了「鳥」，風馬牛不相及。要命啦，真個是出其不意！

仔細再讀，風馬牛又相及。原來是寫「小鳥」的勤奮、黽勉，不偷懶，不像「人」那樣為了圖輕鬆，怕艱怕難、怕苦怕累，而找出種種藉口躲懶。它和那些懶人不同，形成一種鮮明對比，早早地便起來做事，「卻把個早晨／唱成金色」。

這首詩，鳥和人全息。好像是寫「鳥」，其實是寫人。詩人前兩句賣了一個關子，也在暗示一種過渡，並且給詩增添了趣味。

詩便在一種素樸生活的描摹中，閃爍出一種「靈性」。此乃靈、樸相諧之一例。

此詩的「靈性」，還在於它以理想和憧憬照耀人、鼓舞人。

詩人在一篇隨筆中說道：「寫詩在我不是一樁輕鬆的工作。一首短短幾行的詩，往往需要長長一兩個禮拜的醞釀與煎熬。因為這個緣故，這些年來我總是不自覺地隨時在替自己找藉口——夏天太忙冬天太冷——而在懶散過一陣之後，又猛然振作起來。我在《這隻小鳥》一詩裡對小鳥的　賞其實是對我自己的鞭策。」

詩人非馬，便是這樣一隻「靈樸」的「小鳥」。

非馬的詩，出靈、樸的「質」與「風」，是他的一種藝術追求所致，他追求「那種恰到好處的藝術境界」⑨。他的「樸」，是宋玉筆下描繪的「美人」的那種：「增之一分則太長，減之一分則太短，著粉則太白，施朱則太赤」。他的「樸」，屬於不著粉、不施朱，不作人為的增減修飾，而具自然美的那種。

靈性孕於自然。

《秋日林邊漫步》寫：

小小的寒流一臨境
警覺的樹
便紛紛抖落
招風惹雨的葉子
一個個

面容冷肅起來
只有幾株今年才長出來的小樹
沒見過冰雪的模樣
仍在那裡踮腳引頸
新鮮與奮地
綠

靈、樸相諧，在這首詩裡也有典型表現。

這首詩，敘述、描摹兩種「樹」的自然現象，不對它們塗脂抹粉，也不增減什麼，只讓它們自己站在那裡，形成一種恰到好處的自然對比。詩人寫：過來的老樹，「便紛紛抖落／招風惹雨的葉子」；今年才長出來的樹，「沒見過冰雪的模樣……」，都是自然而然的。既不貶責老樹世故、逃躲，也不讚美小樹不屈服、不怕邪；既不說老樹是為了「保護自己」，也不把「奉獻精神」強加給小樹。詩人不表明自己的傾向，而傾向自出，也是恰到好處。

這就是詩人的詩質、詩風之「樸」。

惟其「樸」，則「靈」。此「靈」在讀者內心裡出現：

人們把希望寄托在小樹身上，只有它們才代表新生力量，才能宏圖大展。

詩人的藝術追求不說出來，而「那種恰到好處的藝術境界」，卻從詩中自然地流露出來。

寫到這兒，我還想把非馬致我答訪的一段話錄下：

我從來不以為自己與眾不同，或比讀者高人一等（三人行必有我師呀）。這樣，我便能用較誠樸真實的心情與口吻來同讀者溝通。就像同老朋友促膝談心一樣，無需矯飾或處處設防。而我也相信，在這種情況下，讀者們也會比較容易且自在地進入我的詩世界。

註：

① 鄭板橋語。

② 劉荒田：《本世紀詩長廊中的〈鳥籠〉》，載《僑報》1995年7月19日。

③《詩國奔馬》，同前。

④《莊子・漁父篇》。

⑤《笑問詩從何處來——在芝加哥「文學藝術新境界」座談會上的講話》，載曼谷《中華日報》1993年4月27日《文學》副刊。

⑥非馬：《人在福中不知福》，載美洲《世界日報》副刊，1998年9月24日。
⑦非馬：《漫談小詩》，台灣《詩學季刊》第18期。
⑧紀弦：《讀非馬的〈鳥籠〉》。
⑨見《浪費》，載《聯合日報》副刊，1998年6月25日。

# 第十七章　千變萬化

非馬的詩創造，十分講究形式。
他在詩的形式上，有諸多的獨創。
他是一位最重視詩體建設的詩人。
他不因循守舊那些格律體、新格律體，也不忌諱說自己不喜歡這些東西；
他努力建設並創新詩的自由體形式，把自由體發揮到最自由的程度。
可以說，在追求詩的形式自由上，他是位最不受拘縛的詩人。
但他並不是在形式上放任自流，而是根據詩的內容來創造詩的形式。
非馬的詩創造出來的形式，是千變萬化的，也是鮮活的。
惟其「千變萬化」，不老套，才有詩的形式美可言。

## 一、不固定，不「纏足」

非馬在一篇文章①中說：

談到詩的形式，我想順便說幾句。我一直不明白，為什麼今天還有詩人在那裡孜孜經營並提倡固定的詩形式。幾年前詩友向陽熱衷於試驗他的十行詩，我便提過這樣的問題：「如果九行便能表達詩思是否要湊成十行？反之，如果非十一行不可，是否要削足適履去遷就？」

對於我，詩是藝術。多餘或不足都是缺陷，都會損害到藝術的完整。

……纏足也許還能滿足今天某些人的審美需要，我們也無需去干涉 或禁止。但畢竟這是個自由開放的時代，我們還是撒開我們的天足，無拘無束地走我們的大路吧。

一位美國詩評家在《芝加哥論壇報》上談到我的詩時說：「沒有比非 馬的詩更自由的了，但它自有嚴謹的規律在。」畢竟，自由不等於放任。而一首詩的內容決定了它的形式。千變萬化的現代生活內容需要有千變萬化的詩形式來配合、來表現。我們沒有理由要局限自己甚至僵化自己。

以上，表達了下述幾個觀點：

1．詩的形式不要「固定」，沒有必要「僵化自己」；
2．不「纏足」，撒開「天足」，「無拘無束」地走；
3．詩的形式應「千變萬化」，由詩的內容需要來決定；
4．詩的形式創造也有規律，自由不等於放任。

這些，比較集中地體現了非馬對於詩的形式創造的基本主張。

我基本讚同非馬的這些觀點。

過去稱詩的押韻是「纏足」；其實，固定了詩的形式，那才是最大的「纏足」。舊的格律體的固定，對詩創造是一種「纏足」，新詩破除了舊的格律體，創造自由體，就放開了詩的「天足」。

但是，試圖搞一種固定的新格律體，難道不又是一種新的「纏足」嗎？自由體出來以後，一段長時間裡，大家都來寫四行一節的詩，押韻的，或是不押韻的，形成一種「四、四……」型詩體，一個模式地上，一窩蜂地上，似乎成了大家「約定」的形式，不也是一種新的「纏足」嗎？

不論什麼形式，倘若大家一窩蜂地上，不論什麼內容都上同一種形式，成了一個固定模式，不仍然是另一種「纏足」嗎？

為什麼內容不同的詩，一定要尋找一種相同的固定不變的形式呢？

詩的形式真應該「千變萬化」！每一個詩人的詩創造，都應有自己獨創的形式；

每一首詩，都應有適合這首詩的內容的獨創的形式；

既然，每一首詩的內容千變萬化，那麼，詩的形式也隨之應該「萬紫千紅」。

這才是撒開了詩的「天足」！

千萬千萬，不要有各式各樣的「纏足」出現了。

現在，似乎有一種誤解，以為一講詩體建設，就一定要建設一種大家都來運用的固定的詩的形式，像舊的格律詩那樣，一個固定的模式，那才是真正的倒退。

詩體建設不是要建設詩體模式。或者說，詩體建設不是詩體模式建設。

非馬曾經寫過一首題為《十指詩》的詩，對現代詩新格律體暗含嘲諷之意：

如果詩是手指
詩人便可買一雙
精美合適的手套
給它們保暖

這樣
詩人便不用擔心受涼
不用對著手裡一大堆
忽長忽短忽粗忽細
忽多忽少忽有忽無的詩思
彷徨

詩如果不是「手指」的話，那麼就不必試圖給它買「手套」。
詩體建設，不是要給詩制作「手套」，哪怕是再「精美合適的手套」也不要！
幾十年來，不少詩人在詩體建設上花了不少功夫，似乎不少沒用在點子上。
他們是在試圖建設一種「詩體模式」，就像是制作「手套」一樣，對「手指」與許有保暖的作用，但對詩是毫無用處的。

詩體建設的目標，不是建設一種大家共同遵從的、固定不變的「詩體模式」，而是要按照每個詩人不同的藝術個性，和詩的不同內容，創造與之相適應的形式。

每個詩人的詩體建設目標是不同的，是獨創的；
每首詩都因不同的內容，而有與之相適應的不同的形式，它是出新的。
詩美藝術是詩的內容和形式的統一。
非馬於詩的形式創造上，反復強調了這一點。
他在與許達然《詩的對話》②中說：

……但懷抱「建立中國新詩的形式」的理想，以為新詩必須有固定的形式，進而期望所有詩人都遵循固定的形式寫作，在我看來，是徒勞的。現代生活這麼複雜，變化這麼快速，不要說每一個人有每一個人不同的生活、思想與感情，即使是同一個人，今天與昨天，甚至於這一刻與前一刻，都是不會相同的。

一首詩是一個有機體。

什麼樣的內容決定什麼樣的形式。用一個模型大批制造，是工業社會的特徵。作為藝術的現代詩，如果也要這樣，那就未免太悲哀了。

台灣詩人向陽出版的詩集《十行集》，苦心經營十行詩，應該說是他個人的藝術嘗試，也是他個人的藝術獨創，非馬認為「不論是意象的使用或意境的營造，都有值得我們喝彩的地方」；但它決不是一種「詩體模式」製造，不是要每個詩人都來寫這種「十行詩」。

它可以是詩人向陽個人的詩體建設，卻不能當作「詩體模式」來提倡，更不是要大家都一齊來上，把它當成一種固定的詩體形式共同遵從。

向陽稱他的「十行詩」為「自鑄格律」，他自己說是「拿著形式的籠子來抓合適的鳥」。說實話，詩的形式不應該是「籠子」。詩人不應該制造形式的「籠子」。

詩人不必寫一種固定不變的形式的詩，以至於僵化自己，也僵化讀者。因為詩從來就是一種「雙向」創作活動，除非鎖在抽屜裡不拿出來。

再說，如果認為詩的形式可以鑄造成固定不變的「模式」的話，那麼，至少是把詩的形式和內容分割了開來，而這卻是詩創造所忌諱的。舊的格律詩之所以被拋棄，恐怕主要是它背負的那一具僵硬的「殼」，把它的生命禁錮死了。

詩如果是「鳥」的話，絕不應該鎖在「籠子」裡。

詩的形式與詩的內容一樣，絕對不能僵化。

詩的形式是詩的生命形態，不能給它套上枷鎖。

必須停止「詩體模式工廠」的建設與生產，以不誤詩的創造。

## 二、詩體形式和意蘊

非馬在《詩人的自白》一文中說得很有幽趣：

我認為振興新詩應該：每個詩人尋找適合自己的表達方式。敲自己的鑼，唱自己的歌。

這就是說，詩的形式（表達方式）重在自己獨創。

詩的藝術強調獨創，不搞套路，不重複。無論內容和形式，都要有自己的創新。

無論在內容和形式上，詩人都應該是一個創造者。

優秀的詩人，都應該在詩的內容和形式上不斷創新。

日日新，篇篇新。

獨創，是詩人的靈魂，也是詩的靈魂。

非馬在答我的訪問時，說：

我寫詩，很少有先入為主的概念，特別是詩體。基本上，我所寫的詩都是自由體。每一首都有它自己獨特的形式，端由內容決定。初稿寫成後，我會再三在心裡誦讀，讓每個字都找到它最合適的位子，發揮它最大的功能。音節的波動、頓數的變化以及如何分行分節，都是這樣水到渠成自然決定的。唯一能稱為有意識的試驗的，是您舉出的那少數幾首有「建築美」的詩，但仍然是為了內容的需要。我覺得提倡格律詩，對年輕的詩人們來說是一種有害的誘惑，也是一種不必要的束縛。

非馬不主張寫格律詩，基本上寫的都是自由體詩。他的每一首詩都有自己獨特的形式，按內容的需要進行創造。包括：(1) 每個字的位子；(2) 節奏——音節的波動、頓數的變化；(3) 以及分行、分節等；都是依內容的不同自然而出。

非馬的詩的形式的獨創，突出地表現在詩體形式和詩的意蘊不可分割，詩體形式要表現詩的意蘊，不會是孤立存在的形式。

且任舉《春雷》為例：

半夜裡把我叫醒
說
聽
我蠢蠢欲動的心

這首詩的形式是獨特的，它的獨特處在於詩體的「象形」。它像門窗，也像耳朵。這就與詩的內容相關了。春雷響動的聲音，從門窗裡進來，或者，春雷對著你的耳朵說話。於是，詩人創造了詩的「象形」形式，不僅增強了詩的回味，也使詩的意象營造在具象上更加鮮明。

「說」和「聽」，這兩個字的位子特別講究，每個字各佔一行，而且貼近著，似乎真的一個在「說」，另一個在「聽」。節奏上──「說」──「聽」，也特別分明。

這就惟妙惟肖地描摹了詩人和春雷的親密無間，以春雷狀寫詩人關懷大地（世界、社會）的心，表現了詩人的一種「大入世」精神。

恐怕再沒有別的詩人，會以這種形式寫「春雷」的了。

另如第九章例舉的《一隻小藍鳥》，內容和形式結合得十分緊密，琢磨詩的形式，可以加深對詩的意蘊的理解。

那首詩，6個建行分作兩節。上三行象形天空，下三行體似大地，很有點像「乾」「坤」兩卦的卦形，取和諧、簡樸、純真之象，安然降落、歸返自然的詩意，深深蘊入其中。

可以說，非馬詩的形式創造，是由內容決定的，這是其一；其二，他的詩的形式創造，似乎又不止形式本身，形式也體現內容。若仔細琢磨，形式中已經蘊入了內容。

對他來說，詩的形式和詩的內容是一體的；詩的形式如同詩的一雙翅膀。詩若沒有翅膀，就會飛不起來；詩的翅膀如果不自由，詩就會飛得不高，並且飛起來也不自由。

第九章例舉的幾首詩，在詩體形式上都能體現詩的意蘊，如同這些詩長成了翅膀，在詩的天地裡自由地翱翔。

《孔雀開屏》用八行體，建構成兩個四行；且中間有三個句子較長，使八行詩形成一種「弧形尾」，成一種「開屏」狀，視覺上呈現一種「開屏」的圖象美。

《盆栽》的四行體，兩長兩短，突出「一扭一拐」的「踱度」象現。

它的音節也很講究：兩個「三、二」頓式，像是音樂以波浪在流動，又似「踱度」搖晃在詩人和讀者心弦之上。詩在形式上也展現了某種「音樂美」。

《故事》的四行體，以「二、二」行的建構，象形老人和狗兩兩相偎，蘊涵快樂安祥的「故事」

溫馨快慰。

第一章例舉的《山》，五行體，用「四、一」建構，有「山」的突兀感。象形山之巔，給「山、父親的背、民族的脊梁」，以一種巍峨雄麗的合一意象。

第三章《傘》的五行體，用「三、二」建構，象形一高一矮二人共傘的欣慰狀。蘊入「俯身、踮腳」擁吻的親昵、柔麗種種意蘊。

《夏晨鳥聲》（第九章），五行摶作一體，出一種慵懶滿足狀。詩的形式上的「象形」、「圖像」，給詩的意境、境界以一種「畫面」感。

再讀《冰燈》：

讓被凍住歌聲的松花江
昂起頭來
向冰雪的天空挑戰

讓萬紫千紅巍峨的夢

去溫潤
冬日嚴酷乾澀的心

《冰燈》的意象，讓人懷抱憧憬，以一顆光明透亮的心，去溫暖和照亮世界。

它讓人在困厄、挫折和寂寞之時，不消沉，不灰心喪氣，而是積極向上，靈魂自由翱翔！

這首詩的詩體形式，也表現詩的意蘊。

它形同冰雪的天空裡，聳立起兩座冰宮，舞動著，亮起冰燈，給人以亮麗、溫馨的希望和憧憬。

對於非馬詩體形式的這種種闡釋，不是後現代主義的「誤讀」，而是把傳統的「詩無達詁」用在詩體形式上，是就非馬詩體創造的「象形」、「圖像」性而言。

這就使得詩有什麼樣的內容，就有什麼樣的形式。

非馬為了打破「四、四……」的「慣性詩體」，使詩的分行、分節更為自由，他就按內容的需要，不拘一格，用了「三、一」、「三、二」、「三、三」，「二、二」、「二、一」，「一、一、一」、「一、一、一」，以及「四、三」、「四、五」等，種種分行、分節的體式，有意識地避免或很少使用「四、四……」體式，這也可以見出他追求詩體形式自由的良苦用心啊！

非馬的詩體結構，還有一個十分明顯的特點：那就是比任何一位詩人，都更多地使用「一字行」。

他的「一字行」的使用，仍然是為了配合詩的意蘊，使詩的某種意蘊更加突出，在意象營造上更加獨到。

這方面的詩例太多，舉不勝舉，前面的詩例中已有不少。典型的詩例有《鳥籠》、《醉漢》、《魚與詩人》、《黑夜裡的勾當》、《蚱蜢世界》、《花開》等等。

如《醉漢》第二節：

左一腳
十年
右一腳
十年
母親啊
我正努力

向您
走
來

「我正努力向您走來」本是一個詩句，現在將它們分割成數行，又特別將「走來」分割成一字一行，造成一種尖銳、突兀印象，令人有迴腸蕩氣之感，心頭不由滋生種種酸甜苦辣滋味。

詩的行列分割之後，每一步「走」的努力，表露的「不只是抑制悲情要叩開鄉關」的陶醉情態，更是「不知要擺脫多少內心的交戰，外界現實的阻礙和困擾啊」！

這種尖銳、突兀的割裂分行，最充分地表現了詩的內蘊一種如火如荼、如醉如痴的「鄉情」——詩人懷念祖國母親的一往深情，得以最充分地表白出來！

可以看出，這裡的「一字行」分割，擔負著強調主題意蘊的任務，並非隨意為之。

詩體形式自由的規律也就在這裡：它受內容支配，為內容服務；但是，它本身可以影響內容，可以最充分地表達和發揮內容，以達到最完美的境界。

如果不是這樣，再自由的形式也會沒有用處。

讀《颱風季》：

每年這時候
我體內的女人
總會無緣無故
大吵大鬧幾場

而每次過後
我總聽到她
用極其溫存的舌頭
咧咧
舔我滴血的
心

「心」，成為整個這首詩的「一字行」。

這首詩把全部的意蘊落在一個「心」字上，表現詩人的一顆憂心。

一顆大靈魂之心！

詩人的大憂患意識！

人、人類社會和自然全息。颱風不只是自然的颱風，也全息社會的「颱風」，那是人類更可怕、更兇險的「惡作劇」。

詩人的目光，關注整個人類、人類社會。

戰爭、恐怖活動、飢荒、瘟疫流行種種，都是人類社會的「颱風」。

詩人對「颱風」席捲的「苦難海域」、對受難遇險的「船舶」和人們、對人類可能遭到的厄運憂心如焚，殷切關心。

這是詩人的良知使然。

「良知」是詩人——「我體內的女人」。

這時候，她總會煩躁不安，「大吵大鬧幾場」。她承受不起「颱風」席捲帶來的打擊和傷害。

於是，詩人體內也出現「颱風季」。

當她看到詩人的「心」受傷、「滴血」時，便「用極其溫存的舌頭/咧咧」地「舔」！

詩人的這顆「心」，被灼熱了，被炙燙了。人類應該受到良知的啟迪。

拯救「颱風」對人類的襲擊，也拯救人們的靈魂！

## 三，獨創，贏得自由

仍然存在一個詩體解放的問題。

目前有一種值得重視的趨勢：新詩有再次被「纏腳」的可能。

一種較有代表性的看法是，現代漢詩的詩體，在走向某種「規範化」的模式。其理由是：現代漢詩應該從近乎紛亂的無序走向有序。

因此，詩界在鼓動提倡新格律詩。

他們祈盼時間的流動能迎來「有序」，更祈盼大詩人的經典詩作的「幅射」。

前面說過了，自由體新詩不會再給自己找一個固定的詩體模式，不會重新裹纏自己的「天足」！

詩是天生的不要「模式」的！無論內容的還是形式的「模式」，一概不要！

詩，不要「手套」，不要「籠子」，不要「裹腳布」！

理由是顯然的。

新詩詩體的走向，會是由「無序」走向「有序」；但它並不止於「有序」，而是要走向高層次的

「無序」。「有序」只是一種過程。

無序（低層次）↓有序↓無序（高層次）。

詩體形式，最終會走向最高層次的「無序」。

大詩人的經典詩作，在詩體形式上，一定不會是「模式化」的，而一定會是最自由的，抵達最高層次的「無序」。否則，就不會有「幅射」力，也就不「經典」了。

有序只能有限，無序才是無限。無限才是最高層次，最高境界。

新詩的自由體，要想獲得真正的自由，就得在詩的內容和形式上獨創，尤其是形式上不斷創新。這樣，才能由有限走入無限。

非馬以其詩體形式的獨創，把新詩的自由體發展到最自由的程度，向「無限」的最高層次走去。

在追求詩體形式的自由上，非馬是最不受拘縛的詩人。

他所創造的詩體形式，除了有繪畫美（象形、圖像）、音樂美（音節的波動、頓數的變化）之外，還另具一種建築美。這三種美是相互聯繫的、合一的。

建築美是另一種體態美。

讀《都市即景》：

慾望
同
摩天樓
比高

鋼筋水泥的
摩天樓
一下子便甘拜
下風
對著
自它陰影裡
裊裊昇起的人類慾望

此詩的形體，如同都市的高樓建築，是一個系列建築群。

它成為一種直角三角體，像是十字街頭的一個樓群。

——它仍然與詩的意蘊和所描摹的具象，有形體相似的聯繫。

聳立十字街頭的參差不齊（也可以看出殘缺）的高樓大廈，是人的慾望堆砌而成；但它正在表明，現代都市逐漸被人類慾望吞噬，甚或將被慾望轟垮。

現代化都市帶來高樓林立、電氣化種種，但它的「商業化」污染，和它的工業「三廢」污染，將使它自身解體；尤其是「商業化」污染，還將使人的靈魂瓦解。

用金錢衡量一切，也使「高樓」低俗化。

金錢可以堆砌現代都市，金錢也可以瓦解現代都市。

金錢可以使現代都市興盛，也可以使現代化都市墮落。

慾望可以成為目標，慾望也可以轟毀目標。

《都市即景》的意蘊和詩體，都是非馬的獨創，看得出在構思和想像上，是十分自由的，沒有束縛的。

此詩詩體形式的創造，也可見出充分發揮想像的重要，想像的發揮能贏得自由。

詩人的想像力，把慾望和高樓聯繫起來並加以比較，便創造了這一詩體形式；並且在一定程度上，實現了內容和形式較完美的結合。

再讀《日出日落》：

日出
畢竟
為宇宙的事
煩惱得
睡不著覺的
不止我一個人
看你的眼睛
也佈滿
血絲

日落

紅冬冬
掛在枝頭
是大得有點出奇

但滿懷興奮的樹
卻脹紅著臉堅持
這是他一天
結出的
果

這首詩的詩體形式更值得注意，它又是非馬的獨創。

這是一種「球體詩」，兩個半球體的組合。

為什麼會想到用兩個半球體進行組合，而成為一種詩體？

這也是詩人的想像使然，想像力自由發揮、充分發揮的結果。

日從東邊出來，東半球體成為「日出」。日從西邊落下去，西半球體成為「日落」。二者組合成一個太陽（日）。

這種「球體詩」的詩體形式，是與詩的內涵相聯繫的。詩的內涵，展現一種「大入世，大出世」精神，乃宇宙精神。

「日出」，寫「大入世」，為事業奔忙，像「日出」一樣，為宇宙忙碌，睡眠也不能安穩。眼睛佈滿血絲，寫日也寫人。人、日全息。

「日落」，寫「大出世」，奔忙結出事業之果，並非為名利權勢征逐；而是一種事業的榮耀感，一份興奮和欣慰，一種美好的慶幸。

具象與抽象密切吻合。

衡量一個詩人藝術造詣的高低，很重要的一個方面，得看他對詩體形式的創造力如何？缺乏這種藝術基本功的詩人，難以冠之「大詩人」。

詩體形式的創造，也是駕馭語言的一種藝術，不願意或不擅長於此下功夫磨練，也難以創造出名詩、大詩來。

非馬的詩體形式的創造，因為是從詩的內容出發，依詩的內容不同而千變萬化，所以，不僅詩體形式的自由可以發揮到最大程度，也更好地解決了詩體形式和內容表達上的矛盾，有利於詩人自由抒寫，使自由體新詩真正成為靈魂和生命的「棲所」。

尤其是非馬講究字、詞彙組合，行式、節式排列，更體現出現代漢語方塊字的形體美學，詩體形式的「建築美」、「繪畫美」等，更有益於詩的意蘊的表達，使詩的體式成為名副其實的「詩意棲所」，不僅成為意蘊的歸宿，更具有暗示指向的形式，直接標示出生命的完美活力。

既然承認詩體形式是一種藝術創造，就不應該制造固定的詩體模式。既然詩人的藝術個性不同，就不可能使用和困死在固定的詩體模式裡。詩體形式除了受詩的內容決定外，它還蘊涵並體現詩人的藝術個性。不同藝術個性的詩人，所創造出來的詩體形式一定是千差萬別、千變萬化的。

詩的形式一旦創造出來以後，它就獨立地站立起來；它們像樹木一樣，是站立在內容的「土地」上的。

不僅樹木的品種千差萬別，不同的喬木、灌木，落葉的，不落葉的種種；
樹木的品性也不一樣，剛勁、柔韌，粗獷、細膩種種；
就連各種樹木隨風搖曳的婆娑姿影，也會是千變萬化的。
如是，詩的形式也會是千差萬別、千變萬化的。

話還得說回來，反對詩體形式的「模式化」，詩不要「手套」、「籠子」、「裹腳布」等，並不是要去干涉或禁止寫古體格律詩或寫新格律詩。

新詩既然允許在詩體形式上「自由」發展，那麼，只要對詩的意蘊表達也還有些好處，運用得好，不太束縛詩的內容展開，格律體或新格律體詩的存在和發展，也在詩體形式自由的範圍之內，應當任其自由發展。

倡導是一回事，自由生存發展又是一回事。

註：

①《漫談小詩》，1997.1.8。

② 1985 年《笠》詩刊 128 期。

# 第十八章　大簡大美

在非馬詩集《非馬集》①的後一部分中，有不少關於非馬詩的語言的評論。大家幾乎一致性地用「精煉」、「精簡」、「簡潔」、「平易」等詞彙，描摹非馬詩的語言特色——「簡」而論之。

我用「質而自然」四個字，概括非馬詩的語言特色，有「從賢如流」的意思。我說的「質而自然」，也含「簡」的意思，在高層次上。

「質」是質樸；「自然」，自然而然。這便是：大簡。

這也是非馬的人格、氣質、情趣所決定的。

宗鷹第一次見非馬的印象：「他的打扮那樣素樸無華，他的言談如此謙和無嘩」。也就是「質而自然」。

## 一、說「簡」

非馬自己也喜歡這個「簡」字，他還用過「精簡」、「濃縮」等詞彙。

非馬在芝加哥中國文藝座談會上講現代詩時，說過這樣一段話：

一首成功的現代詩一定是經過千錘百煉，在主題上在語言上都嚴密得無懈可擊。用最少的文字負載最多的意義。一個字可以表達的，絕不用兩個字。因為一個不必要的字句或意象，在一首詩裡不僅僅是浪費而已。它常常在讀者正要步入忘我的欣賞之境時絆他一腳，使他跌回現實。詩的濃縮也要求我們避免用堆砌的形容詞及拖泥帶水的連接詞。過量地使用連接詞或形容詞，必使一首詩變得鬆軟疲弱，毫無張力。②

**非馬在芝加哥《文學與藝術》講座上，談到詩的「精簡」時說：**

我認為詩是以最經濟的手法，表達最豐富的感情的一種文學形式。換句話說，詩人的任務是用最少的文字，負載最多的意義，打進讀者的心靈最深處。③

**非馬反復強調：「用最少的文字，負載最多的意義」。**

**這就是大簡。大簡的最好概括。**

**大簡，不繁。屬於「不著一字，盡得風流」④一路。**

中國古典詩歌有「簡」、「繁」兩路之分。

如王維「要言不繁」，王績「每事問」。王績相當於畫裡的工筆，而王維則相當於畫裡的「大寫」。錢鍾書先生在《中國詩與中國畫》中說：「王維彷彿把王績的詩痛加剪裁，削多成一。」

畫而論，北宗畫「堆金積粉」，南宗畫「簡遠高逸」。

非馬以「簡」入「心」，打入讀者心靈深處；而不是在讀者步入忘我欣賞之境時，「絆他一腳」。這就不落俗套，見「大美」之心。

我們讀過他的《山》⑤，以「父親的背」造出「山」的意象，圖騰華夏民族承受大苦大難而不屈，「仰之彌高」的精神。全詩僅5行，21字。爐火純青，加字、減字都不行。「意少一字則義闕，句長一言則辭妨」⑥。

這就是「大簡」。也是「以最經濟的手法，表達最豐富的感情」。《盆栽》⑦4行，22字，尖銳地抨擊了那種「跛度一生」，成為擺設的「奴性」人生，呼籲對靈魂自由最高人格精神的追求。

你能作出增、減麼?試試。

我們再來讀一首《太極拳》：

每天早晨
總要面向東方
小心翼翼
捧起
被黑夜蛀空了的
太極
摩挲推捏
成一個
滾紅滾紅的
太陽

大詩。

短詩寫得這樣簡練而內涵又極豐富的，應算「神品」了。

這裡，蘊涵一種美哲學，能啟迪人的「靈性」。

中國道家的美哲學是：「天下萬物生於有，有生於無。」⑧

「無」是生命的根源。「無」是一個生命體，最大的生命體。生命本體。

一個宇宙，生機盎然的宇宙。

太極，即無極，即宇宙。

「捧起／被黑夜蛀空了的／太極」，以太極拳「摩挲推捏」，是人和宇宙彼此相吭吸的全息活動，即人和宇宙全息。

於是，太陽出來了，人與太陽兩相輝耀。

人的心靈裡，也昇起一輪「滾紅滾紅的／太陽」。

有形和無形全息，出一種「大渾融」的宇宙精神。

這是非馬的創造。大視野，大智慧。

他以此呼喚東方、呼喚祖國：祈希祖國如旭日東昇，繁榮富強。

「捧起／被黑夜蛀空了的／太極」，有雙重涵義。即除了「太極拳」的涵義外，還營造了一種獨創性意象：「被黑夜蛀空了的／太極」，象徵曾經多災多難、貧窮落後的祖國。

「被黑夜蛀空了」包括帝國主義列強侵略、封建專制統治以及人為的種種「干戈」等，把祖國吞噬空了。「太極」也第一次成為「祖國」的代詞。

這意象——由貧窮落後而旭日東昇的大過程意象，非馬第一次創造出來。

以「太極／摩挲推捏」，捧舞起「滾紅滾紅的／太陽」的具象，也是由非馬第一次捕捉到。

語言的新奇，在於意象的創新。

以「簡」造出大意象，才是「大簡」。

再讀《從窗裡看雪》：

被凍住歌聲的鳥
飛走時
　　掀落了
枝頭
　　一片雪

此詩18字，大簡，大美。

從窗裡看雪，看到的是一顆自由不羈的靈魂。

鳥，被凍住了「歌聲」，暫時不能再唱；
但它的翅膀可以「飛」，靈魂可以自由翱翔。
它飛走時，還要掀落「枝頭／一片雪」，向「雪」作一次小小挑戰。
告訴人們：不要怕困難，不要向壓力屈服，揚起你的風帆！

詩的語言，有一種概括美。詩的語言的高度概括，是一種藝術抽象；它不同於哲學抽象，它是有「象」的。

藝術抽象將自然具象、社會事象昇華，營造出意象。

「簡」，便是一種語言的高度概括的美。它由藝術抽象造成。

藝術上的高度概括，便是藝術抽象。藝術抽象抵達了高度，詩才能「簡」。

真所謂：「意高」才能「筆簡」。

此詩的藝術抽象，叩向了高境。

因此，煉字、煉句、煉象，煉的是藝術抽象能力，不單是文字節約的問題。

## 二、匠心獨運

詩是一種最高的語言藝術。
語言的「質而自然」，不是初級自然，而是匠心獨運。
台灣李弦、張漢良、陳千武論非馬詩的語言⑨，說：

非馬的語言觀，反對「用謎語寫詩」，也反對「一窩蜂用俚語寫詩」，因此，他的語言是精煉的口語，而非俚俗，這是笠詩社所追求的理想，而非如人所疵議的淺俗或淡白。

非馬是一位關懷社會的「介入」詩人。雖然如此，在語言上，他並不主張平白俚俗，反而嚴格要求鍛煉、創新與精簡。他說：「詩的口語化不是把詩牽進幼稚園去唱遊。一窩蜂用俚語寫詩，同一窩蜂用謎語寫詩的結果是一樣的：詩壇的偏枯。一個字可以表達的，絕不用兩個字；前人或自己已使用過的意象，如無超越或新意，便竭力避免。」

非馬的詩，又沒有難懂的語言。他用平易的日常語，表現日常的動作、事象，沒有什麼特殊的「做詩」的姿勢，很自然的語言表現給人有親近感。他用這種手法，卻能寫出微妙的詩境，訴於讀者有其突發性的思考、異想的衝擊，獲得意想不到的快愉。

非馬詩的語言，似粗非粗，似拙非拙，看似「平常」非平常。

高了一個層次。

總是於自然中見匠心獨運。

低層次「自然」，只見平淡，沒多少藝術匠心，經不起細品。

高層次自然，應該是有「匠心」；而又進入「化境」。

非馬的詩就是這樣，經過虛實相應的設計，看不出「技巧」「藝術」在，而達到了「無技巧」「無藝術」境界。

看起來「平出」、「拙」，實際上是「大巧」。看起來一點不費勁兒，其實有一段嘔心瀝血。

這就是高層次自然。

非馬詩的語言「平易」，使人不覺得深奧，又有一種「親近感」，才有可能往深處走入「幽境」。

他的語言平易，不是平庸、容易，而是外表質樸，內蘊深厚相統一。

他的語言平易，出空靈、飄逸之詩境。

讀《瀑布》，就知非馬語言的平易、自然，帶來詩風的飄逸、灑脫，更帶來人格精神的飄逸、灑脫。

吼聲
撼天震地
林間的小澗不會聽不到
山巔的積雪不會聽不到

但它們並沒有
因此亂了
腳步

你可以看到
潺潺的涓流
悠然地
向著指定的地點集合
你可以聽到
融雪脫胎換骨的聲音

永遠是那麼
一點一滴
不徐不疾

你一讀便知，這首詩語言最大的特點，是自然、平易而且極為親切。好像是沒有技巧、藝術，卻是匠心獨運，高層次自然。最重要的是它把詩的思想意蘊，恰到好處地表達出來。這種表達，真是自然而然的流露，一點兒也不做作。

非馬的匠心獨運，就在於用平易、自然的語言，親切地表達深邃的思想意蘊，讓人在不知不覺中受到思想啟迪、情操感染，也得到藝術享受。

依我看，包括音律美在內（讀起來朗朗上口），沒有比這首詩的語言更自然的了。

瀑布是一種風景，造成這「吼聲／撼天震地」風景的是誰？——「瀑布」是怎樣掛上倚天絕壁的？詩暗隱一問，問在讀者心坎上。

接下來，詩出兩個「否定之否定」句式：

林間的小澗不會聽不到
山巔的積雪不會聽不到

這兩個「否定之否定」句式，乍讀似乎有些「怪異」，但它們造成一種加強氣勢，對林間小澗和山巔積雪卓著功勛的肯定！

——是林間小澗和山巔積雪那種無聲無息、不事聲張的勞作，默默無言的耕耘。

——是它們造就了轟轟烈烈，造就了舉世奇觀！

然而，它們沒有不可一世的傲慢，而是不驕不餒，「腳步」不亂。

又一種飄瀟的揮別，什麼也不帶走。

這是詩人所弘揚的一種人格精神，一種「大出世」的飄逸、瀟脫。

然而，詩人又用兩個「你可以——」的「設或」句，表現他的觀察和發現是很「入世」的。

詩人觀察、發現了林間小澗和山巔積雪希圖建樹的心情：

潺潺的涓流
悠然地
向著指定的地點
集合

融雪脫胎換骨的
聲音
永遠是那麼
一點一滴
不徐不疾

然而，它們毅然甩脫名利權位，在「兩極」之間只是順應時勢，發揮所長，之後則安享平淡。做「大入世」的事業，真實，熱情，執著；立「大出世」的精神，飄逸，瀟灑，天然。

我們還可以看到，詩人用詞遣句的心思獨到，出語天然。如：融雪以「脫胎換骨」形容，不僅貼切、諧合，更兼具象徵意義；

而潺潺涓流用「集合」寫真，既顯現聽從事業召喚的情態，也是一種人格精神的凝聚。真是：「一語天然萬古新，豪華落盡見真淳」。

語言和詩風緊密相聯。

非馬質而自然的語言，時而表現為凝重、洗練，時而又轉換為平易、清淳；因而非馬的詩風，時而顯得雄放、迭宕，時而又飄逸、灑脫，出一種「靈性」。

《山》的語言洗練，象徵飽滿，「可塑性」強，造成詩風突兀、雄奇。

《黃河》一詩（見第五章）的語言樸實、渾厚，其詩風之雄放、迭宕，更顯大氣磅礴。

一個「溯」字的迭宕，撼天撼地撼人魂魄！

只有非馬這位華夏子孫，才會把黃河之「溯」，寫得如此雷霆萬鈞般擊人心懷，才有這般深沉的歷史內蘊！

別的詩人即使有如此氣魄，也難有這種飽蘸血淚的筆觸。

一「溯」而下，詩的語言的象徵力，本身具一種雄放氣勢。

黃河的滾滾濁流，不只是裹挾華夏民族的品性和經歷，也裹挾民族的血淚。

一個「溯」字，所展現的象徵性思索之恢宏，象徵性構思之巧妙，無可比擬。

寫黃河之佳篇，古今不乏。惟其「溯」，非馬獨卓詩壇。

青海巴顏喀喇山，是我們民族之「眼穴」——「苦難泛濫」之「眼穴」，也是非馬獨具隻眼之超然發現。

此語樸實無華，但它一出，足夠令此詩為不朽之篇！

黃河「千年難得一清」的滾滾血淚，從民族苦難深沉的「眼穴」流瀉而出。

這樸實的語言，其象徵的「可塑性」和張力何其大！

歷史和自然全息，人和宇宙全息。

讀《觀瀑》：

深山中
多的是幽洞玄天
可以獨坐
可以冥想

我卻仰頭站在這裡
滿懷喜悅

看萬馬奔騰的水壁
滔滔
湧現禪機

此詩九行之間，語出一句「我卻仰頭站在這裡」，怡然，逸然。
於是，詩意盎然：在榮利面前，做壁上觀，超然出世。
於是，詩風悠然，飄然。能拒絕這首詩嗎？能說不喜歡非馬的詩嗎？
兩個字可以描摹我這讀者的心緒：愛極。
「看萬馬奔騰的水壁／滔滔／湧現禪機」，真乃「絕妙佳詞」！
一種不受榮利羈縛的瀟灑，傾瀉心頭。
一顆不羈的自由靈魂，飄逸而飛。
萬馬奔騰的水壁，或為一場滔滔征逐之戰，豈能執迷？
出一「看」字，擺脫了一切外在、人為條律的壓迫，找到了真正的自我，找回了本真！還原了心靈上的寧靜。

非馬的詩風，既雄放、迭宕，又飄逸、灑脫。

這是詩的品性，更是詩人的品性。

## 三、創造性活力

詩不能沒有語言，沒有語言進入不了詩的審美。

但詩不能停留於語言，不能拘泥於語言。

詩拘泥於語言，就不能抵達「忘言」、「忘象」的最佳審美境界。

所謂「不著一字，盡得風流」，指的是詩的語言的創造性活力。「不著」便有「不停留」、「不拘泥」的意思。

早先，《周易》、《莊子》便提出了這種對語言的要求。

《周易・系辭上》提出「立象以盡意」；《莊子・外物》主張「得意而忘言」。

晉代王弼的《周易略例・明象》發揮說：「言者所以明象，得象而忘言；象者所以存意，得意而忘象」，對於《周易》和《莊子》關於言、象、意的關係，作了溝通。

所謂「立象盡意」、「得意忘象」，都是著重強調，語言不要拘泥和執著於具象的「有限」，而應能妙悟出象外或言外之「無限」意蘊。

詩在擺脫邏輯、教條的硬殼束縛之後，需要的便是新鮮的語言，和語言所呈現的極富內涵創造的心靈。

非馬的詩的語言，是經過提煉的口語和平易自然的書面語言，樸實無華；但極富創造性活力，極富生活的色彩和思想的內涵。

詩人的創造力，在於鍛煉和開掘語言的創造性活力。

非馬說：

一個有創造能力的詩人，能夠把明白易懂的語言，鍛煉得清新脫俗，充滿詩意；而一個沒有創造能力的詩人，卻往往會把本來華麗典雅的的語言，搞得俗不可耐，生氣全無。⑩

語言是詩人一種生命狀態，詩人應保持語言的純潔性，擺脫「工具」性，充分發揮語言的創造性活力。

非馬的詩，語言見情，樸實，親切，自然。但非馬的語言功夫不止於此。

詩的語言的樸實、親切、自然，只是語言的「自在」性。
詩的語言，應該昇華而為「靈性」化。
非馬是一位創造的詩人，他的語言不止於「自在」，而甚富「靈性」。
如果非馬的語言，只停留於見情、樸實、親切、自然；那麼，他的語言一定會偏於直實、淺顯。
而他的功夫，恰恰在於不停留、不拘泥於語言。
他把樸實、親切、自然推向了高層次。「靈」的層次。
他的功夫在「言外」、「弦外」、「象外」。
他的語言始終處於一種生命狀態，極富創造性活力。
讀《籠鳥》：

好心的
他們
把
牠
關進牢籠

好使牠唱出的
自由之歌
清亮而
動心

這首詩的語言，最樸實、自然不過；但它的妙處在於「忘言」，不拘泥。有一個夠甚富語言彈性的創造空間，任讀者發揮想像力去創造。

語言的彈性，就是語言的多義性，見仁見智；語言的彈性，就是語言所包涵的意蘊，由有限走向無限，由「自在」性走向「靈性」。

我讀《籠鳥》，見「玩鳥者」的一副嘴臉。他們的「好心」，是一種殘忍之心。禁錮自由，是最大的一種殘忍！所謂「籠鳥」的「自由之歌」，是靈魂不屈的吶喊。「玩鳥者」的專制，是他們把自己的開心、享樂，建築在「籠鳥」的痛苦之上。詩人為「籠鳥」鳴不平，但他「不說出來」罷了。

他是「以不說出來為方法，達到說不出來的境界」。

這就是他的語言境界，是一個無限的創造空間。

詩人非馬做人很直爽，很坦率，很樸實。但他做詩不是這樣。要不然，詩就是「大實話」了。

非馬是位美學傾向隱秘的詩人。他的那首《獨坐古樹下》的詩（見第六章），「據說一批習慣於〝張口見喉〞式詩歌的朋友們，在多方探討仍不得要領的情況下，最後只好嘆口氣，宣佈它是一首〝朦朧詩〞。」

這說明，詩人非馬重的是「隱秘」一路。

詩貴「隱藏」。

1994年5月，非馬在芝加哥西郊波特畫廊舉辦個人畫展時，有兩位華人觀眾由他的畫談到他的詩。一位說：「非馬的詩裡有許多東西，但不是一眼便能看得出來。」另一位說：「是呀，他在詩裡連罵人都不直接了當地罵，總要拐彎抹角。這個人似乎有點〝藏〞。」

詩的「隱藏」，是詩的本質品性，一種十分可貴的品性。

非馬說：

一首成功的詩，總帶有多層的意義及足夠的空間，讓讀者憑著各自的生活體驗，去選擇去想像去填補去完成去共享創作的樂趣。詩不是電器使用說明書，我們不能太執著，要求它把話說得清清楚楚，明明白白。

一首成功的詩，應該給不同的人在不同的時空下，以不同的感受。一旦把詩意套定，這首詩便不再繼續成長而成為一首僵化的詩。這是為什麼聰明的詩人通常都不願強作解人，去解釋自己作品的原因。

詩的語言直白、顯露，詩就只有一種固定的涵義，詩便窒息、「僵化」了。

詩的語言不停留、不拘泥，不「張口見喉」，才可以任讀者憑著各自的生活體驗，去做各自的創造，去伸展語言的「彈性」。

詩的語言包融不固定的涵義，詩意不會被「套定」。這樣的詩，讀者才能夠和詩人「共享創作的樂趣」。

讀《微雕世界》：

橫放
直放
或斜放
這米粒上的宇宙
才能有更多的空間
繼續膨脹

其實，詩的語言也應是「微雕世界」，應該擁有廣闊的空間。一「字」，一宇宙。詩的語言，也應像觀賞「微雕世界」一樣，具有藝術欣賞的多視角。每換一種視角，都會「膨脹」出宇宙的不同空間。每換一種視角，都會「膨脹」出另一個宇宙。這是語言藝術的「空間美」。這也是非馬說的語言藝術的「濃縮美」。詩的語言藝術和微雕的語言藝術是相通的。

非馬的詩的語言，處於一種生命狀態；準確些說，是生命的「靈性」狀態；而生命的本真，便是創造性的活力。

詩人洛夫寄給非馬一張賀年卡，附一首《無題》小詩：

假如你是鐘聲
請把回響埋在落葉中
等明年春醒
我將以溶雪的速度奔來

誰知洛夫一唱，便有了非馬的《新詩一唱十三和》。

這就不僅打破了新詩「不能唱和」的戒律，在新詩形式上創新；又開啟了詩人之間彼此在語言藝術上以創造性活力相溝通，相激勵的新風。

鐘聲埋入落葉，春醒驚動溶雪，一道做催生萬物的工作。積極，樂觀，充滿友情。

鐘聲「埋」入落葉，語言的「觸」感是「靈性」的，「靈觸」，看不見，摸不著。而以「溶雪的速度」（當是一瀉千里）描摹人的「奔」走，此種快捷，也是力莫能及。語言「彈性」度極大。

這首無題詩，實則有一暗題：《春醒》。

「春醒」一詞，亦富「靈性」：春醒是富有創造性活力的。春，可以「醒」萬物，呼喚、孕吐萬物萌生、茁長。

非馬語言的創造性活力，被大大地激活了。

洛夫詩語言的「彈性」，「彈」動了非馬詩語言的「張力」。

非馬抓住其中含題的一句：「等明年春醒」，來了一番應和的「靈動」：

一

假如你是太陽
請把最後一道強光收入陽傘
等明年春醒
我將為你撐出滿天絢爛

二

假如你是臨水的樹
請把倒影凝凍池底
　等明年春醒
我將為你呵出一鏡子的天光

太陽光「收入」陽傘，樹影「凝凍」池底，都是「靈動」。「撐出滿天絢爛」，「呵出一鏡子的天光」，都在「靈」的層次上。「靈觸」，一般感覺不可及。語言極富「靈性」。暗含春和日麗，光明普照大地，春意、春情化生萬物，萬物自由競長……

這些詩的語言，大都創造、孕有一種「靈美」。

「靈美」漾入人的心頭，讓人得到許多慰勉：豁達，上進，不為名利困擾；幽靜，清涼，性靈上自由適意，精神得以超拔。

非馬詩的語言創造「靈美」，諸如詩中「陽傘」創造「撐出滿天絢爛」，樹的「倒影」創造「呵出一鏡子的天光」等，都出「大象」，無限。

非馬詩的語言，質而自然，昇入「靈」的層次。

註：

①生活・讀書・新知三聯書店香港分店1984年12月香港版。

②《略談現代詩》，載《笠》詩刊第80期。

③《中國現代詩的動向》，載《笠》詩刊第121期。

④司空圖：《二十四詩品》。

⑤見第一章。

⑥劉勰《文心雕龍》。

⑦見第九章。

⑧《老子》第四十章。

⑨《論非馬的三首詩》，《非馬集》第62、65頁。

⑩《精簡・朦朧・藏》，載《僑報》1994.5.27。下同。

# 尾象

這部書寫到這裡，似乎未完。

《周易》最末一卦是「未濟」，未完成。

我欣賞一種「未完成」美，書中專題寫了一章，心緒如此。

只好把有些內容寫在這裡了。

非馬的一生，是詩和「核能」的一生。

核能不是詩；但非馬的詩，卻也是「核能」——另一個層次的「核能」。

我認為，二者比較起來，詩對於非馬來說，是比「核能」更重要得若干倍的事。

得從兩個方面說這事。

一方面，核能（科技）工作是他的職業，一種謀生工具。它使非馬能放心大膽地從事詩創作，不致斤斤計較或患得患失。

非馬答訪我時，引孟子的話說：「學問之道無他，求其放心而已矣。」孟子這裡說的「放心」，正是非馬從事詩創作所追求的，一顆「放達」之心，不斤斤計較或患得患失，而讓靈魂自由翱翔。

此語用在這裡，也有現在的「放心」之意。

畢竟，詩創作只是非馬的一種業餘活動而已，搞不好還可回到他的本行去。

對於藝術創作，這話顯得特別真確。

再說，核能（科技）工作無疑也帶給他某些方面的成就感與滿足感，不僅僅是有形的經濟報酬而已。

另一方面，由於對詩及藝術的愛好，非馬其實並沒把全副精力放在核能（科技）工作上。否則，他一定能取得更大的成就。

他在廣州的一位堂哥，看到國內對楊振寧、李政道等科學家們的尊崇，便不止一次提出希望他別再「不務正業」了。

非馬回答說：「像我這樣的科技人才，在美國多如過江之鯽；但能寫出非馬詩的，或做出非馬的繪畫及雕塑的，卻只有非馬一個。每個人都得為自己找到一個最合適的方式，在一生中做出對人類文明最大可能的貢獻。」

至於說到詩的張力與「核能」能量孰大？非馬說：

「詩的張力與核能，分屬兩個平行的不同世界，一個是精神的，一個是物質的。物質的力量再強大，終有枯竭的時候。精神的境界則無窮無盡。當然，一個不重視精神生活的人，眼睛能看到的，大概只有物質的存在吧。」

非馬擔任過各種詩文組織和詩歌活動的組織領導工作，主要職務有：

1989 年發起創辦北美中華藝術家協會並任理事

1993 年當選伊利諾州詩人協會第二任會長

1993 年擔任第一屆「臨工獎」評委。

1996 年擔任佛羅里達州詩人協會擔任詩賽評審。

2000 年擔任佛羅裡達州『棕櫚樹岸詩人協會』的全國自由詩獎；《新大陸詩刊》世紀詩賽評審

2003 年擔任網上「新詩歌七十年代後擂台賽」評審

2004 年擔任美國詩人反戰網站華文編輯

2005 年擔任《常青藤》詩刊編委及漢英雙語詩學季刊《當代詩壇》編審

2007 年擔任「華河杯」中外華文詩歌聯賽顧問及終選評委及《當代世界華人詩文精選》編委會顧問

2009 年擔任芝加哥郊區美國作家團體的詩賽評審

2011 年擔任《2009—2011 年中國最佳網絡詩歌》特邀編委

2012 年擔任 2012 年度『張堅詩歌獎』評審

2013 年擔任國際新移民華人作家北美筆會作家詩會大賽評審

2014 年擔任【譯詩論壇】評審

2015 年擔任《威爾達 - 莫蕾絲詩挑戰》評審

歷年來受聘擔任的顧問及榮譽職位，計有芝加哥華文寫作協會、美國華文文藝界協會、《新大陸》詩刊、北京新詩歌社、《漢詩世界》、全美中國作家聯誼會美中分會、《詩天空》、美華文學論壇及中國微型詩、廣東校園文學網、《藍》國際女性詩社、《中國詩賦網》、無界詩歌藝術沙龍、北美華人文學社、夏威夷華文作家協會、《詩・心靈》、翁山詩書畫院、《詩中國文學網》、《中國小詩》論壇、《情詩》季刊、《博客文學》、世界詩人協會、《現代新文學》雜誌、《雨後初晴文學網》及《滄溟論壇》網站、《中華詩人協會》、《香港詩人》、北美文學網、《歲月流虹詩刊》、《渤海詩報》、八仙微詩社等。另外還有《中國愛情詩刊》名譽顧問、第31屆世界詩人大會主席顧問、《魯風詩刊》終身藝術總顧問、《中國風詩刊》高級顧問、北京寫家文學院客座教授、中華風雅頌網站名譽站長、萬象文化傳媒總顧問、《大江詩壇》總顧問、國際潮人文化基金會名譽董事長以及國際潮人文學藝術協會榮譽會長等。

非馬的詩創作，曾獲多項獎勵，包括：

1 1978年，〈醉漢〉獲台灣吳濁流新詩佳作獎

2 1982年，獲台灣 1981 年度吳濁流新詩獎
3 1982年，獲台灣《笠》詩刊第二屆詩翻譯獎
4 1984年，獲台灣《笠》詩刊第三屆詩創作獎
5 1993年，英文詩作〈從窗裡看雪〉獲伊利諾州詩人協會會員詩賽第一佳作獎
6 1993年，英文詩〈越戰紀念碑〉獲芝加哥《詩人與贊助者》敘事詩賽第二佳作獎
7 1994年，英文詩〈鳥・四季〉獲伊利諾州詩人協會舉辦的自由詩類詩賽第二名
8 1995年，英文詩〈芝加哥〉獲 Loretta M. Sullivan Memorial Award 佳作獎
9 1995年 10 月，英文詩〈看瀑〉獲《詩人與贊助者》詩賽第一獎
10. 1995年 10 月，英文詩〈白玉苦瓜〉獲《詩人與贊助者》詩賽佳作獎
11. 1996年英文詩作 Name Dropper 獲『Poets & Patrons』詩賽佳作獎
12. 2009年譯作〈泰德．庫舍詩選〉獲首屆《詩潮》詩歌翻譯獎
13. 2010年獲第三十屆世界詩人大會英文組詩賽三等獎
14. 2014年詩作〈鳥〉獲世界詩人協會頒授 2013 年度十大金榜詩歌稱號
15. 2015年三首英文詩分獲《詩人與贊助者》詩賽第二名，第三名及第二佳作獎
16. 2015年詩作在明州人民紀念世界反法西斯戰爭暨中國抗日戰爭勝利七十週年系列活動之徵文中獲獎

17. 2016 年英文詩作獲《威爾達 - 莫蕾絲詩挑戰》第二名

18. 2016 年組詩獲首屆「DCC 杯」全球華語詩歌大獎賽三等獎

19. 2016 年〈懷鄉組詩〉獲第三屆韓江詩歌節詩歌大賽現代詩組一等獎

20. 1998 年英文詩 Vietnam War Memorial（越戰紀念碑）被張貼于美國教育廣播電台 Veitnam Stories Since The War（戰後的越南故事）網牆上並被多個美國退伍軍人網站所轉載

21. 2004 年英文詩 Memorial Day（國殤日）被選用於 Voices In Wartime（戰時之聲）紀錄片

22. 2009 年英文詩 Bridage 被選入 Oxford English: An International Approach Student Book 2（牛津英文：國際途徑學生讀本第二冊，牛津大學出版社）

23. 2015 年英文詩 The Post-It Note（留詩）被用作 How to Write a Poem（如何寫詩，Tania Runyan, T.S. Poetry Press）的題詞。

24. 2015 年英文詩 You Should've Stopped There 被德國柏林的出版社 Cornelsen Schulverlage GmbH 選用於教科書 Context

前面說過，非馬很早就用英語寫詩。1971 年前後，曾經有雄心進軍美國詩壇，但後來經過思考，還是專心致志地寫母語詩。或許向美國詩刊投稿太費時費事吧！

1995年，他出版英文詩集<Autumn Window>（《秋窗》），是受到幾位美國朋友的鼓勵。其中有一位是非馬在阿岡的同事。他一直看好非馬的詩，還說願意資助一半出版費用，令非馬感動又感激。當然，非馬沒有讓他破費。一些美國詩友，也都希望能見到非馬的英文詩集出版。一位女詩人後來買了非馬的英文詩集，還寫信向他道謝，說：讓她有機會讀到非馬的詩，多好！

非馬很清楚，對於一個不常在美國詩刊上露面的詩人，要在美國找出版社出版詩集十分困難。一家「補貼」出版社，對他的書稿感興趣，卻條件苛刻，而且這類出版社信譽一般不佳，拿了錢不幹事，所以他決定自己出版。

他拿出了當年辦《晨曦》的那種精神，從打字、編排、封面設計（採用他自己一幅畫），到申請版權、書號、條形碼等，都一手包辦。

美國女詩人豪樂威，是非馬的好朋友。她是伊利諾州詩人協會的創辦者及第一任會長，詩寫得很好，經常得獎，在美國詩界有相當高的聲譽。她願意為非馬寫序，並作終校。著名華裔詩人李立揚，也為非馬的詩集寫了短而精彩的前言。他花了不多的錢，找一家印刷廠照相印刷裝訂，便大功告成了。

豪樂威女士那時是《芝加哥論壇報》文化生活版的自由撰稿人，她徵得主編同意，寫成了一篇非馬的專訪文章，配合詩集出版的日期，用兩個半版的大篇幅，加上幾幅大型照片，其中一幅是彩色的，在一個星期天推出，造成了一次轟動。

那天早上，非馬接到許多同事及朋友們的電話祝賀。很多人過去只知道他是個工程師，不知道他同時還是個詩人。

接著，當地的報紙記者也來採訪。同時，幾個鄰鎮的報紙也刊出了報導。

接下來，是如何做好推銷工作。

全國性的代理商對自費出版的書尤其是詩集，一般都沒有興趣。同幾個大的連鎖書店的總公司接頭，他們都要非馬去找全國性的代理商。繞了個大圈子，還是回到原位。

他決定還是從「草根」想辦法。除了盡可能參加當地的詩朗誦及簽名賣書活動外，他拿著書親自到芝加哥各個書店去促銷。

出乎他意料之外，幾乎所有的書店，都同意代銷。有一個大連鎖書店，更為非馬舉辦了一個朗誦會，讓他當場簽名賣書，而他們竟分文不取！另一個連鎖書店則乾脆一下子買他十本書。他們對作者的尊重，同非馬想像中的印象大不相同。

初版500冊，就這樣賣賣送送弄完了。

次年，非馬又把它再版，印了1000冊。

但最初那股推銷的勁頭已消減了許多。恰巧，那時他對電腦網絡發生興趣，便創設了一個網址，展出他的中、英文詩選，還有一些出版資料，目的是推銷這本英文詩集。後來，他又把一些畫作及雕塑的照片搬了上去。總其名曰：《非馬的藝術世界》。

後來，非馬又同網絡上最大的亞美遜書店接上了頭，把他的詩集列入他們的書目。另外還有一些促銷資料，包括他的訪問錄，在《美國當代詩人》及《亞裔詩人》的暢銷書目上，都可以見到。

非馬的電腦網絡詩畫網頁反應相當不錯，至今已超過 340000 人參觀過他的網址。

非馬多才多藝，他詩畫連襟。1994 年 5 月，非馬在芝加哥西郊波特畫廊舉辦個人畫展。非馬開始認真學畫，是在 1988 年。那時，他的夫人劉之群女士在家養病。剛好畫家周氏兄弟，在芝加哥一個華人服務處開辦繪畫班，為了幫助之群身體復原，他們決定一起去拜師學畫。接著，他們又得到兩位來自大陸的畫家朋友的指點。

後來，非馬又自己摸索學著做起雕塑來。

非馬很喜歡雕塑。它有一種即興感，能讓他的心靈自由自在地冒險探索和發展。

非馬多年來從事的翻譯工作，也常給他滿足與安慰。

台灣詩人兼評論家莫渝，在他 1997 年出版的《彩筆傳華彩——台灣譯詩 20 家》裡，將非馬列為一家。

非馬還寫隨筆散文。

1998 年，他參加《明報》（香港及紐約）『世紀副刊』上的「七日心情」專欄寫作。這個專欄由七位來自世界各地的名作家包括大陸的余秋雨及台灣的黃曼娟，每周輪流執筆。非馬試著把現代詩帶進他的專欄文章裡，反應不錯。

另外，他在芝加哥一家華文社區周報上，維持一個義務的詩專欄，每期刊出他的詩作及有關評論，這個持續了5年多時間的專欄，大概創了中文報史上一個前所未有的紀錄吧。

近年美國的詩朗誦活動風氣頗盛。非馬常受邀請，參加芝加哥和伊利諾州一些詩朗誦活動。1992年，為了慶祝一年一度的「亞洲傳統月」而舉辦的詩朗誦會上，非馬和馬凡，父子倆雙雙登台。非馬朗誦中文，馬凡朗誦英文，聽眾不少，傳為佳話。

最令非馬高興的是，不少美國讀者在聽非馬朗誦後對他說：這是他們頭一次接觸到現代詩，而非馬的詩令他們感動，覺得現代詩並不如想像中那麼板著臉孔難以親近。

1996年8月，在畫家周氏兄弟家的一個聚會上，非馬見到一位叫嚴雪的女孩，是東方衛星電視台的新聞主持人。她說，多年前在上海念初中的時候，讀到非馬的幾首詩，印象非常深刻，沒想到會在這遙遠的異國碰面。

不久，嚴雪打電話給非馬說，她正在籌劃制作一個《風城人物》（芝加哥風大，素有風城之稱）的節目，第一個想到的人物便是非馬。

第一次上電視，非馬倒沒太緊張。節目的背景，採用非馬的一幅畫，情調及效果都不錯。

1996年2月2日，非馬自阿岡國家研究所提早退休。他說：

小孩都長大並已成家立業，在家鄉的弟妹們的生活也有了改善，不再需要我幫助。我們對物質生活的要求本就不高，覺得沒有必要再把寶貴的時間去換取些許金錢。而美國政府的能源政策一直搖擺不定，今天辛辛苦苦做出來的工作成果，明天可能便被拋棄，實在可惜。這些都是我決定提早退休的因素。總之，我覺得每個人都該把自己有限的時間與生命，盡可能做最大最有效的利用。

而他是退而不休，每天都在釋放新的生命，釋放生命的「靈性」。
他仍在藝術上孜孜不倦地追求，在「靈」的層次上行走，走向「無限」。
他的靈魂在自由翱翔。
他寫了一首《退休者之歌》：

1

終於有資格
申請加入

飄來飄去的白雲
飛來飛去的蜜蜂
追來追去的松鼠
唱來唱去的小鳥
點頭微笑想開心事的小花
以及眯著眼在那裡
曬太陽打盹的老松樹

他們那個既不收年費
又不爭權益的
「永不退休者俱樂部」
成為會員

**2**

一腳踩了空

才驚喜發現
腳下轆轆轉動的
輪子
已伸展成一片
寬坦的實地

3

放了學的小孩
歡叫著奔向
各自的
生命探險

此乃「宇宙之歌」。

——和白雲、松鼠、蜜蜂、小鳥、小花及樹們，這些自由快樂的天使在一起，不用再為榮利、權勢奔勞征逐，各種外在和人為條律的羈縛，都解除了！

也再沒有負擔的桎梏了。
盡情地以歌聲，加入「宇宙大合唱」吧！
陶醉地旋入「宇宙大歡舞」，以自得其樂吧！
——「一腳踩了空」，才發現已經走出「籠子」！沒有了束縛的柵欄，不必再踩著無止無休的「輪子」過日子了。眼前是一片「寬坦的實地」，自由了，平安了。
放開腳步，隨意地走吧！
——在大宇宙面前，他永遠是一個小孩。一個「放了學」的無拘無束的小孩。
宇宙生命——尤其是藝術宇宙的生命——包括自我，它們的開掘、探索無限。
去做「靈性」的搏擊和完美吧！
去叩開大宇宙的「靈美」之門！

## 劉強簡介

中國國家一級作家，中國作家協會會員，今古傳奇傳媒集團傳奇學院導師。主要著作有詩學專著《詩的靈性》《中國詩的流派》《孔孚論》《非馬詩創造》《天堂對話》和散文集《走山走水》及長篇小說《香腮雪》《男兒亮色》《孽變》《紅街黑巷》《闖蕩商海的女人》《人是太陽》並長篇詩體小說《我的女神》等十數部，獲世界華文詩歌理論獎，中國小說學會短篇小說一等獎，第二、三屆中國法制文學獎，《今古傳奇》全國優秀中短篇小說獎，《中華文學》2015年年度詩人獎等二十餘項。

## 非馬簡介

本名馬為義，英文名William Marr。1936年生於台灣台中市，在原籍廣東潮陽度過童年。台北工專畢業，美國馬開大學機械碩士，威斯康辛大學核工博士，在芝加哥的阿岡國家研究所從事能源及環境系統研究工作多年。業餘寫詩。出版有詩集23種、合集3種、譯詩文集10種、散文集3種和電子書十一種。曾獲台灣的「吳濁流文學獎」、「笠詩創作獎」、「笠詩翻譯獎」，大陸的「詩潮翻譯獎」、「第三屆韓江詩歌節詩歌大賽現代詩一等獎」，美國的「伊利諾州詩賽獎」、「詩人與贊助者詩獎」及世界詩人大會詩賽獎等。主編《朦朧詩選》、《顧城詩集》、《台灣現代詩四十家》及《台灣現代詩選》等，對早期兩岸三地詩壇的溝通做出了重要的貢獻。在美國，他的雙語詩創作也贏得了眾多的讀者與高度的讚譽。一位美國評論家曾把他列為包括美國著名詩人桑德堡在內的芝加哥詩史上十位值得收藏的詩人之一。他的詩被收入上百種選集及台灣、中國、英國及德國等地的教科書並被翻譯成十多種語言。詞條被收入《國際詩人名錄及百科全書》《國際作者及作家名錄》《國際詩人名錄》及《21世紀名人錄》等。曾任美國伊利諾州詩人協會會長。近年並從事繪畫及雕塑等藝術創作，在芝加哥及中國等地區舉辦過多次藝術個展與合展。現居芝加哥。

# 非馬著作表

## 中文詩集

《在風城》（中英對照）笠詩刊社，台北，1975
《非馬詩選》台灣商務印書館「人人文庫」，台北，1983
《白馬集》時報出版公司，台北，1984
《非馬集》三聯書店「海外文叢」，香港，1984
《篤篤有聲的馬蹄》笠詩刊社「台灣詩人選集」，台北，1986
《路》爾雅出版社，台北，1986
《非馬短詩精選》海峽文藝出版社，福州，1990
《飛吧！精靈》晨星出版社，台中，1992
《非馬自選集》貴州人民出版社「中國當代詩叢」，1993

《微雕世界》台中市立文化中心，台中，1998

《非馬詩歌藝術》（楊宗澤編選），作家出版社，北京，1999

《沒有非結不可的果》書林出版公司，台北，2000

《非馬的詩》花城出版社，廣州，2000

《非馬短詩選》（中英對照），銀河出版社，香港，2003

《非馬集》國立臺灣文學館，台南，2009

《你是那風》—《非馬新詩自選集》第一卷(1950-1979)，秀威，台北，2011.9

《夢之圖案》—《非馬新詩自選集》第二卷(1980-1989)，秀威，台北，2011.12

《蚱蜢世界》—《非馬新詩自選集》第三卷(1990-1999)，秀威，台北，2012.7

《日光圍巾》—《非馬新詩自選集》第四卷(2000-2012)，秀威，台北，2012.10

## 英文詩集

AUTUMN WINDOW，ARBOR HILL PRESS，Chicago，1995(1st Ed.);1996(2nd Ed.)

BETWEEN HEAVEN AND EARTH，PublishAmerica， Baltimore，2010

## 多語詩選

《你我之歌》漢法雙語，薩拉西（Athanase Vantchev de Thracy）譯，法國索倫扎拉文化學院，2014

《芝加哥小夜曲》非馬漢英法三語詩選，法國索倫扎拉文化學院，2015

## 合集

《四人集》（合集）中國友誼出版公司，北京，1985

《四國六人詩選》（合集）華文出版公司，中國，1992

《宇宙中的綠洲—12 人自選詩集》國際文化出版公司，北京，1996

## 散文

《凡心動了》花城出版社，廣州，2005

《不為死貓寫悼歌》，秀威資訊，台北，2011

《大肩膀城市芝加哥》秀威資訊，台北，2014

## 英譯中

《裴外的詩》大舞臺書苑，高雄，1978

《頭巾—南非文學選》（合集）名流出版社，「世界文庫」，台北，1987

《緊急需要你的笑》（幽默文集）晨星出版社，台中，1991

《織禪》晨星出版社，台中，1992

《讓盛宴開始——我喜愛的英文詩》（英漢對照）書林出版公司，台北，1999

《比白天更白天》（法漢對照）索倫扎拉文化學院，巴黎，2014

## 中譯英

CHANSONS（白萩詩集《香頌》）巨人出版社，台北，1972；石頭出版社，台北，1991

THE BAMBOO HAT（笠詩選）笠詩刊社，台北，1973

SONGS OF MY OWN（李青淞詩集《隱行者：我之歌》）作家出版社，北京，2015.9

SUMMER SONGS（林明理詩集《夏之吟》）法國索倫扎拉文化學院，2015

## 主編

《臺灣現代詩四十家》，人民文學出版社，北京，1989

《朦朧詩選》，新地出版社，台北，1988

《顧城詩集》新地出版社，台北，1988

《愛的辯證—洛夫選集》文藝風出版社，香港，1988

《臺灣現代詩選》，文藝風出版社，香港，1991

《臺灣詩選》花城出版社，廣州，1991

## 電子書

1．非馬漢法双語詩選《你我之歌》（繁體版）

http://www.fengtipoeticclub.com/book/book78/index.html

2．非馬漢法双語詩選《你我之歌》（簡体版）

http://www.fengtipoeticclub.com/book/book79/index.html

3．非馬漢英法三語詩選《芝加哥小夜曲》（簡体版）

http://www.fengtipoeticclub.com/book/book77/index.html

4．非馬譯法國詩人《裴外的詩》（繁體版）

http://www.fengtipoeticclub.com/book/book76/index.html

http://feima.yidian.org/book76/index.htm

5．非馬詩集《非馬集》（繁體版）

http://www.fengtipoeticclub.com/book/book35/index.html

6．非馬英文詩選《在天地之間》

http://www.fengtipoeticclub.com/book/book80/index.html

7．《被擠出風景的樹 -- 非馬幽默諷刺詩選》（繁體版）

http://www.fengtipoeticclub.com/book/book81/index.html

8．非馬双語詩（漢英）画塑《非馬情詩選》（簡体版）

http://www.myhuayu.com/books/BookView/1897

9．非馬双語詩（漢英）画塑《非馬情詩選》（簡体版，放大字號）

http://www.myhuayu.com/books/bookRead?bookId=2291

10．非馬譯土耳其詩人希克梅特的詩集《鐵籠裡的獅子》

http://www.myhuayu.com/books/BookView/2271

11．非馬双語（漢法）詩集《你我之歌》

http://www.myhuayu.com/books/bookRead?bookId=2281

## 其它

《非馬詩創造》劉強著，中國文聯出版社，北京，2001.5

《非馬及其現代詩研究》，江慧娟碩士論文，高雄師大，2004

《非馬飛嗎—非馬現代詩研討會論文集》鄭萬發選編，長征出版社，北京，2004.12

《畫家畫話》（畫文：涂志偉，詩：非馬），新大陸詩刊社，洛杉磯，2006

《非馬藝術世界》（漢英），唐玲玲／周偉民編著，花城出版社，廣州，2010

## 個人網站

〈非馬藝術世界〉中英文詩選，每月雙語一詩，散文，評論，繪畫及雕塑

http://feima.yidian.org/bmz.htm

〈非馬臉書〉

https://www.facebook.com/William.marr.9

〈非馬博客〉

http://blog.sina.com.cn/feimablog

詩情畫意 3

# 非馬詩天地

作　　者：劉　強
美術設計：許世賢
出 版 者：新世紀美學出版社
地　　址：台北市民族西路 76 巷 12 弄 10 號 1 樓
網　　站：www.dido-art.com
電　　話：02-28058657
郵政劃撥：50254486
戶　　名：天將神兵創意廣告有限公司
發行出品：天將神兵創意廣告有限公司
電　　話：02-28058657
地　　址：新北市淡水區沙崙路 25 巷 16 號 11 樓
網　　站：www.vitomagic.com
總 經 銷：旭昇圖書有限公司
電　　話：02-22451480
地　　址：新北市中和區中山路二段 352 號 2 樓
網　　站：www.ubooks.tw
初版日期：二〇一七年二月
定　　價：四八〇元

**國家圖書館出版品預行編目（CIP）資料**

非馬詩天地 / 劉強著. -- 初版. -- 臺北市 :
新世紀美學, 2017.2　面 ; 公分. --
（詩情畫意 ; 3）ISBN 978-986-93635-1-8（平裝）

851.487　　105016812

新世紀美學

旭昇悅讀網 www.ubooks.tw
開悟的貓 www.dido-art.com